Todos de pé para Perry Cook

leslie connor
Todos de pé para Perry Cook

Tradução de
Regiane Winarski

Rio de Janeiro, 2023

Título original: All rise for the Honorable Perry T. Cook
Copyright © 2016 by Leslie Connor

Direitos de edição da obra em língua portuguesa no Brasil adquiridos pela HarperCollins Brasil, um selo da Casa dos Livros Editora LTDA. Todos os direitos reservados. Nenhuma parte desta obra pode ser apropriada e estocada em sistema de banco de dados ou processo similar, em qualquer forma ou meio, seja eletrônico, de fotocópia, gravação etc., sem a permissão do detentor do copirraite.

Rua da Quitanda, 86, sala 601A – Centro – 20091-005
Rio de Janeiro – RJ
Tel.: (21) 3175-1030

Publisher	*Omar de Souza*
Editora	*Giuliana Alonso*
Tradução	*Regiane Winarski*
Copidesque	*Taissa Reis*
Revisão	*Mariana Moura e Janilson Torres Junior*
Diagramação	*Ilustrarte Design e Produção Editorial*
Design de capa	*Rafael Brum*

CIP-BRASIL. CATALOGAÇÃO NA PUBLICAÇÃO
SINDICATO NACIONAL DOS EDITORES DE LIVROS, RJ

C123t

    Connor, Leslie
        Todos de pé para Perry Cook / Leslie Connor ; tradução Regiane Winarski. - 1. ed. - Rio de Janeiro : HarperCollins Brasil, 2017.
    288 p.

    Tradução de: All rise for the Honorable Perry T. Cook

    ISBN 978.85.9508.030-0

    1. Ficção americana. Winarski, Regiane. II. Título.

                                      16-38128   CDD: 813
                                              CDU: 821.111(73)-3

Para minha família Toddy

Até as pessoas com passados sombrios podem mostrar um lado mais gentil da alma na presença da inocência.

—*Kate West*

capítulo um

A PEQUENINA SURPRISE, NEBRASKA

Big Ed está prestes a falar de novo. Ele cumprimenta todos os novatos. Senta-se com eles, conta sobre o lugar e os conhece o mais rápido possível. Ser responsável por dar as boas-vindas é parte do trabalho dele em Blue River, que é a maior coisa que você vai encontrar na pequenina cidade de Surprise, Nebraska.

Big Ed pergunta:

— Você é daqui?

O novo residente balança a cabeça, mostrando que não. Coloca a bandeja de comida na nossa frente. A resposta é quase sempre não, porque Surprise fica bem longe da maioria dos lugares.

— Sabe por que chamam a cidade de Surprise? — pergunta Big Ed. — É porque essa cidadezinha do Nebraska no meio do nada recebe uma quantidade impressionante de neve. Mas a neve não é a surpresa. O que você encontra depois que ela derrete, essa, sim, é a surpresa. Aham. Coisas que você nunca soube que perdeu. Claro que estou falando mais do pessoal lá de fora. Aqui dentro, bem, a maioria de nós não tem nada a perder. Ou a sensação pode ser bem essa.

Big Ed ri. Sua risada parece uma gaita. Em seguida, vem a tosse. Ele precisa se recuperar antes de continuar falando.

— Mas a primavera chega, e lá fora encontram todo tipo de coisa. Bolas de beisebol e ossos de cachorro. O par favorito de luvas de jardinagem, esmagado na lama e na grama. Talvez até um chaveiro. E não queríamos todos ter as chaves daqui? Hein, Perry?

Big Ed me dá uma cutucada tão forte que quase derramo o leite.

O novo res (apelido de residente) escuta com atenção. Fico curioso para saber por quanto tempo ele vai ficar aqui. Talvez nem tanto. Depende do que fez. Depende do que foi decidido. Às vezes, eu escuto. Às vezes, eles me contam. Eu nunca pergunto.

Big Ed diz para o novato:

— Você vai ver tanta neve lá fora que vai esquecer que a grama é verde. — Ele sempre faz uma pausa de vários segundos nessa hora. — A não ser, claro, que você esteja aqui só por um cochilo de gato. — Um *cochilo de gato* é uma estada curta.

Big Ed dá um tempo, espera para ver se o novo residente está com vontade de falar. Ele talvez conte sobre a sentença. Às vezes, eles contam. Às vezes, não.

O cara baixa a cabeça, como se estivesse falando com a tigela de chili de peru na bandeja de jantar.

— Peguei oito meses — diz ele. Mas não diz por quê.

Enquanto isso, fica olhando para mim. Big Ed coloca a mão no meu ombro e diz para o homem:

— Este aqui é Perry. Perry T. Cook.

Eu estico a mão. O homem espera. Olha para a direita e para a esquerda, onde os supervisores estão. Ele sabe que está sendo observado e tenta entender o que pode fazer. Existem regras sobre contato.

— Aperto de mãos pode — digo para ele. — Desde que seja rápido.

Big Ed diz:

— Pode acreditar em Perry. Ele sabe de tudo.

Eu chego a mão mais perto do novo residente. Última tentativa. Finalmente, apertamos as mãos.

— Meu nome é Wendell — diz ele, e não sei se quer dizer que é o primeiro nome, o sobrenome ou seu único nome.

A regra da mamãe é que posso chamar os adultos da forma que eles me disserem para chamar, mas ela quer que eu acrescente senhor ou senhora na frente do nome. No caso de Big Ed, eu só acrescentei o "Big" e ninguém nunca me corrigiu. Já tem tanto tempo. Ele é o único residente de Blue River que está aqui há mais tempo do que mamãe e eu.

— O que uma criança faz aqui fora do horário de visitação? — O novo cara quer saber.

— Eu o chamo de meu Filho Matinal — diz Big Ed (é uma velha história). — Perry cuida para que todo mundo acorde na hora.

— O garoto vai estar aqui de manhã?

O sr. Wendell parece confuso. Os novatos sempre ficam, até se darem conta de que moro no Instituto Penal Misto Blue River, aqui na pequenina Surprise, Nebraska.

Atrás da bancada da cozinha, ouvimos Eggy-Mon enchendo as últimas bandejas do jantar. Ele acha que toda comida merece poesia. Esta noite, ele diz:

— Peguem sua comida feliz do sul do país, com pão de milho ou arroz branco com tomilho.

Mamãe se aproxima com a bandeja nas mãos.

— Perry, tome o seu leite todo, amigão.

Ela parece impaciente e deixou mais da metade do jantar. É estranho, porque ela não desperdiça comida e o chili de peru não está tão ruim. Pego a caixinha de leite com as duas mãos e tomo tão rápido que minha garganta dói. Falta de educação. Mas mamãe precisa que eu ande logo hoje. Tem alguma coisa acontecendo com ela, e não quero piorar seus problemas. Big Ed pensa o mesmo. Ele me dá um tapinha nas costas e diz:

— Bom menino, Perry.

Mais cedo, a diretora Daugherty chamou mamãe na sala dela para conversar. Não sei qual foi o assunto, mas mamãe ficou agitada. Estamos em um daqueles dias estranhos em que todo mundo sabe que tem alguma coisa acontecendo. Todo mundo, menos eu.

— Quero dar mais uma olhada naquele mapa do fundamental II com você antes do toque de recolher — diz mamãe.

Ela olha para o relógio cinza na parede, e eu também. Temos que prestar atenção à hora em Blue River. Às nove, tenho que estar no meu quarto ao lado da sala da diretora, no Salão Leste Superior.

Mamãe tem que estar no quarto dela no final do corredor do Bloco de Celas C.

capítulo dois

TODOS DE PÉ

São 6h23. Chego para a frente e aproximo a boca do microfone do sistema de som da prisão. Eu sempre começo baixinho. A diretora Daugherty me acorda todos os dias, e ela é bem gentil. Então, faço o mesmo com os residentes de Blue River.

— Bom dia — digo com minha voz lenta e baixa. — Aqui é o Perry no nascer do sol. Hoje é terça-feira, dia seis de setembro. Se vocês precisarem de um motivo para acordar, não vai ser o tempo. "Hã-hã, está com cara de chuva." Essa é a citação do dia. É de Cristopher Robin, aliás, e se não sabem quem ele é talvez seja hora de levarem um pouco de literatura para a vida de vocês. A sra. Buckmueller e o Livromóvel Azul da Buck vão chegar para abastecer a Biblioteca de Lazer das quatro às cinco e, não esqueçam: ela aceita pedidos.

Olho para a diretora Daugherty. Ela sorri enquanto folheia uma pilha de papéis. Ela gosta quando dou um toque literário. O relógio na parede acima da mesa dela mostra 6h26. Eu me inclino para o microfone de novo.

— A novidade lá fora é que é o primeiro dia de aula no condado de Butler. Isso quer dizer que estarei fora o dia todo. Não morram de saudades de mim. A boa notícia para vocês é que tem waffles saindo da torradeira do refeitório agorinha. O rango está assando. Vão até liberar uma salada de frutas. Há bebidas à escolha, como sempre. Lembrem-se, não temos facas nas bandejas de Blue River, então se acostumem com o garfo-colher pelo tempo que ficarem com a gente.

Eu me afasto do microfone e sussurro para a diretora Daugherty:
— Essa parte foi para o recém-chegado, o sr. Wendell.
Ela sussurra para mim:

— Tenho certeza de que ele deve estar se sentindo bem recebido agora.

Ela aponta para o relógio sem olhar. Não precisa. A diretora é tão precisa que quase dá para ouvir a cabeça dela tiquetaqueando.

Seis e vinte e nove e meio da manhã. Hora de falar mais alto. Eu seguro o microfone como se fosse um piloto de avião.

— Booooooom... dia, residentes de Blue River! Se vocês já não estiverem acordados, é hora de acordar!

O final tem que ser grandioso. É igual todos os dias. Eu respiro fundo e grito:

— Tooooooodos de pé!

Desligo o microfone e me apresso até a porta. Enfio a cabeça no corredor e ouço o movimento matinal. Seis e meia da manhã. Trancas são abertas. Portas estalam e gemem. Descargas são dadas, e os residentes bocejam até acordarem.

O supervisor Joe está vindo pelo corredor do Bloco A, uma das alas masculinas.

— Bom dia, Super-Joe.

Eu comecei a chamá-lo assim quando era pequeno. (Eu me enrolava com os *Rs* quando estava aprendendo a falar. Dizia que meu nome era *Pé-ui*.)

— Como estão as coisas? — pergunto. Mas não quero saber, não agora, e Super-Joe sabe.

— As coisas? — diz ele, lentamente. — Bom, preciso pensar...

Eu mordo o lábio e espero. Ele está falando devagar de propósito.

— As coisas estão bem. Mas estou me perguntando o que deram para você jantar ontem à noite. Foi burrito? Porque... — Ele para, aperta o nariz. Balança a mão. — Os gases desta manhã estavam pegando fogo.

— Chili de peru — respondo. — Com feijão. — E, antes que ele fale qualquer coisa sobre isso, eu o lembro: — Ei, Super-Joe, hoje é o primeiro dia de aula.

— Ah, é! — exclama. — Por isso os tênis novos, né?

Eu olho para os pés.

— Posso ir? — pergunto.

— Para a escola?

— Super-Joe!

13

Ele sabe o que eu quero. Já estou de frente para o Bloco C. Estou agachado em postura de corredor. Mas preciso esperar permissão. É uma das regras.

— Super-Joe. Por favooooor!

— Perry? — diz ele.

— O quê?

— Ainda está aqui?

Não estou. Saio correndo como um raio na direção do quarto de mamãe no final do corredor do Bloco C.

capítulo três

JESSICA

Jessica Cook gostava de sair do quarto antes que Perry chegasse lá de manhã. Talvez fosse besteira. O garoto sabia que a mãe ficava trancada à noite. Sabia que ela tinha que esperar no quarto a libertação matinal, como qualquer outro residente de Blue River.

Libertação. A palavra ricocheteia entre os ouvidos dela. Não libertação matinal. Libertação para sair da prisão de vez. Jessica balança a cabeça. Tenta se obrigar a não pensar no assunto até haver alguma coisa certa. O problema é que ela não consegue pensar em mais nada. Passou a maior parte da noite acordada, e o pensamento ficou na cabeça enquanto ela fazia as flexões, os agachamentos e os alongamentos matinais no chão ao lado da cama, num espaço do tamanho de uma pessoa. Jessica treinou pelo menos cem residentes durante o processo de libertação em Blue River. Esse era o trabalho dela, o que era meio cruel, considerando que ela mesma não teve o prazer de passar por aquele processo. Mas esse dia devia estar chegando.

Ela cumpriu quase 12 anos de uma pena de 15. Podia pedir liberdade condicional em poucas semanas. *Finalmente*. Haveria um processo. Mas, até ontem, ela tinha todos os motivos para pensar, todos os motivos para esperar que, quando chegassem as primeiras geadas de outubro, ela seria uma mulher livre. Estava preparando Perry para o dia em que iriam embora do único lugar que ele conheceu.

Mas, então, houve um entrave. A diretora ficou sabendo que havia um probleminha. Ainda não sabia os detalhes.

"Não perca a esperança", pensa ela.

Ela abre a porta enquanto escova os dentes. O supervisor Joe costuma deixar Perry entrar logo depois do toque de acordar. Seu filho vinha correndo, e ele era rápido. Estava ficando cada vez mais rápido.

15

Segurança mínima queria dizer que ela ficava em um quarto estreito estilo alojamento, não em uma cela com grades. Aquilo não era uma prisão antiga daqueles filmes que passam de madrugada. Na verdade, Blue River era um campus com luz natural em algumas áreas comuns e cores não muito horríveis nas paredes. Eram as coisas boas que dizia para si mesma sobre o lugar. Ela estava presa. Verdade cruel. Mas ser enviada para uma prisão em Surprise foi um pontinho bom em um pesadelo indefinido de coisas ruins.

Os anos foram suportáveis porque o filho morou com ela durante 11 deles. Aquele tipo de coisa era inédito. Foi muita sorte. Mesmo assim, ela desejava tirá-lo dali e começar uma nova vida lá fora, quando seu tempo e o de Perry seriam só deles.

Jessica cospe a pasta de dentes na pia do tamanho de uma panela atrás da privada. Liga a torneira para lavar as mãos e prende o cabelo rapidamente em um rabo de cavalo alto. Verifica a cama de novo, embora já a tivesse arrumado, o lençol esticado como uma tábua. Poderia haver uma inspeção surpresa a qualquer momento e se havia uma coisa que ela odiava era ser repreendida na frente de Perry. Jessica andava na linha.

Ela ouve os tênis do filho batendo no carpete baixo, seguindo na direção dela. Abre um sorriso ao pular no corredor.

Perry estava chegando, as narinas se dilatando como as de um corredor e os olhos azuis arregalados embaixo do cabelo escuro. (Cada vez mais, ele se parecia com um outro garoto que ela tinha conhecido.) "Ele é bonito", pensa ela. É a esperança em um novo par de tênis. Jessica abre os braços, o filho pula, e ela o pega para um abraço que rodopia, que ficava feliz de ainda conseguir dar. Até o momento. Depois, bota Perry no chão de novo, os dois trocam um bom-dia e vão tomar café da manhã.

— Como você está se sentindo em relação à escola? — pergunta ela.

— Nervoso. Animado.

Perry balança a cabeça de um lado para o outro enquanto fala. Jessica enfia os dedos no cabelo dele por um momento.

— Também estou me sentindo assim por você — diz ela. — Mas algumas coisas nunca mudam. A srta. Maya ainda vai vir buscar você aqui. Agora que você está no fundamental II, você vai vê-la durante o dia.

— Tá — diz ele, e Jessica sente o filho dar de ombros ao lado.

Eles já tinham falado disso. Perry estava mais quieto esta manhã. Ela devia deixá-lo em paz.

— Estou feliz de Zoey estar no Time Três comigo — diz Perry. — Na mesma turma.

— Eu também — responde Jessica, e estava mesmo.

Era nisso que a criação não muito comum de Perry a preocupava. Havia o estigma da prisão. Mas também, para uma criança, ele tinha um círculo social estranhamente adulto, a junção quase impossível dos residentes não violentos de Blue River, misturados e de várias cores, meio perdidos e traídos pelo destino. Enquanto isso, ela, sua mãe, nunca pôde conhecer a única garota que ele chamava de "melhor amiga lá fora".

Quando Perry falou pela primeira vez de Zoey Samuels, Jessica puxou Maya Rubin de lado e disse:

— Por favor, me diga que ela não é imaginária.

Maya, a sobrinha da diretora Daugherty e acompanhante de Perry no mundo lá fora, jurou que, sim, Zoey era real. Ela também comentou que Perry era tão próximo da garota quanto ela era dele.

Jessica ficou aliviada ao saber que ele tinha uma amiga. Essa parte não foi fácil. Muitas perguntas podiam ser feitas. Boatos podiam ser sussurrados pelas costas magras de um garoto que chamava um instituto penal de casa.

Bem, o dia em que ela e Perry iriam embora de Blue River estava chegando, ou deveria estar.

— Mãe?

— O quê?

— Aconteceu alguma coisa? Alguma coisa que você não pode me contar?

— Não, não. Só que nunca vou ser uma mãe que comemora a chegada de um novo ano escolar — diz Jessica enquanto eles passam pela sala da diretora. — Só estou emprestando você para a escola porque sou legal. Vou sentir muito a sua falta hoje.

— Estou com a câmera. Vou tirar fotos para você.

— Garoto, esse foi o melhor presente do mundo — reflete ela, e não pela primeira vez.

A câmera era de segunda mão; a benfeitora era Zoey Samuels, que tinha duas. A câmera foi uma bênção para uma mãe presa que sofria querendo não ficar de fora das horas que o filho passava longe dali.

Jessica e Perry roçam as mãos sem querer enquanto andam. Ele olha para ela e dá um sorrisinho reconfortante.

Seu filho não a viu no quartinho trancado esta manhã. Ela enxergava aquilo como uma vitória. Era uma das formas que Jessica tinha de preservar a esperança. Acaba-se fazendo muito isso quando se tem 15 anos para cumprir, com condicional aos 12. *Se* tudo desse certo.

capítulo quatro

BEM-VINDOS

A escola do fundamental II tem o triplo do tamanho da escola do fundamental I em que Zoey e eu estudamos. A srta. Maya me levou para a visitação na semana passada. Os corredores estavam lotados de crianças e pais. Mas mamãe observou que o prédio da escola é bem menor do que o campus de Blue River. Comecei a conhecer aquele lugar desde que aprendi a andar. Acho que não vou ficar muito perdido na escola. É bom pensar nisso quando a srta. Maya entra no estacionamento. O pátio já está movimentado, apesar de ela ter me levado no horário dos professores. Vejo muitos rostos novos.

Paramos embaixo do relógio no saguão. A srta. Maya mexe a bolsa que carrega no ombro. Passo o polegar embaixo das alças da minha mochila.

— Tudo bem, Perry. Vou para a minha sala — diz ela. — Você tem bastante tempo até a hora de ir para a sua. Você lembra para onde vai, certo?

— Sala 208. No segundo andar.

— Tudo bem. Vejo você à tarde na aula de Artes, na minha sala, e depois aqui no saguão, no final do dia. Na verdade, aposto que vamos nos encontrar algumas vezes. Vou dar tchau para você — avisa ela.

Ela se vira e as trancinhas em seu cabelo balançam e a seguem como uma cortina.

— Eu vou dar tchau também — digo.

Eu me viro, e ali está Zoey Samuels. O cabelo dela é claro e a pele está bronzeada. Ela passou o verão viajando.

— Perry! — chama ela. — Oi, Perry! Venha. Quero mostrar uma coisa.

Sigo Zoey pela grande escadaria até o segundo andar.

19

— Oi. Espero que você tenha tido boas férias...

Uso um murmúrio baixo, como o de Big Ed. É para quando você não espera resposta. Ao chegarmos ao patamar, Zoey para e se vira. Aponta para um par de janelas altas, por onde a luz matinal entra.

— Sol — digo. — Hã. Era para chover o dia todo.

Estou pensando na previsão que transmiti no toque de acordar.

— Foi por isso que eu trouxe você aqui. Olhe só.

Zoey está apontando para cima. Alguém colocou letras coloridas de celofane nas janelas. BEM-VINDOS. Zoey chega para trás e mostra o chão com as duas mãos.

— Olhe!

As cores das janelas estão sendo projetadas no chão aos nossos pés. *Bem-vindos* está escrito de cabeça para baixo e de trás para a frente. Zoey estica a perna, e um *M* roxo aparece no tornozelo dela.

— Não é legal?

— É — concordo e começo a tirar a mochila das costas. — Eu devia tirar uma foto da mensagem de boas-vindas para a minha mãe...

O patamar escurece. *Bem-vindos* desaparece. Zoey e eu olhamos para a janela. Gotas gordas de chuva batem nas vidraças.

— Ah, droga! — diz ela. — Bom, pode ser que o tempo melhore durante a semana. Aí, você vai poder tirar sua foto. — Ela toca no meu ombro. — Escute, eu soube que não temos que nos sentar em ordem alfabética. — Ela fala como se fosse a melhor notícia do mundo. — Apesar de você ser da letra *C*, de Cook, e eu, da letra *S*, de Samuels, podemos nos sentar juntos. Mas é melhor a gente entrar antes que a sala encha. Vamos!

Zoey é rápida e anda entre os alunos no corredor. Entra pela porta da sala. Fico preso em um gargalo, mas a vejo entre os ombros dos outros estudantes. Ela coloca a mochila em uma carteira e se senta em outra ao lado. Ocupa duas com um movimento só. Quando finalmente chego até ela, ela puxa a cadeira com o pé e faz sinal para eu me sentar.

Zoey Samuels sempre tem uma missão a cumprir.

capítulo cinco

A HISTÓRIA DE SURPRISE

Zoey Samuels ficou com raiva quando se mudou para cá. Com raiva do divórcio dos pais e com raiva do padrasto por se esforçar tanto para agradá-la que parecia falso. Ficou com raiva da casa que teve que abandonar, com raiva de ter que começar em uma escola nova no meio do ano. Ficou com raiva de estar nevando. Eu jamais teria descoberto isso tudo se não fosse por Big Ed.

Zoey se sentava sozinha no almoço. Era o que eu fazia também. Não por não gostar de pessoas; eu gosto. Mas muitas coisas mudaram por volta do quarto ano. As crianças começaram a querer falar de aulas de caratê e música, times de futebol e de jogar no time de hóquei no gelo em David City. Eram coisas que eu não podia fazer. O quarto ano também foi quando o problema com Brian Morris começou, e só por causa da corrida de uma milha. Foi o primeiro ano em que marcaram nosso tempo na aula de educação física. Brian não gostou dos resultados.

Ele é um daqueles garotos que os outros magicamente seguem, então, se ele resolve encrencar, você acaba ficando marcado. Brian também foi o garoto que começou a chamar Zoey Samuels de Zoe-Zangada. Isso também ficou marcado nela.

Eu vi Zoey sentada sozinha por alguns dias. Depois, fui até lá e parei do lado dela com a bandeja de almoço nas mãos e disse:

— Bem-vinda ao condado de Butler. Meu nome é Perry Cook. Eu moro em Surprise. É um lugar pequenininho.

— Não é tudo pequenininho? — replicou ela.

— Bom, é um lugar pequenininho *e* tem nome engraçado. Acho que você não é daqui.

— Não mesmo — disse ela, balançando a cabeça e revirando os olhos. Devia querer que eu fosse embora.

— Quer saber por que chamam de Surprise? — perguntei.

Zoey Samuels olhou diretamente para mim. A boca se contorceu para o lado. Ela apontou para o banco do outro lado da mesa, e eu me sentei.

— Tá, pode contar. Por que se chama Surprise?

Eu poderia ter contado a história real. Escrevi um trabalho sobre isso no terceiro ano. Mas gostava mais da história de Big Ed.

— É por causa da neve — eu disse. Nós dois olhamos pelas janelas do refeitório, para a brancura de janeiro. — Mas a neve não é a surpresa. É o que você encontra quando a neve derrete. Um monte de coisas que você nem sabia que tinha perdido. Como uma luva que deixou cair. Uma nota de um dólar. Ou uma carta que pretendia botar no correio. Você olha para o chão e as coisas estão…

— Esmagadas — disse Zoey. Ela bateu as mãos. — Grudadas no chão. Ou congeladas como pedra embaixo de um arbusto — continuou ela. — E assim… você deveria ficar com a nota de um dólar, porque foi você que a encontrou. E devia abrir a carta e fingir que é sua para você mesmo. Porque está ali há tanto tempo que você já vai ter esquecido o que escreveu e quando ler…

— Surpresa! — exclamei.

Zoey Samuels morreu de rir.

Ela é minha melhor amiga desde esse dia. Eu nunca fui à casa dela, e ela não pode ir à minha casa depois da aula. Mas Zoey sabe exatamente onde eu moro. Também sabe por quê.

Ela nunca disse nada de ruim sobre isso.

capítulo seis

O CARTÃO

Está na hora do almoço na escola nova. Meu cartão de alimentação não passa. A caixa tenta de novo e de novo. O crachá dela diz "srta. Jenrik". Ela não é muito velha. Na verdade, parece ter idade de quem devia estar no final do quarteirão, no ensino médio. Ela tem cabelo cor-de-rosa espetado e brincos compridos com penas nas pontas. Usa anéis em todos os dedos. Cada vez que meu cartão dá erro, ela balança a cabeça, e alguma coisa nela tilinta.

— Você ativou? — pergunta ela. Dá uma boa olhada no cartão.

— Ativei — digo.

— Passou pela máquina de lavar roupa?

— Ainda não — digo.

Zoey está bem atrás de mim. Ela ri. A srta. Jenrik também ri enquanto olha para o mostrador da máquina e balança os dedos para ela.

— Não sei por que essa coisa está me pedindo um código — murmura ela. — Sou nova no emprego. Mas não vi nada assim o dia todo...

Ela aperta alguns botões. Tenta passar o cartão de novo. A fila está aumentando atrás de nós.

Eu digo para Zoey:

— Você devia ter passado primeiro. Já poderia estar comendo.

Zoey se inclina ao meu lado para falar com a caixa.

— Ei, e se a gente passar meu cartão duas vezes? Só hoje.

— Não vamos conseguir fazer isso. — Tin-lin-tim. — Humm...

A fila está fazendo pressão atrás de Zoey. Tenho certeza de que a beirada da bandeja de alguém está comprimindo as costas da minha amiga. Ela firma os pés como se estivesse marcando lugar.

— O que foi? — pergunta alguém na fila. Eu olho e vejo um garoto alto com a bandeja vazia em uma das mãos. Ele aponta para si mesmo com a outra. — Estou morrendo de fome!

— Ah, olha só quem está atrapalhando tudo.

Eu conheço essa voz. É Brian Morris, e ele está se inclinando para o lado na fila para me olhar com desprezo.

— Não está tão rápido hoje, *não é*? — diz ele. Como se eu corresse na fila do almoço.

A srta. Jenrik me pergunta:

— Você pegou esse cartão aqui na secretaria?

Eu me inclino para a frente e digo:

— Foi enviado para mim. Pelo Estado.

— Pelo Estado? Ah! É um cartão de assistência! — Ela parece falar mais alto a cada palavra. — Você recebe ajuda do governo! Por isso está pedindo um código.

Zoey bufa e balança a cabeça.

Brian Morris faz um barulho de pato com a mão, atrás de nós.

— É Perry *Fruta*! — diz ele em um grasnido. — Fugiu de Surprise!

A srta. Jenrik levanta a cabeça quando ouve isso. O rosto fica vermelho que nem um tomate embaixo do cabelo cor-de-rosa.

— Me d-desculpe — diz ela. Está muito quieta agora. — É minha culpa. Só minha culpa. — Ela digita um código. Meu cartão passa.

Zoey e eu nos sentamos em frente um ao outro no final de uma mesa comprida. Nós dois nos encostamos na fenda onde a mesa encosta na parede. Zoey está olhando com expressão gelada para o macarrão quente. Está com raiva por causa do cartão. Eu estou pensando que, quanto mais difícil é conseguir um almoço, mais tenho vontade de comer. Também estou pensando que em breve não vou ter cartão do Estado. Quando minha mãe sair em condicional, meu cartão vai ser igual ao de todo mundo.

— Ela não fez por mal — digo para Zoey enquanto pego uma garfada de macarrão.

— Ela falou alto, Perry. Alto tipo megafone.

— Mas ficou feliz de ter entendido. Amanhã vai ser moleza.

— Ela podia ter se esforçado mais — fala Zoey. — Bem mais.

— Ei, Zoey — digo —, onde você arranjou esse anel?

— Está tentando mudar de assunto? — Ela gira o anel enquanto fala.

— Estou — respondo. Não consigo esconder muita coisa da Zoey.

— Meu padrasto, Tom, me deu — conta ela. — Comprou na loja de presentes da pousada em que ficamos no verão.

— Legal.

— É — continua ela. — Mas é como eu já falei, ele compra coisas que não quero e de que não preciso, como a câmera — diz ela, se inclinando um pouco.

— Eu fico feliz de ele ter dado a câmera para você — comento, dando de ombros e sorrindo.

— Não são só os presentes. Ele tem que falar por que os deu. "Esse anel é para comemorar as férias que tiramos como *fa-mííí-lia...*" — resmunga Zoey. Ela começa a imitar Tom. — "Não é legal o quanto evoluímos, Zoey? Você e sua mãe e eu, nós viramos uma *fa-mííí-lia...*" E hoje de manhã ele perguntou: "Você vai usar seu anel novo para ir à escola hoje, Zoey? Hã? Hã?" Eu me senti mal porque nem pensei em botar o anel hoje cedo, Perry. Mas fingi que pensei. Mais para fazer minha mãe feliz.

Já encontrei a mãe de Zoey duas vezes, só para dar oi pela janela do carro no estacionamento da escola. Mas não conheço Tom, o padrasto. Eu nem sempre entendo exatamente o que Zoey sente em relação a ele. Mas sei que é o principal assunto sobre o qual ela precisa falar.

— Faz dois anos, Perry — continua Zoey. — E ele ainda faz isso. Ainda fala sobre o quanto estamos indo bem. Quer saber? — (Ela vai me contar.) — Os melhores momentos são quando ele diz coisas normais, como: "Passe o arroz, por favor." É assim que eu sinto que somos uma família.

Eu faço que sim com a cabeça. Acho que entendo essa parte sobre Tom se esforçar demais.

Zoey diz:

— Mas o anel é legal mesmo. — Ela apoia o cotovelo na mesa e vira o pulso na minha direção. — Coloque o rosto perto da pedra, Perry. Mas não encoste o peito no macarrão — avisa ela. — Chegue bem perto. Está vendo seu reflexo? Parece um espelho em uma casa de parque de diversões. Seu nariz fica muito grande. Está vendo?

— Estou!

Ela está certa. Tenho uma cara com nariz gigante e olhinhos bem altos. Abro um sorriso e vejo dentes encavalados gigantes no anel de Zoey. É muito engraçado. Eu apoio o rosto ridículo nas mãos.

— Fiz você rir!

Zoey está triunfante. Ela diz que eu nunca rio. Eu digo que só sou discreto.

Quatro garotos se sentam à mesa, inclusive o alto e com fome. Eu chego para o lado e puxo a bandeja, como se estivesse abrindo espaço. Mas já estou encostado na parede. Eles estão falando sobre os times em que cada um está e de que escola cada um veio. Ouço alguns sussurros, e eles ficam olhando para mim. Então Brian Morris chega para se sentar com eles. Ele sabe onde eu moro. Deve ter contado.

— Ei — diz o garoto alto —, que tal amanhã você levar seu cartão de assistência para o final da fila, *garoto de Blue River*?

É. Brian contou.

Eu me pergunto o que mais disse, porque ele inventa coisas. O cara contou para todo o quarto ano que eu durmo em uma cela sem colchão e que meu jantar se limita a pão branco e água.

Os garotos estão me olhando. O maxilar de Zoey está contraído. Ela não gosta quando as pessoas se metem na minha vida.

Ela olha para mim. Apoia o canudo na mesa e puxa a embalagem como um acordeão apertado. Desliza o papel pela mesa bem na frente de Brian Morris. Usa o canudo para molhar com uma gota de leite. O papel cresce.

Ela olha para Brian e diz:

— Verme?

capítulo sete

A PRIMEIRA MILHA CRONOMETRADA

Quando corremos nossa primeira milha com marcação de tempo no quarto ano, o professor de educação física disse que era um teste físico exigido pelo estado do Nebraska.

— Não se preocupem. Mas façam o melhor possível.

Foi tudo o que ele disse. Na mesma hora, botei na cabeça que queria terminar primeiro. Brian Morris também.

Não foi tão apertado; acho que cheguei umas dez jardas na frente dele. Eu já tinha corrido muito em Blue River. O sr. Halsey me ensinou a respirar, *hu-ha*, *hu-ha*, e a expirar cada vez que meu pé esquerdo tocasse no chão. Deu certo. Eu já estava andando depois da corrida quando Brian esbarrou em mim e quase me derrubou. Mas foi ele quem tropeçou e comeu terra.

— Você está bem? — perguntei.

Brian ficou de pé, ainda tentando respirar. Limpou as manchas de lama nos braços e pernas. Depois, soltou um monte de palavrões para cima de mim. Até cuspiu no chão, perto dos meus pés.

— Você é rápido porque corre de presos o dia todo — disse ele.

Tive uma sensação fria por dentro, do tipo que se espalha pelo corpo. Ninguém nunca tinha dito nada assim para mim.

— Eu não corro deles. Eu corro com eles.

Brian contorceu o rosto.

— O quê?

— Com os residentes. Tem uma pista em Blue River. Eu corro...

— Eu preferia estar *morto* a viver numa prisão!

Brian passou por mim dando um esbarrão no meu ombro. Tive que dar um passo para trás para não cair.

Morto? Sério?

Naquela noite, na mesa de jantar em Blue River, eu contei para todo mundo que estava perto que corri mais rápido do que o quarto ano inteiro.

— Isso aí, Perry! A vitória dá uma sensação boa! — O sr. Halsey levantou os braços compridos em um *V* grande.

— Foi bom mesmo. Mas só por alguns segundos — falei. — Um garoto, Brian Morris, ficou com *raiva*. Como se quisesse me dar um soco na barriga. Acho que eu devia deixá-lo ganhar na próxima vez.

Todos os residentes gritaram:

— Não, não, não!

Mamãe estava com eles e não abria.

— Mas e se isso o fizer se sentir melhor?

— Não! Não! Não!

Era quase uma rebelião.

Até a diretora parou junto à mesa para ver o que estava acontecendo.

— Por que vocês estão tão animados e empolgados? — perguntou ela.

Eggy-Mon, que ama uma rima, estalou os dedos atrás do balcão e repetiu:

— Animados! Empolgados!

Mamãe disse:

— Você deve sempre fazer seu melhor, Perry. Tenha orgulho de si mesmo! — Ela me cutucou. — Além do mais, se você deixar Brian vencer, ele pode perceber o que você está fazendo. Ele não vai se sentir melhor.

— Humm. Sabe o que mais Brian disse? Que preferia estar morto a morar numa prisão.

Todo mundo ficou em silêncio. Mamãe deu um suspiro e estalou a língua.

— Sabe, Perry, antes de eu vir para cá, se eu pensasse em ser presa, se tentasse imaginar, minha mente falharia depois de alguns segundos. Eu não suportava nem pensar nisso. Parecia *mortal*. Talvez seja isso que Brian queira dizer.

Ano passado, no quinto ano, corremos uma milha de novo. Na linha de largada, Brian Morris me disse que ia acabar comigo e me venceu por três segundos, com justiça. Estou curioso para ver como vai ser este ano. Quero vencer.

Também quero que Brian Morris fique longe do meu pé.

capítulo oito

SALTOS

Estou sentado na porta do meu quarto no Salão Leste Superior, em frente à sala da diretora Daugherty. É a menor sala de lazer de Blue River. O motivo disso é que Big Ed e sua equipe de projetos especiais da carpintaria botaram uma parede no cômodo para fazer meu quarto. Sei a história porque Big Ed gosta de contar.

— Os residentes ficaram tão chateados! — Ele ri. — Resmungaram que iam perder o sol da manhã. — (E ele invade mesmo o lugar, nos dias sem nuvem.) — Todo mundo disse, ah, por que Blue River precisa de outro armário de vassouras? Ou aquela diretora vai roubar a luz para ampliar a sala dela? O que está acontecendo aí?

Segundo a história, a divisória subiu e a barriga da mamãe cresceu. Depois, chegou um berço.

— Eu mesmo montei. — Big Ed gosta de contar. — Em pouco tempo, todo mundo sabia que um bebê ia chegar em Blue River. Tínhamos um quartinho de bebê pequenininho na prisão.

Mamãe saiu de Blue River para me ter em um hospital. (Ela só sai com permissão médica.) Ela diz que, quando entrou comigo dormindo nos braços em um cobertor azul, Big Ed estava com um sorriso largo no rosto. Ele gritou alto no Salão de Blue River:

— Ah, garoto, é um garoto! — Ele levantou os dois braços no ar. — Ei, pessoal, podem parar de resmungar sobre o sol da manhã. — Ele apontou para o Salão Leste Superior. — Temos um novo Filho Matinal!

O salão encolheu por minha causa. Mamãe diz que é o melhor lugar para pequenas reuniões. Super-Joe chama a mamãe de carregadora de Blue River, porque ela gosta de botar cadeiras em círculo. Ele às vezes é meio cretino. Pede para ela colocar tudo de volta no lugar e a faz se atrasar para o jantar se o trabalho não for feito a tempo.

Hoje, estou aqui sozinho. Não tenho dever de casa no primeiro dia de aula. Estou sentado no chão, as pernas penduradas acima do salão comum. A grade, que por acaso é vermelho-bala, me protege. Mamãe diz que quase não conseguiam me impedir de lambê-la quando eu era pequeno. Atualmente, apoio o queixo na viga inferior e vejo tudo o que acontece embaixo.

Os residentes estão voltando da carpintaria e da estufa. Alguns foram a reuniões ou a aulas. O sinal do jantar vai tocar em noventa minutos. Agora é um horário livre para os residentes. Meio livre. Alguns vão tomar banho. Tem hora marcada para isso. Alguns vão à academia ou a alguma outra reunião. Os homens e as mulheres podem socializar antes do jantar. Mas só no salão. Mamãe diz que é difícil para qualquer um ter uma conversa particular assim. Mas é a regra. Não se pode namorar nem se casar em Blue River. Não se pode beijar ninguém. Bom, mamãe pode me beijar e eu posso beijá-la também. Mas qualquer outra pessoa leva um aviso de infração. É descontado no pagamento e eles vão ter menos para gastar no armazém. Alguns residentes dão abraços e beijos rápidos escondidos mesmo assim. Eu vejo. Não falo nada.

A essa hora, tem muitos apertos de mão e tapinhas no salão. É assim que o horário de trabalho termina para todo mundo em Blue River. A diretora diz que é como se demonstra alegria. Alguns residentes gostam. Outros, nem tanto. Alguns ficam com as costas na parede. Cruzam os braços e ficam com expressão pétrea. "São os Frios", penso. Vejo gelo nos olhos deles, e isso me diz que eles têm o tipo de coração que não quer se importar com nada. Mamãe me diz: "Fique longe, Perry." E eu fico. Mas às vezes vejo que até os Frios ficam meio derretidos quando me veem, uma criança, nos salões de Blue River.

O sr. Halsey e o sr. Rojas são como da família. Procuram para ver se estou ali em cima. Sabem que costumo estar no mesmo lugar às quatro da tarde. Às vezes, eu dou um grito para chamar a atenção de alguém. Mas fico em silêncio se vejo gente que parece estar tendo alguma dificuldade. Quase todos os residentes de Blue River têm dificuldades que voltam com tudo de tempos em tempos. Não arranco pessoas de seus pensamentos profundos.

— Perry, meu garoto!

O sr. Halsey está olhando para cima. Ele foi até o armazém. Está com uma sacola plástica fechada com um nó. Ele entrega a sacola para a srta. DiCoco.

— Pode proteger isso para mim, Callie?

Ela pode. Todo mundo gosta do sr. Halsey.

O sr. Rojas banca o vigia para ele. Verifica o salão para ver se Super-Joe ou algum outro supervisor está olhando.

— Está tranquilo, cara. Tudo limpo.

O sr. Halsey corre um pouco e pula. Estica o braço bem alto, como se estivesse enterrando uma bola de basquete. Só que não tem bola nem cesta no salão. Ele está esticando o braço para mim. Moleza. Ele bate no meu tênis.

— Olhem só! — exclama ele, e cai. — Perry está de tênis novos! U-hu!

Ele olha ao redor para ver se foi flagrado. Não foi. Ele dá um tapa na mão do sr. Rojas.

— Sua vez — diz, e agora é o vigia.

O sr. Rojas é bem mais baixo. Ele pula, se estica e não alcança meu pé por pouco.

— Alguém faz pezinho para o sujeito! — provoca o sr. Halsey.

O sr. Rojas mostra o dedo para ele pela provocação. Alguns residentes mais jovens se juntam a eles nos pulos.

É um jogo legal. Eles não estão sendo vigiados. Todo mundo em Blue River gosta um pouco disso. E eu gosto das batidas nos meus pés. Gosto quando o sr. Halsey pergunta sobre me levar com meus tênis novos para a pista para correr. Eu adoro correr com ele. Mas só temos os sábados agora que as aulas começaram.

Mamãe aparece atrás de mim.

— O que está acontecendo lá embaixo, Perry? Aqueles bobos estão pulando de novo?

Ela olha para o salão na hora que o sr. Halsey pula e bate na parte de baixo do meu pé. Ele cai, gira e olha para a mamãe.

— Ei, ei, Jessica! — diz ele. Está sorrindo, mas parece meio sério quando pergunta: — Como vai? Você está bem?

Vejo mamãe assentir. Mas ela está com aquela cara preocupada de quem não dormiu o suficiente. Ela apoia o cotovelo na grade e o queixo na mão. Dá um sorrisinho fraco para o sr. Halsey.

— Oi, Halsey — diz ela. — Quando você vai jogar de verdade no pátio?

— Não sei — responde ele. — Ainda tenho trabalho a fazer. — Ele aponta para o próprio peito e diz: — Mas tenho que dizer que sei jogar bem tranquilo.

— Jogue seu primeiro jogo comigo — digo. — Mano a mano. Quando você estiver pronto. Podemos pegar leve.

— Ótimo plano, Perry.

Eu olho para mamãe, mas ela parece desligada. Talvez seja porque o rabugento sr. Krensky está de cara feia no alto da escada, a caminho da biblioteca de direito. Ele é um Frio. Nós ficamos longe. Mas tem outra coisa estranha na mamãe. Ela não está carregando a pasta do Novo Começo. Essa é a hora do dia em que ela costuma se sentar no salão e mexer nos papéis. Entre eles tem uma lista de empregos para os quais ela quer se candidatar quando sairmos. Vai riscando cada vaga que é preenchida.

— Ainda está cedo para eu procurar — costuma dizer ela. — Mas assim eu sei o que tem lá fora.

A pasta de Novo Começo também está cheia de apartamentos. Vamos precisar alugar um. Algum dia. Eles também vêm e vão. Sei qual é o favorito dela: o segundo andar inteiro de uma casa azul na Button Lane, em Rising City. É a cidadezinha mais próxima, onze quilômetros ao norte de Surprise, onde Zoey Samuels mora. As fotos mostram um lugar com aposentos pequenos e janelas compridas, piso de madeira, aquecedores velhos e maçanetas redondas em todas as portas. Mas a melhor coisa dele é que poderíamos vir aos sábados ver Big Ed e os outros. Semana após semana, mamãe verifica a casa azul.

— O anúncio ainda está lá — costuma dizer. — Talvez espere por nós.

Ela pode estar certa. Tenho a sensação de que mais ninguém quer o apartamento. A audiência da condicional da mamãe está chegando. Vamos sair em breve.

Abaixo de nós, o sr. Halsey pega a sacola com a srta. DiCoco.

— Jes-si-ca! — diz ele para mamãe. (Ele ama dizer o nome dela em três sílabas separadas.) — Pense rápido!

Ele sobe na hora, ainda com a sacola na mão. Dá um impulso e joga por cima da grade. Mamãe ganha vida. Estica a mão para pegar. Dá um aperto leve na sacola, como quem quer adivinhar. Seus olhos se iluminam.

— Brócolis? — diz ela. — Você comprou brócolis fresco para mim?

O sr. Halsey leva o indicador comprido aos lábios.

— Shh-shh-shh! — Ele olha por cima do ombro e sussurra para ela. — Não me meta em confusão!

Mamãe cobre a boca. Não se pode dar nem trocar mercadorias do armazém. Mas essa regra é quebrada o tempo todo.

— Obrigada, Halsey — diz mamãe. — Olhe aqui, Perry. — Ela fala com um sorriso. — Ouro verde!

capítulo nove

JESSICA

Jessica Cook ficou com duas notícias relevantes na cabeça a tarde toda e carregou as duas para a mesa de jantar. A primeira foi o incidente de Perry na escola, a questão do cartão de assistência para o almoço dele. A escola ligou para pedir desculpas pelo que aconteceu. Disseram que ela precisava saber que a privacidade de cada aluno era de grande importância e que Perry não devia sentir nenhum estigma nem desconforto por usar o cartão.

Jessica achava que devia dizer: *Ah, tudo bem! Você não sabe que estou na cadeia? Ser excluído por causa de um cartão de assistência não é nada para meu filho.* Mas só sufocou o sarcasmo e agradeceu pela ligação.

Perry não falou nada sobre o cartão. Ficou bem quieto a noite toda, vendo o jogo de pulos no salão e depois dividindo um lanche de brócolis no vapor com ela na cozinha do Bloco C. Eles brincaram que estavam estragando o jantar com a coisa mais saudável que comeram o dia todo. Triste verdade.

Mas o filho estava de olho nela. Ficou sentado perto dela no jantar, os olhos azuis enormes procurando a grande dica no rosto dela. Perry sempre sabia quando havia alguma coisa errada. Só não costumava estar por dentro dos detalhes e sabia que não devia perguntar. Tinha sido criado para respeitar a privacidade de todo mundo em Blue River, inclusive da mãe.

A segunda notícia pesada veio da diretora Daugherty, em outra reunião particular na sala dela horas antes, e foi bem mais perturbadora.

— Infelizmente, nós nos deparamos com aquela única pessoa que sabe sobre nosso acordo incomum que me coloca como responsável de Perry e que não está disposta a ignorar esse fato — disse a diretora.

A respiração de Jessica ficou presa no peito.

Mas quem? Depois de tanto tempo? Por que agora? Isso era muito ruim? Ela tinha certeza de ter pensado aquelas palavras, não falado. Mas parecia que a diretora ouvira tudo.

— Nós temos que ficar calmas. Estou cuidando disso e vou manter você informada. Eu prometo.

Sentada para o jantar com Perry e várias residentes, Jessica se esforça para estar presente. Ondas de medo congelante a invadem. Ela fecha os olhos e deixa uma expiração profunda deslizar pelos lábios.

Deixa isso para lá.

Jante com seu lindo filho. Jessica passou a mão pelas costas de Perry quando ele se sentou ao lado dela. Estava usando uma das camisetas novas de volta às aulas que ela pediu para Maya Rubin comprar. Custou quase dois pagamentos da prisão, mas, ah, era bem-feita e vestia bem.

Pelo menos, alguma coisa estava certa.

capítulo dez

SENTAR AO LADO DE UMA TESOURA

— Não acredito que não podemos ir. — A srta. Sashonna está reclamando à mesa do jantar. — Não é justo. Nem um pouco justo. Nós fizemos toda a decoração. Todas nós.

Ela bate no peito com a palma da mão. A srta. Sashonna tem braços compridos e magros e cotovelos pontudos, e nunca para de se mexer. Deixamos muito espaço ao redor dela à mesa. Sentar com ela pode ser como sentar ao lado de uma tesoura.

Mamãe diz que a srta. Sashonna é um dos maiores desafios dela aqui em Blue River. Sashonna diz "não é justo" para tudo. Nada incomoda mais a mamãe. Quando Sashonna chegou aqui, falava mal de tudo, desde os horários de banho até os garfos-colheres no refeitório.

— Estão vendo isso, pessoal? — Ela levantou o garfo-colher bem alto. — Sabem o que é isso? Vou dizer o que é. É desss-necessário, isso, sim. Podem me dar talheres de verdade. Não vou furar ninguém.

Mamãe disse para ela:

— Nenhum de nós é violento, Sashonna. O garfo-colher é prático. Um talher só. Fácil de lavar. — E acrescentou: — E seu trabalho na cozinha não é enrolar guardanapos no garfo-colher?

— Duzentos por dia — respondeu ela, balançando o objeto.

— São muitos talheres — disse mamãe. — É melhor você cultivar um pouco de amor por eles até ser promovida.

— É, eu tenho amor pelos meus grandes oito dólares por semana — disse Sashonna. — Não dá para comprar nem um potinho daquele creme de chocolate no armazém. Não é justo.

Um dia, a srta. Sashonna mencionou o fato de que eu podia ficar com a mamãe em Blue River.

— Por que isso?

Mas a diretora Daugherty foi rápida ao dizer:

— Sashonna, se você souber de um instituto penal onde acha que as coisas seriam *mais justas*, me avise. Vou pedir sua transferência.

Isso fez com que ela se calasse na hora. Não é burra. Qualquer um escolheria Blue River em um piscar de olhos; qualquer um que tenha que estar em uma prisão.

Esta noite, o resmungômetro de Sashonna está no máximo por causa do Baile de Pais e Filhas. É o primeiro. A diretora Daugherty decidiu tentar fazer um para os homens de Blue River, os que são pais. Todo mundo vai sair cedo do trabalho na sexta-feira para se arrumar.

— Todas nós devíamos poder ir. Arrumaram um terno para cada homem. Vocês souberam? Todos doados. Caramba, a gente nunca os vê produzidos assim. Estou tão cansada de camisas azuis — resmunga ela.

— Não ligo muito para eles — comenta a sra. DiCoco, balançando a mão. — São as garotinhas que quero ver. Pequenas como minhas netinhas. Elas vão vir todas de vestido, todas lindinhas. Como princesinhas.

— Bom... — diz a srta. Gina. Ela tem cílios escuros e grossos que parecem que vão quebrar quando ela pisca. — Eu queria que houvesse um baile para todas nós também.

— É! É! — Sashonna balança o punho ossudo no ar.

— Pode acontecer um dia — fala mamãe. — Nunca se sabe. A diretora está trabalhando em novos...

— Jessica! Você está sempre do outro lado de tudo aqui — diz Sashonna.

— Ei. Não, não estou — retruca mamãe, balançando a cabeça. — É difícil à beça, mas eu tento não pensar em lados aqui.

— Bem, isso é porque você está prestes a sair. — Sashonna faz uma careta para mamãe. Senta-se irritada na cadeira. Cruza os braços. — Tem dois anos que não vejo um homem bem-arrumado.

Mamãe faz um barulhinho na garganta, como se estivesse concordando com Sashonna.

— Ah, eu adoraria botar os olhos nesse evento também — diz mamãe. — Mas o baile é para os homens. Para lembrá-los do que os espera lá fora. — Ela parece distraída. — Para lembrá-los de fazerem a coisa certa, de sempre melhorarem... mesmo nos dias ruins.

— Fico feliz. Pelo menos uma de vocês entende isso.

A diretora Daugherty, como de costume, aparece do nada, como um brinquedo de corda de tamanho real. Para na ponta da mesa com a prancheta apoiada no braço e a caneta na mão.

A srta. Sashonna empertiga a coluna e levanta as mãos.

— Eu entendo! Eu também entendo — diz ela.

A srta. Gina revira os olhos. A sra. DiCoco solta uma gargalhada e ajeita o cabelo grisalho.

— Esse baile vai ser pura emoção — fala a diretora Daugherty. — E emoção é coisa boa. Nós somos humanos. Mas, para isso, os pais merecem privacidade.

Ela olha por cima dos óculos e aponta a caneta para o grupo como se estivesse estourando um balão.

— Fim da discussão — diz ela. Depois olha para mim. — E aí, Perry? O dia foi bom na escola nova?

— Foi — respondo.

— Fico feliz em saber — diz ela. — Se precisar de alguma coisa, venha me ver. Se houver algum problema, me diga.

Estou supondo que alguém contou para ela sobre meu cartão que não passava. Quando uma coisa assim dá errado para mim lá fora, a diretora resolve rapidinho. Mas a única coisa que quero saber hoje é o que está acontecendo com a mamãe. Não posso fazer essa pergunta aqui e agora. Além do mais, a diretora já está dando meia-volta. Logo, vai embora.

A srta. Sashonna apoia os cotovelos na mesa.

— Tudo bem, a gente não pode ir ao baile. — Um sorriso surge no rosto dela. — Mas Perry pode. — Ela aponta para mim.

— Primeiro de tudo, não aponte o dedo para meu filho. Segundo, ele não é pai nem filha.

— Mas é fotógrafo! Ele tem aquela câmera.

A srta. Sashonna está apontando para mim de novo. Mamãe olha para ela de um jeito esquisito, como se fosse quebrar o dedo dela.

— Ia ser legal ver umas fotos — diz a srta. Gina, e a srta. DiCoco também gosta da ideia.

— Então está decidido, Perry! — A srta. Sashonna balança os braços magrelos e dança na cadeira. Ela canta: — Divirta-se! Dance!

— Perry tem mesmo uma câmera legal — concorda mamãe. Ela faz um retângulo com os dedos e os polegares. — É pequena, e adoro poder ver as fotos direto na tela. É a coisa mais incrív...

— Chama-se digital — diz Sashonna. Ela coloca um dedo comprido e ossudo bem na cara da mamãe. — Você não sabia? *Digital*.

Mamãe empina o nariz.

— Certo. As câmeras estão incluídas nas coisas que mudaram muito em 12 anos — mamãe lembra a ela.

— O que você acha, Perry? — A srta. Gina finge levar uma câmera aos olhos. Ela clica com o dedo e fecha uma pálpebra de cílios longos.

— Eu posso, mamãe?

— Se a diretora disser que pode... e se você quiser.

Ela sempre deixa que eu decida. Sou o cara com mais liberdade em Blue River.

Eu tento fazer por merecer.

capítulo onze

PAIS E FILHAS

Na tarde de sexta-feira, eu chego da escola e encontro o salão de Blue River transformado. Tiras de papel crepom rosa e branco decoram os corrimões. Pássaros de papel feitos de páginas de revista estão pendurados em barbantes.

— Uau!

Eu balanço os braços erguidos. Tudo oscila. O salão parece estar respirando.

Tenho permissão de ficar no Salão Leste Superior e tirar fotos do Baile dos Pais e Filhas. Mas só na primeira meia hora. Super-Joe gostou da ideia. Ele acha que devíamos imprimir fotos para os pais. Algumas das garotas que vêm nem sempre conseguem fazer a viagem até Surprise.

Quando o ponche de frutas e as bandejas de biscoitos estão prontos, Super-Joe e os outros supervisores esvaziam o salão. Mamãe e as outras mulheres vão tomar chá e passar o tempo livre nas cozinhas do bloco. O jantar vai ser servido uma hora depois do habitual. É um dia diferente em Blue River.

Os homens entram, e tenho que olhar duas vezes para saber quem é quem. Eles estão usando os ternos doados: alguns largos, alguns apertados, mas todos elegantes. Quando olho pelo visor da câmera, vejo homens orgulhosos. Eles estão bem-vestidos e sorridentes. Blue River está fora da perspectiva. Eles estão *livres* esta tarde. Pela primeira vez, eu me pergunto: e mamãe? Ela vai ficar diferente quando for solta? Vai ficar diferente quando estivermos lá fora?

Abaixo de mim, o sr. Rojas ri. Ele ajuda o sr. Palmero a prender a flor na lapela. Tem alguns cravos de cabeça para baixo no salão. Mas todos estão achando graça.

As filhas chegam. Como a sra. DiCoco disse, as pequenas parecem princesas... ou bolinhos com cabecinhas, perninhas e bracinhos. A maioria vai nas pontas dos pés até os pais, felizes de vê-los. Algumas choram, por tristeza ou por não saber direito o que estão fazendo ali. Os pais esperam, falam com elas com doçura. Inclinam-se para pegá-las no colo.

Cici e Mira Rojas me conhecem dos dias de visita. Elas acenam para mim, e o sr. Rojas segura uma garota em cada braço. Ele diz:

— Olhem para cima! Sorriam para Perry!

Eu viro a câmera e aperto o botão. Mais pais e filhas olham para cima a fim de serem fotografados.

Tem uma pessoa contrariada. Ela é maior, mais ou menos da minha idade. Não conheço o pai dela, só sei que se chama Garra. (Ele tem tatuagens de garras de pássaro que sobem pelo pescoço até atrás das orelhas.) Ele é um dos um pouco Frios. Hoje, parece mais suave. Mas a filha dele parece furiosa. Está encostada na parede, um pé apoiado atrás e os braços cruzados com força. O nariz empinado no ar. Não olha para o pai; não olha para nada, só para mim, de cara feia.

— Tem um garoto idiota lá em cima! — Ela aponta para mim. O sr. Garra para ao lado dela. — O que aquele garoto está fazendo?

Eu me viro. Não sei o que fazer.

A música toca. As danças começam.

Alguns pais e filhas saem dançando, dão pulinhos, rebolam. Mas a maioria dos pais segura a filha pertinho, embalando e girando no mesmo lugar. Ainda há algumas lágrimas. A diretora disse que seria pura emoção.

Vejo Garra e a filha dele se afastarem da parede. Ela não segura as mãos dele, mas os dois dançam um pouco. Não tiro foto deles. Talvez não queiram.

Eu olho o relógio. Não fico por muito tempo.

Mais tarde, Super-Joe vai até minha porta com um copo de ponche e um guardanapo cheio de biscoitos amanteigados.

— Eu trouxe um lanchinho, porque o jantar é mais tarde. A festa está acabando. Daqui a cinco minutos você pode sair e andar por aí — diz ele. Eu não costumo ter que ficar confinado, principalmente numa tarde de sexta.

Quando a música acaba, eu saio e olho para baixo. O salão está vazio. Os pássaros de papel estão parados. Vejo o sr. Rojas percorrendo o corredor do Bloco A sozinho. Ele tirou o terno doado e voltou a colocar a camisa azul-clara. Está escalado para a cozinha esta noite. Não me vê. Quando chega ao salão, para e olha a decoração ainda pendurada. Senta-se encostado na parede. Tira um punhado de lenços do bolso e assoa o nariz três vezes seguidas. Eu me lembro do que a diretora Daugherty falou sobre privacidade. E me afasto do corrimão. Ouço soluços e algumas respirações profundas, que me dizem que ele está tentando se controlar.

Eu sei o que ele fez. O sr. Rojas tinha um esquema de jogo ilegal. Disse que era dinheiro rápido. Achou que podia ganhar tudo de que precisaria a fim de mandar as filhas para a faculdade e depois se afastar de coisas ilegais. Eu o ouvi contar.

— Eu fiquei ganancioso — contou. — Só mais um pouco, só mais um pouco... — debochou de si mesmo. — Agora, sou só um presidiário imbecil que vacilou com a família.

Mas, na verdade, o sr. Rojas é inteligente. Ele ajuda os residentes na biblioteca de direito. Você tem que entender seu próprio caso quando está na prisão. O sr. Krensky é um bom advogado de cadeia também, talvez até melhor do que o sr. Rojas. Mas Krensky não é legal. Ele faz as pessoas pagarem por tudo, por menor que seja. O sr. Rojas ajuda de graça. Ele é um bom amigo da mamãe e meu. Quando a sra. Rojas leva as filhas para uma visita, eu sinto que mais familiares chegaram. É uma das coisas difíceis de Blue River. Fico feliz de ele estar aqui com a gente. Mas sei o quanto o sr. Rojas sente falta de casa.

Eu me aproximo e olho para baixo. Vejo que ele está amarrando o avental. Ouço Eggy-Mon gritar da cozinha:

— Qual é o recado, meu homem de azul-claro?

— Tudo azul... — responde o sr. Rojas. — Estou melhor. Mas, cara, hoje alguns rapazes estão chorando rios no Bloco B.

capítulo doze

ENCONTRO COM A DIRETORA

A diretora Daugherty me oferece a cadeira de rodinhas. Tenho a sensação de que não vou girar nela hoje. Não vou dar uma corridinha, cair de joelhos nela e surfar pelo piso. Acho mesmo que estou ficando grande demais para isso. A diretora me empurra para a frente, de modo que eu fico sentado de frente para a mamãe. Fecha a porta da sala e baixa a persiana do vidro que dá para o salão, e me pergunto por que precisamos de privacidade. A diretora fica de pé atrás da mesa. Mamãe é quem fala. Sua voz não está firme.

— Perry — diz ela —, a diretora Daugherty e eu precisamos contar uma coisa para você. Tem um probleminha com nosso plano.

Mamãe aperta as mãos. Baixa a cabeça por um segundo e, quando levanta, vejo que os olhos estão marejados.

Deve ser um problema grande.

— Que plano? — pergunto.

— O plano de ir embora de Blue River. — Ela suspira. — As coisas vão acontecer de forma diferente do que o esperado. Não é escolha minha. Mas talvez não seja tão ruim.

— E qual é a parte ruim? — pergunto. — Se houver algum atraso, é só a gente esperar...

Sinto-me mal por dizer isso. Mamãe merece sair. Não devia ter que esperar nem mais um segundo. Está na hora.

Ela limpa a garganta. Gruda os olhos verdes sérios em mim.

— Você sabe que sempre foi um pouco incomum você morar em Blue River. — Mamãe olha para a diretora antes de prosseguir. — Tivemos muita sorte, Perry. Mas, agora... tem uma pessoa criando caso.

— Por quê? Quem se importaria?

— Bem... a gente não tem como saber. — Mamãe bufa, como se houvesse algo mais nessa história. Mas não vou descobrir agora.

— Aham — diz a diretora. — O escrutínio está sobre mim, Perry. Minhas práticas e procedimentos aqui em Blue River... O jeito como eu faço as coisas.

— Você está dizendo que está encrencada? — Eu olho para a diretora. Seu leve menear de cabeça me diz que estou certo.

— Uau — exclamo. Sinto como se estivesse sendo lentamente atingido por um raio. — E problema para você quer dizer problema para mim?

— Quer dizer mudanças — diz mamãe. — Para você e para mim.

Ela segura as minhas mãos. Consigo senti-las tremendo nas mangas dobradas da camisa de cambraia de Blue River.

— Mãe?

— Perry, eu sempre planejei que nós dois saíssemos daqui juntos. E pretendo fazer isso. Vou me candidatar à condicional sempre que puder. Ah, caramba, como eu vou... — Ela fica um pouco mais silenciosa. — Mas você, Perry, você vai viver lá fora.

Eu dou um pulo e fico de pé. A cadeira rola para trás e atinge alguma coisa atrás de mim com um baque.

— O quê? Quando?

— Sinto muito — sussurra mamãe. — Você tem que ir agora.

capítulo treze

EMBORA DE BLUE RIVER

No fim da tarde de domingo, eu olho o relógio cinza do salão. Está marcando a passagem dos minutos. Dos últimos minutos. Mamãe quer que eu seja forte. Ela disse:

— Nós não vamos gostar disso. Mas vamos ficar bem. Nós somos uma família. Somos uma equipe. Estamos juntos, mesmo quando não podemos nos ver.

Estou me agarrando às palavras dela. Quero que ela acredite que estou bem. Fui ao banheiro duas vezes em sete minutos.

Nada disso parece real. Alguma coisa vai acontecer. Uma ligação vai ser feita. Uma ordem vai chegar. Um domo indestrutível vai cair sobre o campus de Blue River para me manter aqui e impedir que a coisa que está vindo me leve para longe.

O carro cinza-escuro para na entrada circular. Minha barriga dá um pulo.

Estou com a mamãe, a diretora Daugherty, o supervisor Joe e Big Ed. Alguém podia pensar que vão tirar nossa foto, todos nós juntos assim, olhando pela grande janela da frente. Mas nenhum de nós está sorrindo. Aos meus pés tenho uma mala de rodinhas que é da diretora. Está ocupada com quase tudo o que eu tenho. Meu material escolar está na mochila. Minha câmera também. Nós a enchemos de fotos das fotos, todas as que a diretora Daugherty e os outros residentes tiraram de mim ao longo dos anos. Mamãe tem as fotos impressas na parede. Eu as fotografei todas, para ter o mesmo conjunto para olhar quando precisar delas.

Quando mamãe me disse que eu ia morar lá fora sem ela, eu me vi andando pelos aposentos da casa que ela quer alugar na Button Lane.

Sozinho. Foi ridículo. Agora, não consigo visualizar nada. Não consigo me ver morando fora de Blue River.

Minhas axilas estão suando. Minha cabeça parece oca e cheia de ar e fria. Respiro fundo algumas vezes para tentar mandar um pouco de oxigênio para o cérebro.

Um homem sai do carro e dá passos rápidos e vigorosos até a parte de trás do veículo. Ele abre o porta-malas. Imagino que vá botar minhas coisas lá. Eu o vejo limpar a manga do casaco com as costas da mão. Ele ajeita o cabelo castanho com as palmas das mãos.

— É ele? — pergunto. Não sinto meus lábios.

— Deve ser — diz mamãe.

— É — diz a diretora Daugherty. Acho que ela já se encontrou com ele.

O nome do homem é Thomas VanLeer. Sei que ele tem esposa e filha. Também sei que é o motivo de eu estar indo embora de Blue River. Sei que vou ter que morar na casa dele. Big Ed chama isso de "esfregar sal na ferida".

Mamãe está inquieta ao meu lado. O maxilar inferior de Big Ed está projetado para a frente. Super-Joe morde o lábio. Todo mundo observa Thomas VanLeer.

"Ninguém está gostando disso", penso. Ninguém além do sorridente e animado sr. Thomas VanLeer, que está andando até a porta do Instituto Penal Misto Blue River. Ele é importante no condado de Butler. Tem um emprego importante.

Thomas VanLeer estica a mão para a maçaneta e dá um puxão. Blue River fica bem trancada. Ele quase bate a cabeça no vidro.

— É, heh... Que coisa bonita... — diz Big Ed, murmurando.

Lentamente, a diretora aponta para a esquerda de modo a indicar que tem um botão para chamar o segurança na lateral da porta. VanLeer precisa apertá-lo. Ele olha de um lado a outro, confuso. Quando percebe, assente de um jeito meio bobo. Ele aperta o botão. E espera. Nós todos esperamos. As coisas estão terrivelmente silenciosas. Eu começo a me perguntar qual guarda está monitorando a câmera da frente.

— Diretora Daugherty? Quer que eu corra até a segurança e mande que destranquem? — pergunto.

A diretora fala devagar, como se as pilhas dela estivessem acabando.

— Está tudo bem, Perry. Tenho certeza de que o guarda vai abrir a porta. Cedo ou tarde.

Eu olho por cima do ombro para as paredes douradas, os corredores largos e os corrimões vermelhos. Não vou mais correr pelo corredor do Bloco C. Não vou mais abraçar o corrimão acima do salão. Não vou mais fazer o toque de despertar de manhã. Sinto um peso na barriga. Eu me encosto na mamãe, que me puxa para perto.

VanLeer ainda está esperando, mexendo os pés. E se não o deixarmos entrar nunca? Eu penso isso e me sinto brilhante. Ouço a tranca sendo aberta. Parece mais alta do que em qualquer outra ocasião. O sr. VanLeer entra. Minhas costelas formam uma moldura apertada para o meu coração.

— Oi, pessoal. Nossa! O frio de setembro está chegando. — Ele bate as luvas uma na outra. E dirige a atenção para mim. — Você deve ser Perry.

— Gênio — diz Big Ed com aquele murmúrio baixo.

— Sim. Eu sou Perry — falo devagar.

Sei que nunca pareci mais infeliz na vida. Não ofereço a mão para apertar a dele.

Big Ed fala perto da parte de trás da minha cabeça.

— Não há necessidade de ser simpático se não é o que você sente.

Não é mesmo.

VanLeer olha para mamãe.

— E você é Jessica? — pergunta ele.

— Sim. A mãe de Perry — responde ela.

— Bem, eu sou Thomas VanLeer — diz ele.

Ele se apresenta para todos. As reações são desanimadas, mas o homem sorri o tempo todo.

— É um prazer conhecer vocês todos.

— Duvido — diz Big Ed.

— Vocês devem saber que sou o promotor público do condado de Butler — declara o sr. VanLeer.

— Engraçado — comenta Big Ed. — Eu sempre achei que o promotor trabalhasse para o povo. E aqui me parece que você está trabalhando contra essas pessoas. — Ele balança a mão na direção de mamãe e de mim.

— Bem, acredito que estou consertando um erro nesse caso — diz o sr. VanLeer. Ele ainda está sorrindo e assentindo. — O que me leva ao que importa. Todos nós sabemos por que estou aqui.

— Você veio tirar nosso Filho Matinal — reclama Big Ed.

A diretora diz:

— Sr. VanLeer. E os documentos?

Ela estica a mão. VanLeer puxa um envelope do bolso interno do casaco. A diretora desdobra os papéis devagar e demora ainda mais dando uma olhada neles.

Mamãe está tão quieta que nem parece estar respirando. A diretora Daugherty continua lendo. VanLeer se inclina na direção dela com impaciência.

— Olhe, está tudo em ordem, Gayle — diz ele.

— Infelizmente — diz Big Ed.

— Sou meticuloso com a papelada. — VanLeer pega a mala de rodinhas com as minhas coisas. — Acho melhor não prolongarmos.

— Humm. Parece que você quer se afastar de nós — diz Big Ed.

A diretora prende os papéis na prancheta. Olha para mamãe e assente.

— Está na hora — diz ela, e me sinto condenado.

Mamãe fala:

— Sr. VanLeer. — Ela espera até ele olhar diretamente para ela. — Espero que você seja tão bom em oferecer um lar provisório para o meu filho quanto parece pensar.

VanLeer dá um sorriso largo.

— Ele está em excelentes mãos.

— Ele sempre esteve em excelentes mãos — rebate a diretora.

Thomas VanLeer se dirige à mamãe:

— Talvez seja melhor você ficar de mente aberta. — Ele coloca a mão no meu ombro, e sinto meus olhos se esbugalharem. — Perry merece mais do que teve até hoje.

— É o que você diz. — Big Ed tosse.

— Vai ser bom para ele.

Não consigo mais suportar. Saio de baixo da mão de VanLeer para dar um abraço enorme na mamãe. Em seguida, vou até Big Ed e a diretora, que não se apressa e cantarola enquanto me abraça. Troco um high five com Super-Joe. Ele me puxa para um abraço rápido e desajeitado. Depois, eu abraço mamãe de novo. Por mais tempo. Ela está tremendo, mas não vai chorar. "Essa é a minha equipe", penso.

— Vejo vocês no sábado — prometo. — Daqui a seis dias. — Eu forço meus ombros a se moverem em um gesto casual. — A gente aguenta.

Mamãe solta uma gargalhada baixa que a faz parar de tremer por pelo menos um ou dois segundos. Big Ed passa o braço por cima do ombro dela. Mamãe apoia a cabeça nele. Super-Joe e a diretora ignoram o contato entre os dois. É uma circunstância especial.

VanLeer puxa a alça da mala de rodinhas. Eu pego a mochila lotada. Mamãe diz:

— Eu te amo.

— Eu também te amo — respondo. — Seis dias. Não morra de saudade de mim.

Abro um enorme sorriso forçado. Espero que todos os dentes estejam brilhando.

E vou.

capítulo quatorze

UM NOVO FEDOR

Quando saio do Instituto Penal Misto Blue River, só me sinto errado e mais tonto do que antes.

Sento no banco de trás do carro de Thomas VanLeer, que tem um cheiro de novo que penetra em minhas narinas.

— Está com o cinto de segurança, Perry? Precisa de ajuda?

— Não. Obrigado.

Eu poderia lembrar a ele que tenho onze anos e que vou de carro para a escola todos os dias, que sei botar um cinto. Mas não estou com vontade de falar. Eu o vejo olhando para mim pelo retrovisor.

— Então, Perry, agora começa um novo capítulo para você.

Ele vira o volante conforme o carro começa a se mexer. Eu olho para trás e vejo mamãe, Big Ed, Super-Joe e a diretora de pé em frente à janela, todos com uma das mãos erguida. Não sei se vão me ver, mas encosto a palma da mão no vidro pelo lado de dentro.

— Você vai amar a casa — diz VanLeer. — Vai se sentir à vontade na hora. Vai ter um quarto legal, um quarto de verdade. E você pode deixá-lo com a sua cara. Podemos pintá-lo. Pendurar pôsteres. O que você quiser.

Sei que ele ainda está olhando pelo espelho. Não vou olhar para lá. Estou olhando para Blue River.

— Entendo que você vai sentir falta da sua mãe... e é normal. Não quero que você se preocupe. Você ainda vai vê-la. Vamos seguir o calendário. Enquanto isso, você vai conhecer nossa rotina...

Ele está falando demais. O cheiro de carro novo é forte demais. Minha cabeça está péssima.

— Essa noite vai ser o seu primeiro jantar de família conosco. — Ele ri e acrescenta: — Elas sabem que você está chegando! Estão colocando um lugar para você na mesa. Você está com fome, Perry? A casa não é longe, mas podemos parar. Já foi a um *drive-through*? Gosta de milk-shake? De batata frita? — O tom dele muda. — Normalmente, eu não sugeriria um lanchinho antes do jantar. Mas hoje não é um dia normal...

Minha cabeça balança, horrivelmente flutuante. Uma vez. Duas. Estou com um problema. Tem um tapete aos meus pés. Eu me inclino. O cinto de segurança me prende. Estou encurralado. Viro o rosto para o lado e despejo o almoço na lateral da porta do carro do sr. VanLeer.

capítulo quinze

NADA À VONTADE

O sr. VanLeer abre a porta da casa dele para mim. Eu entro. As paredes são sufocantes. O teto é baixo. O ar está quente e tem cheiro doce e temperado. Melhor do que o cheiro de carro novo. E de vômito.

— Ah! Acho que é comida tailandesa — diz VanLeer. — Estou sentindo cheiro de coco?

Ele vira para mim. Devia saber que é melhor parar de falar de comida, mas talvez ele ache que estou de estômago vazio.

— Minha mulher fez umas aulas maravilhosas de culinária internacional — diz ele.

Depois grita:

— Oi! Robyn? Chegamos!

Eu espero pela família do sr. VanLeer, apesar de estar com medo dela. Tenho certeza de que meu rosto está pálido. Vão descobrir que vomitei no carro. Uma mulher aparece, vinda do que deve ser a cozinha. O rosto dela fica voltado para baixo por um momento. O cabelo comprido é cacheado e claro, como o da mãe de Zoey Samuels. Mais uma olhada e percebo que ela é a sra. Samuels.

— O qu... — Não consigo dizer as palavras. Outra coisa chama minha atenção, e essa coisa é Zoey, que aparece em um canto.

— Z-Zoey?

— É. — Ela dá de ombros de leve. — Oi, Perry.

Ela enfia a mão no cabelo e fecha em punho. Eu conheço Zoey. Ela faz isso quando está nervosa.

— Tom! — exclamo, mais alto do que pretendia. Tudo fica em silêncio por alguns segundos. Eu olho para Zoey e digo: — Thomas VanLeer é Tom.

Vejo as sobrancelhas dela se arquearem.

— É — diz ela. — Meu padrasto. Tom.

O sr. Thomas-Tom VanLeer passou o tempo todo muito ocupado, a cabeça no armário, guardando o casaco em um cabide. Não sei se me ouviu. Mas a mãe de Zoey ouviu. Não sei se devo chamá-la de sra. Van-Leer ou de sra. Samuels, mas ela me dá um sorriso gentil. Acho que estou de boca aberta.

— Estamos felizes de receber você aqui, Perry — diz ela, inclinando a cabeça daquele jeito simpático. — Quer alguma coi…

— Água — interrompe o sr. VanLeer, saindo do armário de casacos. — Ele precisa beber água.

Ele me leva até a cozinha e quase pisa nos calcanhares dos meus tênis no caminho. Arrasta a mala da diretora atrás de nós e a coloca num canto. Pega um copo no armário da cozinha e bate na torneira sem querer enquanto o enche. Tudo nele acelerou desde meu grande momento no carro. Vômito é uma coisa que faz as pessoas se apressarem. Ele me entrega o copo, e eu tomo um golinho.

— E vamos lavar essas roupas — diz ele, se dirigindo à mãe de Zoey. — O casaco de Perry está meio… sujo.

Ele tenta falar com normalidade, como se não houvesse nada de errado em vomitar em um carro ou na manga do casaco.

— E então, você se importaria, Robyn?

— Nem um pouco.

— Que bom. Agora, tenho que voltar até o carro. Só vou levar um minuto.

Ele pega rapidamente toalhas de papel e um spray de limpeza debaixo da pia da cozinha VanLeer. Eu devia me oferecer para limpar a porta do carro, mas Thomas VanLeer já está na metade do corredor. Ele grita, olhando para trás:

— E, Zoey, querida, pode mostrar o quarto de Perry para ele. E o banheiro, para ele poder se limpar. Mostre a casa toda para ele.

Ele desaparece com o material de limpeza.

Todo mundo respira fundo. No silêncio, ainda estou segurando o copo de água que não quero tomar. Estou pensando nas regras e me perguntando se não tem problema colocar o copo direto na bancada. Ou devo botar na pia, ao lado da lava-louças? A sra. Samuels (ou VanLeer) estica a mão para pegá-lo.

— Parece que você não vai precisar mais disso — diz ela suavemente, e em seguida me ajuda a tirar o casaco com tanta facilidade que me sinto mal pelo que tem grudado nele.

Zoey fica olhando. Ainda não acredito que estou na casa dela nesse dia horrível.

— Ei, mãe — diz ela. — Acho que meu casaco também precisa ir para a máquina.

— Boa ideia — concorda a mãe.

"Talvez não", penso, mas não consigo falar nada.

A mãe de Zoey leva meu casaco. Zoey pega minha mochila. Eu puxo a alça da mala de rodinhas da diretora Daugherty e sigo as duas pelo corredor.

capítulo dezesseis

O QUARTO EM QUE (MAL) VOU DORMIR

Zoey e eu estamos no quarto na casa VanLeer. Eu tenho que dormir aqui. Estou lutando comigo mesmo; não quero olhar ao redor, mas preciso. O espaço é quadrado, e as paredes são da cor do café que a mamãe toma de manhã. Com duas porções de leite. A cama tem um monte de travesseiros e cobertores marrons e brancos e parece uma sobremesa gigante. Toda a mobília é de madeira escura. Há abajures com grandes cúpulas em formato de cone por todo o quarto. E tem Zoey, que fica se mexendo sem parar.

— Não tem muita coisa para mostrar — diz ela, e começa a apontar pelo quarto, dizendo: — Cama. Mesa de cabeceira. Cômoda. Janela. Cortina. E o armário fica aqui. — Ela empurra uma porta estreita de um compartimento pequeno. — Podemos mudar seus móveis de lugar, se quiser.

— Eu não tenho móveis — respondo.

— Bem. As coisas do quarto — diz ela. — Você sabe o que eu quero dizer.

Alguns segundos se passam. Penso nos relógios cinza de casa. Observo as paredes da cor de café com leite e não encontro um relógio aqui. Eu tenho que ter um relógio...

— Perry — sussurra Zoey. — Você está bem?

— Quando você soube? — pergunto, sério. Não consigo evitar.

Seus ombros murcham.

— Eles me contaram na sexta, no jantar. Perry, me desculpe. Eu não tinha como contar para você. Sei que esse é o pior cenário possível para você. Eu sabia que seria péssimo quando eles me contaram. Mas eu tinha esperanças...

— De quê? De que eu fosse gostar de ser arrancado de Blue River desde que fosse para vir morar com você? — Meu rosto fica quente. Zoey parece perplexa.

— Não. Mas Tom talvez estivesse pensando isso. Talvez seja melhor do que... Bem, não sei... Pelo menos eu não sou Brian Morris, nem...

Ela suspira e não termina a frase. Zoey Samuels está tendo dificuldade em falar comigo. Isso nunca acontece. Depois de alguns segundos, ela pergunta:

— Quer colocar suas coisas na cômoda?

— Não.

Mais tarde, olho as espirais de gesso no teto. Estou acostumado a ver azulejos quadrados. Mas essa é só uma das cento e tantas coisas que não estão certas. Essa cama não parece a minha. Estou deitado, mas sem equilíbrio, longe demais do chão. Tem alguma coisa errada com o pouco de jantar na minha barriga. Mas não estou enjoado por causa da comida. O gosto estava bom. Mas eu comi com as pessoas erradas. Agora, eu até ficaria feliz de ouvir a srta. Sashonna exclamar: "Não é justo!"

A luz de algum lugar lá fora cria sombras estranhas nas paredes, e tenho uma noção esquisita do quanto o banheiro fica longe no corredor. Eu não perguntei se podia usá-lo à noite. O chuveiro é estranho. A água sai de uma torneira baixa, tipo para encher a banheira, mas não sai nada do chuveiro no alto. Eu me agachei embaixo da torneira baixa e joguei água em mim para me limpar. Talvez só a parte da banheira funcione. Não estou acostumado com isso. Não tem banheira em Blue River, só a de plástico na qual já não caibo há muito, muito tempo.

Espero não precisar me levantar à noite. Tenho medo de derrubar um dos abajures do quarto onde *não* vou dormir. Além do mais, me esqueci de perguntar o que eu devia fazer pela manhã, que está se aproximando muito lentamente.

Vou ter que esperar seis dias só para contar para mamãe que fiquei enjoado, que VanLeer no fim das contas é o padrasto de Zoey, que o chuveiro não funciona direito e que tudo é diferente por aqui. Fico deitado na cama estranha, morrendo de vontade de falar com a mamãe. De repente, sei que é assim que os novos residentes se sentem na primeira noite em Blue River.

Sou um novo residente na casa VanLeer.

capítulo dezessete

A MANHÃ EM UM LUGAR NOVO

Acontece que o jeito de acordar aqui é: o sr. Thomas VanLeer para na porta e grita para você sair da cama. Estou com os pés no chão antes de conseguir ter um único pensamento. Não é um grito de raiva. Ele também bate palmas. Talvez ache que esteja me tirando da cama de um jeito animado.

— Como você dormiu, amigão? — *Clap!* O sr. VanLeer bate as mãos de novo. — A cama é macia pra caramba, não é?

Eu olho para a cama e pisco algumas vezes. Não sei como desci de lá tão rápido. Eu dormi mesmo? Quantos minutos? Eu vi o nascer do sol...

— A sra. Samuels acha as melhores coisas para a casa...

"Ah, é Samuels!", penso. Ela deve ter mantido o nome para as pessoas não ficarem se perguntando se ela é mãe de Zoey.

— Essa cama veio de uma granja perto de Lincoln...

A sra. Samuels chega na porta. Ela toca no braço do marido e olha para mim.

— Bom dia, Perry — diz ela, com a voz doce e tranquila. — O café da manhã vai estar pronto daqui a pouco. Vamos deixar você se vestir. Venha para a cozinha quando estiver pronto.

Ela passa o braço pela dobra do cotovelo do sr. VanLeer, depois sorri e fecha a porta.

Eu procuro por um relógio de novo, mas lembro que não tem nenhum no quarto. Antes de me vestir, paro na janela e olho para o pátio plano onde ficam árvores altas. Pela cara do sol lá fora, acho que está na hora da libertação matinal em Blue River. Fecho a mão ao redor de nada e aperto o polegar. Baixo e devagar, eu sussurro:

— Bom dia. Aqui é o Perry no nascer do sol. Hoje é segunda-feira, doze de setembro. Se vocês quiserem saber como eu dormi, bem, eu não dormi. — Eu paro para respirar, e solto um suspiro profundo. — Não sei o que vocês vão comer no café da manhã. Também não sei o que eu vou comer no café da manhã.

Eu paro e imagino o estalar das trancas e aquele bocejo enorme que toda Blue River dá todos os dias. Então me pergunto como mamãe está acordando. Meus olhos começam a arder. A areia neles se solta. Eu me pergunto se ela e Big Ed ficaram sentados no salão por muito tempo depois que fui embora. Talvez tenha sido permitido. Circunstâncias especiais. Fico pensando se ela jantou e se ficou rolando na cama a noite toda. Sinto de repente: uma pedra fria na garganta. Quero tanto a minha mãe. Quero ir para casa.

Eu devia estar agachado em posição de corredor, virado para o Bloco C agora. Mas hoje de manhã eu não tenho motivo para correr.

capítulo dezoito

SONÂMBULO

A mãe de Zoey nos leva para a escola de carro. Fico sentado no carro VanLeer com o nariz enfiado no casaco. Tem um cheiro novo: sabão de lavar roupa VanLeer. Zoey fica olhando para mim. Eu continuo com o nariz no casaco.

Na escola, fico ao lado de Zoey, mas estou procurando a srta. Maya Rubin no saguão. Quando a vejo, sei que ela também estava me procurando. Levantamos as mãos para acenar ao mesmo tempo. Eu vou direto até ela.

— Srta. Maya, você teve notícias da diretora hoje? Eu queria saber se minha mãe está bem.

— Tenho certeza de que Jessica está bem — responde a srta. Maya. Mas ela não é residente de Blue River, então não tem como ter certeza. — Deve estar pensando o mesmo de você, Perry. Essa coisa toda é… Bem… — Ela balança a cabeça.

Acho que ela está hesitando porque Zoey veio atrás de mim.

— É inesperada — completa a srta. Maya.

Ela se inclina um pouco para dar um bom-dia alegre para Zoey. Zoey assente. O corredor está começando a zumbir como uma colmeia. Eu chego mais perto da srta. Maya.

— Você pode ligar para Blue River hoje? — pergunto. Estou falando baixo. Não sei se quero que Zoey me escute. Ela sabe. Olha para o lado e finge não ouvir.

— Não sei de regra nenhuma que diga que não posso — diz a srta. Maya, arregalando os olhos e dando um sorriso.

— Eu só quero saber como as coisas estão.

— Claro. Vou tentar ligar no intervalo do almoço — promete ela. — Devo pelo menos conseguir falar com a minha tia. Vou mandar o recado de que vi você hoje. Isso vai tranquilizar todo mundo. — Ela sorri e se vira para continuar andando.

No fundamental II, nós mudamos de sala de acordo com a matéria. Vou me arrastando de aula em aula. Esbarro com as costas de alguém no corredor duas vezes e tenho que pedir desculpas. Uma dessas vezes é com Zoey, e tiro o sapato dela do calcanhar sem querer. Ela pula para fora da fila e encosta no quadro de avisos da floresta tropical. Eu saio da fila com ela.

— Você tirou meu sapato, Perry.

— Me desculpe — digo.

Zoey suspira e enfia o dedo no sapato para ajeitá-lo. Entramos na sala de ciências, onde dou um bocejo tão grande que chega a distender o maxilar. Fico desejando que o almoço chegue logo. Não estou com fome. Só quero falar com a srta. Maya.

Na fila do almoço, Zoey diz:

— Tudo bem, só me diz uma coisa. Você vai parar de falar comigo para sempre por causa disso tudo?

— Não — respondo. — Eu só estou cansado.

É verdade. Estou parecendo um sonâmbulo. Quero dizer isso para Zoey, mas uma pessoa alta nos dá uma cotovelada e passa na frente. Acho que é um professor e por isso saio do caminho, mas percebo que é um dos garotos que estavam com Brian Morris no primeiro dia de aula. Foi ele que reclamou que o meu cartão estava prendendo a fila do almoço.

— Ei! — diz Zoey para ele. — Não está vendo? — Ela aponta para ela e para mim. — Tem outras pessoas com fome. Na fila.

— Eu não vou esperar alguém que demora uma eternidade para passar um cartão especial — diz o garoto, e me olha com ar superior.

— Cala essa boca — retruca Zoey. — O problema já foi resolvido.

Outro garoto entra na nossa frente. Depois, outro. E depois, Brian Morris, que também murmura:

— Chega pra lá, Zoey-Zangada.

— Ei! Neandertais! Qual é? — Ela está começando a falar alto.

— Shh... Zoey... — falo, mas não consigo mais do que isso. Estou cansado demais.

As bijuterias da srta. Jenrik tilintam quando ela passa meu cartão. Ela digita o código certo na primeira tentativa. Quando está passando o cartão de Zoey, ela pergunta:

— Alguém furou a fila hoje?

— Furou! — diz Zoey.

— Foi o que pensei.

A srta. Jenrik prende uma mecha do cabelo rosa-flamingo. Olha para trás de nós, para a mesa à qual os garotos foram sentar.

— Não importa — digo.

— Importa, sim — corrige ela. — As pessoas têm que esperar a vez delas. Escute... eu tenho outro código para você — diz ela. — É mortadela.

— Mortadela? — Zoey está muito interessada.

— É. Sabe por quê? Porque nunca servimos mortadela aqui. Então, se eu ouvir alguém dizer a palavra *mortadela*, essas minhas orelhas cheias de brincos vão se levantar na hora. — A srta. Jenrik mexe nas argolas e penas. — Vou resolver essa mortadela, porque ela não tem vez nesse refeitório. Eu prometo.

— Tudo bem — diz Zoey Samuels, e se empertiga.

Dou um sorriso fraco para a srta. Jenrik e sigo em frente.

Temos que passar espremidos por aqueles garotos para chegarmos onde gostamos de sentar. Hoje eu teria escolhido outro lugar no refeitório, mas Zoey está na frente. Os garotos resmungam. Abrem espaço para nós como se fôssemos um par de cactos.

Nós nos sentamos. Eu me apoio nos cotovelos, com as bochechas nas mãos, e olho para a comida nos compartimentos da bandeja. O maior tem três pedaços de frango empanado. Outro tem uma colherada de batatas fritas, outro tem três cenouras baby, dois tomates-cereja e um pedaço de brócolis, tudo junto. Tem um biscoito de aveia no último quadradinho.

— Perry? Você vai comer? — pergunta Zoey.

Pode ser que algum tempo tenha se passado.

— Vou — digo.

Mas fico ali sentado mais um pouco. Estou pensando nos legumes. Nunca tem legumes suficientes para os residentes de Blue River. Não dos frescos. O mesmo acontece com as frutas. Se eu recebo uma maçã na bandeja do almoço, levo escondida para Blue River e divido com a mamãe.

Penso na minha casa e no quanto quero dormir na minha própria cama. Eu gostaria de fazer isso agora mesmo. Vejo o sr. Halsey pulando no salão com o saco de brócolis. Espere. Impossível. Meu rosto ainda está nas minhas mãos. A pele nas minhas bochechas está esticada. Meus cotovelos escorregam. Minha bandeja se move para a frente, na direção da bandeja de Zoey, e para. Minha cabeça está caindo. Alguma coisa não está certa. Halsey está pulando com sacos e sacos de brócolis... jogando-os por cima da grade vermelha... de novo e de novo. Mas só tinha um ramo de brócolis... brócolis... Minha cabeça é um brócolis... e vai cair dos meus ombros. De repente... cai. BAM!

— Perry! — Zoey fica de pé de repente. — Ah, caramba! Ah, caramba! Perry!

Tem comida por toda a mesa. Zoey está gritando.

— Perry, você está sangrando!

Meu nariz parece estar escorrendo. Eu pisco e encosto as costas da mão nele, e ela fica suja de sangue. Brian Morris e os novos amigos estão se afastando, saindo da mesa, levando as bandejas de almoço. Ouço ofegos e grunhidos.

— Eca!

— Que nojo!

— Que horror!

Demoro alguns segundos para perceber que meu nariz está me matando. Zoey está inclinada na minha direção, oferecendo o guardanapo. Mas parece que ela não consegue me alcançar por cima da confusão de comida espalhada.

Sinto-me distante de tudo hoje.

capítulo dezenove

ZOEY EXPLICA

Zoey e uma inspetora do colégio me levam até a enfermaria. Durante todo o caminho, a inspetora segura o molho grande de chaves na minha nuca, debaixo da gola da camisa.

— Truque mágico — explica ela. — Ajuda a parar sangramentos no nariz. Não sei por que funciona, mas funciona.

Eu aperto o alto do nariz. Zoey pula ao nosso lado, dizendo:

— Está tudo bem, Perry. Já está passando. Você vai ficar bem.

Eu aperto bem os olhos várias vezes conforme andamos. Um nó enorme está crescendo dentro de mim. Eu quero a minha mãe. Quero muito. Quero que ela saiba o que aconteceu. Eu não consigo acreditar que não estou morando em Blue River. Não posso falar com ela. Isso me deixa sufocado.

Na enfermaria, a enfermeira me examina. Segura minha cabeça com os dedos e polegares fortes, a vira e a inclina. Olha dentro do meu nariz e aperta os ossos.

— Perry, deve ter doído! — diz ela. — Mas não está quebrado. — Ela coloca meus dedos novamente no nariz. — Aperte. Perfeito. Você deve ter adivinhado, mas não posso fechar um nariz com band-aid. Mas, se você apertar mais um pouco, vamos ter uma recuperação completa. Um pano úmido resolve o problema das provas do crime. É um milagre não ter sujado a camisa — acrescenta ela.

A camisa! É nova, e camisas novas são caras. Mamãe trabalha muito em Blue River e o pagamento é baixo. Eu sempre tento dizer para ela que camisas da Legião da Boa Vontade são suficientes. Mas ela gosta de me dar duas novas a cada estação. Pensar nisso me dá vontade de chorar. Eu engulo em seco. Preciso me controlar.

A enfermeira me leva para uma salinha da enfermaria. Deixa Zoey ir comigo. Coloca uma bolsa de gelo no meu pescoço, no lugar das chaves da inspetora. Eu me inclino para a frente e continuo apertando. Minha mão está grudenta com o sangue.

— Como está se sentindo? — Zoey quer saber.

— Nojento — respondo com dificuldade. Eu pareço um pato falando. Meus olhos ardem, e eu pisco sem parar.

— Perry, você dormiu sentado?

— Acho que sim — digo. Eu me lembro do sonho com os brócolis. Mas não conto.

— Você não dormiu à noite?

Eu faço que não com a cabeça, o que é meio complicado quando se está apertando o nariz.

— Você odiou a minha casa, não foi?

Eu não respondo.

— Sabe, Perry... Se você estiver com raiva, eu vou entender — diz Zoey.

Ela olha para mim e morde o lábio inferior. Seus joelhos começam a pular.

— Eu me sinto péssima. Muito, muito péssima. — A voz dela fica rouca. — Isso tudo aconteceu por minha causa.

Ela se inclina para a frente, e sei que vai me contar por quê.

— Duas semanas atrás, a gente estava na mesa de jantar. Tom estava olhando uns papéis. Ele trabalha praticamente o tempo todo. Mamãe e eu estávamos conversando sobre a volta às aulas. Eu perguntei se podíamos convidar você para jantar depois que a escola começasse, já que estaríamos no fundamental II. Falei que estava na hora. Achamos que talvez sua mãe e Blue River pudessem deixar você ir.

Zoey faz uma pausa.

— Tom estava quieto, trabalhando e comendo, mas estava ouvindo minha conversa com a mamãe. De repente, vejo que ele colocou o garfo no prato. Ele chegou para a frente e interrompeu nossa conversa.

Zoey faz a voz de Tom, o padrasto.

— "Peraí, peraí. Você está me dizendo que seu amigo da escola, esse menino, Perry, mora em Blue River? Tem uma criança morando na prisão?" Os olhos dele pularam para fora da cara, Perry. Mamãe tentou explicar que você cresceu lá. E ele ficou todo: "Cresceu lá? Como eu não sabia disso?" Perry, eu juro que calei a boca. Falei para Tom que não ia contar mais nada. Disse que não estava nem falando com ele. Por causa disso fiquei de castigo no quarto. Acontece toda vez que respondo ao Tom.

Zoey balança a cabeça.

— Enfim, parecia que ele tinha esquecido. Não aconteceu nada. As aulas começaram e achei que o assunto tinha morrido. — Ela balança a mão no ar. — Aí, chegou a sexta-feira passada e…

— Perry! — Maya Rubin aparece na salinha da enfermaria. — Acabei de saber o que aconteceu. — Ela se inclina na minha frente, levanta meu cabelo e olha, mais nos meus olhos do que no meu nariz, ao que parece. — Você está bem?

Eu faço que sim.

— Ei… hã… srta. Maya — falo, como um pato, porque ainda estou apertando o nariz. — Você conseguiu fazer aquela ligação?

— Consegui. — Ela sorri. — Tudo e todo mundo estão bem em Blue River. Mas sentem muito a sua falta.

— Obrigado.

De alguma forma, fico feliz por isso.

capítulo vinte

DESEMBARQUE NO ARMÁRIO

O plano para depois da aula mudou porque bati o nariz na mesa do almoço. Zoey e eu íamos andar até a biblioteca juntos, fazer o dever e tentar escolher uma atividade pós-aula para fazer. Mas a mãe de Zoey vai sair mais cedo do trabalho e vai nos buscar.

Na casa VanLeer, vou para o quarto onde não dormi. Deixo a mochila deslizar até o chão. Alguém colocou a mala da diretora com todas as minhas coisas no armário. Eu a retiro de lá.

Olho a cama alta com a coberta cor de chocolate. Lembro que Zoey disse que eu podia mudar coisas de lugar no quarto. Pego o edredom e um travesseiro, ou talvez mais do que um. Abraço tudo, entro no armário e me jogo em cima de tudo no chão. Não arrumo muito. Caí na minha posição favorita para dormir, a de início de corrida, meio de barriga para baixo, com uma perna dobrada para cima. Minha cabeça está em um travesseiro. Eu fecho os olhos, apoio a mão fechada no nariz machucado e respiro. O ar quente volta a cada respiração. Em pouco tempo, estou dormindo.

Big Ed está sentado na poltrona junto à janela na frente do salão de Blue River. Um residente novo está sentado olhando para ele. Fico andando ao redor deles. O sol está entrando. Mas é aquela luz meio poeirenta. Tipo névoa. Eu aperto os olhos. Estranho. Não consigo ver o rosto do cara novo. Ele pode ser o cara chamado Wendell. Mas sinto que o conheço melhor.

Big Ed está falando sobre seus Lemas para Residentes Bem-Sucedidos.
— Procure ser bem-sucedido — diz Big Ed.
Sei o que ele vai dizer; eu sei de cor.

— *O motivo que colocou você aqui* não é a única coisa *que define quem você é. Você está aqui para se erguer. Vá trabalhar. Vá às reuniões. Limpe sua alma e sinta-se honrado de novo. Acredite se quiser, você pode ser bem-sucedido aqui.*

Eu continuo circulando.

Big Ed vai para o lema seguinte.

— *Fique de olho no final* — diz ele. — *Mantenha uma visão clara de como quer sair. Se você for inteligente, vai fazer uma...*

— *Linha do tempo* — termino a frase para ele. Minha voz parece distante e aérea.

— *Dê propósito a cada dia. Crie objetivos. Quer você tenha dez meses ou dez anos... faça planos para o dia em que for sair.*

Ele segue falando:

— *Eis o lema de agora. Procure entender antes de procurar ser entendido. Mantenha a cabeça baixa. Conheça os outros antes de se mostrar.*

Big Ed se recosta, como se tivesse terminado.

— *Tem mais um lema* — digo, mas mal ouço minha própria voz. — *Big Ed* — tento chamar. — *Você se esqueceu de contar para ele sobre vencer sempre. Esqueceu...*

— Perry? Ei, Perry? Sou eu.

O que Zoey Samuels está fazendo no salão de Blue River? Espere... Não estamos no salão...

Eu abro os olhos e levanto a cabeça. Zoey está ajoelhada na porta do armário. Está segurando duas canecas pelas alças e uma pilha de biscoitos na outra mão. Vejo botas altas atrás dela. Levanto o rosto.

— Adorei o que você fez aqui — diz a mãe de Zoey.

Eu me sento e olho para a bagunça ao meu redor.

— Ah. Desculpe. — Tento abrir meus olhos sonolentos. — Eu... eu sei que a cama é muito boa e veio de uma granja e...

— Não tem problema. — A mãe de Zoey balança a cabeça e a mão. — Você se importa se eu tentar melhorar sua nova organização? Só um pouco?

— Ela é boa nessas coisas — garante Zoey.

— Ah! Obrigada, querida! Mas é mais uma questão de eu não conseguir me controlar. — A sra. Samuels ri. Estica a mão para trás e me mostra um colchão fino enrolado. — Esse é para acampar, na verdade, mas vai servir de acolchoamento entre você e o chão. Experimente. Vou deixar aqui para você. Vou começar a fazer o jantar.

Quando ela se vira para sair, vejo-a parar e olhar para a mala da diretora Daugherty. Acho que vai me pedir para botar minhas roupas na cômoda, mas ela não diz nada.

Zoey coloca as canecas no chão com cuidado e empurra uma para mim. Oferece um biscoito, e eu aceito. Em silêncio, se acomoda com a caneca de chocolate quente apoiada nos joelhos. Eu me sento de pernas cruzadas e prometo para mim mesmo que não vou derramar no edredom, apesar de talvez não aparecer se eu derramar. Chocolate quente é a coisa perfeita para me acordar. Depois de alguns goles, consigo falar com Zoey.

— Você está certa — digo.

— Sobre?

— Eu estou com raiva. Mas não estou com raiva de você. Fico feliz porque você queria que eu viesse jantar aqui. Acho que você não tinha como saber que seu padrasto ia decidir me tirar de Blue River. E não era segredo que eu morava lá. Todo mundo sabe. Apesar de ninguém falar sobre isso.

— Acho que sim...

— Me desculpe se fui cruel. Não estou feliz... com... todas... essas coisas. — Eu engulo em seco. Acho que não preciso explicar isso para Zoey. — E eu estava supercansado.

— Que droga que você não dormiu bem — diz Zoey.

Eu dou de ombros e me inclino para tomar outro gole de chocolate quente.

— E que droga que você bateu o nariz — acrescenta ela.

Tomo chocolate e abro um sorriso ao mesmo tempo.

— E que derramou o almoço. Para todo lado. — E ela diz de repente: — Fiz você rir!

Eu começo a rir com a boca na caneca. Quase cuspo chocolate quente por todo o armário. Isso faz Zoey rir. Nós dois temos que segurar as canecas.

— Bom, pelo menos eu posso fazer aquilo — digo.

— Aquilo o quê?

— Posso jantar na sua casa.

capítulo vinte e um

JESSICA

Halsey Barrows a abraça bem ali no salão, para onde todo mundo estava indo depois do horário de trabalho. As pessoas os escondem. É a primeira vez que Jessica vê Halsey desde que Perry foi levado na noite anterior.

— Aguente firme — diz ele. — Seja forte. Você vai ficar bem. Perry também. Você criou um menino ótimo.

Halsey está com um cheiro doce depois de um dia na carpintaria, um aroma que lembra a Jessica a árvore embaixo da qual ela brincava no jardim da casa dos pais perto de Lincoln. Foi a única casa que ela teve além da atual. Não houve nada de ideal em nenhum dos dois lugares. Mas pelo menos aqui havia Perry. Ela o queria de volta tanto que a garganta doía. Algumas raspas encaracoladas de madeira estão agarradas à camisa de cambraia azul de Blue River de Halsey. Ela as pega entre o indicador e o polegar.

Halsey parece disposto a arriscar uma infração por contato prolongado. O supervisor Joe está por perto. Em algum lugar. Mas, com Perry longe, Jessica está cansada de todas as regras. Sem foco. Parece haver menos motivo para andar na linha uma vez que Perry não está ao lado dela, onde pode vê-la sendo repreendida. Por que não aceitar esse abraço de consolo? Talvez o coração grande de Halsey batendo no ouvido dela a colocasse no lugar e a ajudasse a sobreviver por aquela noite. Mas e ele? Ele tinha data para a audiência da condicional. Não precisava de problema.

Pode ter sido um beijo, aquela pressão leve que ela sentiu no alto da cabeça antes de se afastar dele. Ou talvez tenha sido um breve apoiar de queixo provocado pela diferença de altura. De qualquer modo, queria dizer que ele entendia o que ela estava sentindo.

Jessica fica parada na frente dele com os braços caídos ao lado do corpo. Suspira e diz:
— Obrigada, Halsey.

capítulo vinte e dois

VENCER SEMPRE

Como novo residente da casa VanLeer, eu faço o que os novatos em Blue River fazem. Encontro uma pessoa que está lá há algum tempo e fico atrás dela. Quando a mãe de Zoey pede para ela botar a mesa VanLeer, eu vou atrás.

— Os guardanapos à esquerda, o garfo em cima — diz ela.

É fácil.

Enquanto trabalhamos, eu me lembro do sonho ensolarado e poeirento. *Vencer sempre.* É o outro lema de Big Ed para ser um residente bem-sucedido. O "vencer" quer dizer contar todas as coisinhas boas que acontecem com você todos os dias como vitórias. Eu demoro um segundo. Mas então penso na srta. Maya telefonando para casa por mim e na srta. Jenrik com o "código da mortadela". Teve Zoey com o chocolate quente, e a sra. Samuels aparecendo na porta do armário com o colchonete de acampamento. Portanto, uma ligação, um código, um chocolate e um colchonete. Quatro coisas bem boas.

O "sempre" quer dizer fazer coisas que deem vitórias aos outros, assim você ganha junto com eles. Eu ouvi Big Ed dizer pelo menos cem vezes: "Não importa onde você more, você faz parte de algum tipo de comunidade. E pode contribuir com ela."

Os novos residentes às vezes reviram os olhos para tudo isso, mas os que tentam seguir o conselho dele... bem, as coisas ficam melhores para eles. Já vi isso acontecer centenas de vezes.

Decido que colocar a mesa VanLeer com Zoey é um começo na minha contribuição. Tem um garfo, uma faca e uma colher em cada lugar posto na mesa. Zoey me mostra como cada um fica arrumado. Amanhã à noite eu ainda não vou estar na minha casa, onde quero estar; vou estar aqui. Mas pelo menos já vou saber que a lâmina da faca tem que ficar virada para o prato.

No jantar, fico treinando os lemas. Eu escuto. Tento entender do que os VanLeer gostam de falar na hora do jantar. Escuto como eles passam o dia. Tem um ensopado fumegante e dourado nas tigelas acima dos nossos pratos. Pedaços grandes de frango, cenoura e batata flutuam ali. Eu me pergunto por que tenho o prato e por que tenho faca e garfo. Eu olho ao redor. Todo mundo está usando só a colher.

Eu presto atenção. Descubro que o sr. VanLeer vai ao fórum em David City todos os dias e que tem um escritório na mesma rua, em frente. Nenhum dos dois fica longe da escola nova, e a biblioteca fica no meio do caminho. Descubro que ele comeu sanduíche de pastrami com provolone e pão italiano no almoço.

Parece chique. Eggy-Mon não conseguiria arranjar isso. Ele chama nossos sanduíches de "carne e queijo no branco — a gente come no tranco". Ou "creme de amendoim e geleia, que gruda nas ideias". Ele faz o melhor que pode com o orçamento da cozinha de Blue River. As pessoas sentem falta das comidas que comiam lá fora. Então, ele faz concursos. Os residentes podem criar poesia sobre comida. Se Eggy-Mon gostar do seu poema e se arranjar os ingredientes, ele coloca no cardápio. Alguns residentes tentam conseguir coisas chiques demais. Tipo o sr. Krensky, que sempre parece estar tentando contrariar todo mundo. Uma vez, ele pediu "filé de tilápia com mostarda e páprica".

Eggy-Mon balançou uma espátula na direção dele e disse:

— Poema legal. Mas é pedir demais. Demais mesmo.

E aí, o sr. Krensky reclamou com ele com aquela voz que ninguém gosta de ouvir:

— A pergunta é... você está disposto a fazer acontecer?

Ele virou o queixo pontudo para Eggy-Mon.

Eggy-Mon enfiou a faca em um pãozinho. Segurou o pão com as duas mãos e o fez falar como uma marionete.

— Que tal um pão mofado para esse chato desgraçado? — disse o pão, que Eggy-Mon depois colocou na bandeja do sr. Krensky.

É bem provável que Eggy-Mon não consiga comprar tilápia, seja lá o que isso for. Mas quando mamãe falou "queijo no pão de trigo com ovo fresco mexido", nós comemos os melhores sanduíches de ovo com queijo do mundo.

Ops. Não estou ouvindo a conversa à mesa VanLeer. Seguir os conselhos de Big Ed vai ser difícil se minha mente ficar fugindo para casa.

Eu volto a me concentrar a tempo de ouvir a sra. Samuels falar sobre fazer uma viagem a Lincoln amanhã, onde ela vai comprar uma cômoda para a família Lund e trazê-la até a cidade. A sra. Samuels ajuda pessoas e negócios com seus lugares e espaços. O trabalho dela tem a ver com cores de tintas, tecidos, móveis e canteiros de flores. Eu sempre a ouvi dizer que não tem trabalho suficiente nessas cidadezinhas.

— A busca da cômoda não estava marcada para hoje à tarde? — pergunta o sr. VanLeer.

— Bom, ia ser, mas como a escola ligou, bem...

Eu percebo que ela chegou à parte sobre mudar o planejamento por causa do meu nariz ensanguentado.

— ... com o sol brilhando, acabou sendo um ótimo dia para ficar na cidade e limpar os vasos de flores e plantar algumas mudas de outono. Fiz as varandas de Higgins e Hansen com crisântemos dourados e brancos — diz ela. — E foi bom vir para casa e começar a preparar o jantar cedo.

— Obrigado — digo, ou melhor, arroto.

Todos, VanLeer e Samuels, se viram para olhar para mim.

— O jantar está gostoso — digo.

E penso: esse jantar é uma vitória.

capítulo vinte e três

NA SALA DE HISTÓRIA

Quando chega a sexta-feira, estou enlouquecido. Estou a um dia do sábado. Só penso nisso. O sr. Thomas VanLeer vai me levar até Blue River para passar a tarde toda. *Amanhã.*

Mamãe e eu temos tanta coisa para conversar. Coisas pequenas, coisas grandes, coisas novas. Preciso falar com ela sobre a casa VanLeer, as refeições, o chuveiro estragado e a cama no armário. Quero que ela saiba que fiz uma linha do tempo e a prendi na parede do armário. Estou marcando um *X* a cada dia que passa. Estou tentando ficar de olho no final. O problema é que não sei bem quando isso vai ser. Só penso no dia em que mamãe vai receber a condicional e eu vou sair da casa VanLeer.

Tem uma semana inteira de deveres de casa da nova escola para eu contar para ela. Mamãe sempre quer acompanhar o que faço nas aulas. Só hoje, a srta. Maya Rubin nos contou sobre um trabalho mais longo, do tipo que me causa problema. Realmente preciso falar com mamãe sobre isso. Quero separar um tempo para ouvir o que anda acontecendo em casa: quem é novo, quem saiu, quem passou por alguma coisa boa e quem está lá em Blue River. Eu me pergunto se vamos conseguir conversar sobre tudo em uma única tarde de sábado. Vou precisar de uma lista, e mamãe e eu vamos precisar de um canto do salão de Blue River só para nós. Isso é complicado. Sábado é o dia de visitas mais movimentado.

Zoey e eu vamos andando até a biblioteca. Fizemos isso todos os dias depois da aula, menos na segunda-feira, quando meu nariz sangrou. São só dois quarteirões e meio, mas me sinto secretamente muito adulto por estarmos andando sozinhos. Temos permissão para lanchar na biblioteca, e, até agora, todo dia nos lembramos de pegar alguma coisa de manhã na casa VanLeer. Se Zoey esquece, eu lembro. Se eu esqueço, Zoey lembra. O sr. VanLeer diz que somos uma equipe impressionante. Hoje de manhã, ele falou para a sra. Samuels:

— Eles parecem mesmo irmãos, hein, Robyn?

Ele riu. Ele ri o tempo todo. Acha que precisa ocupar os espaços de silêncio.

A sra. Samuels ficou quieta de manhã depois que ouviu essa coisa de irmãos. Zoey revirou os olhos atrás da porta da despensa, onde ficam as barrinhas de cereal. Para mim, o que o sr. VanLeer disse parece uma coisa presa na sola do meu sapato. Não sei o que é. Não é nada de mais, mas de vez em quando me incomoda, e eu queria conseguir tirá-la de lá.

Na biblioteca, escolhemos a sala de história. Sentamos nas cadeiras altas de madeira e apoiamos os tornozelos nos apoios. Não é a sala mais confortável da biblioteca. Faz sentido para mim, porque a mamãe diz às vezes que história também nem sempre é muito confortável.

Comemos barrinhas de cereal e começamos o dever. Tem um relógio de piso que tiquetaqueia de um jeito meio sério. Eu me inclino e digo para Zoey:

— Se aquela coisa tivesse dedos, estaria balançando um deles para nós.

Ela sufoca uma gargalhada.

Não se pode falar nem fazer barulho na sala de história. (Alguém se esqueceu de dizer isso para o relógio.) A regra torna a sala pouco popular com a maioria das crianças. Zoey e eu sussurramos, e ninguém nos expulsa, mas não somos invisíveis. O sr. Olsen, que cuida do programa extracurricular, nos vê. Ele sabe que não nos inscrevemos para nada, e temos que fazer isso.

— Ô-ou — sussurra Zoey. Ela mal mexe a boca quando cantarola para mim: — Ele está olhando para nós…

Ela amassa o pacote da barrinha de cereal e olha para o trabalho sobre a floresta tropical. Eu tento não deixar o sr. Olsen ver que estou olhando para ele, mas é claro que isso quadriplica o quanto se está vendo e sendo visto. Ele vem direto para a nossa mesa, com a prancheta encostada no peito.

— Olá, pequenos observadores — diz ele. — Sou eu de novo. Chegamos ao final da semana. Vocês dois não escolheram um programa. Estou aqui para fazer pressão. — A gente deve estar olhando para ele com a mesma cara, porque o que ele diz é: — Que par de caretas!

Ele ri alto, bem ali na sala de história.

— Tudo bem, tudo bem — continua o sr. Olsen. — Eu entendo. Entrar para alguma atividade não é o que vocês curtem. Mas escutem essas boas propostas. — Ele olha para a prancheta. — Jogos de tabuleiro está bem vazio. Os jovens aquarelistas não são tão invasivos...

Eu olho para Zoey. Ela está mordendo o lábio inferior.

— E ainda tem uma vaga, mas posso arranjar mais uma, no extremamente popular Campo de Treinamento em Videocomputação. — Acho que nossos rostos devem estar sem expressão. Ele respira fundo. — Ou... ou... Se vocês quiserem mesmo ser revolucionários, podem entrar no meu grupo novinho em folha, chamado... voluntários da biblioteca!

Ele se agita.

— Tudo bem, eu devia ser mais criativo no título. De qualquer modo, os voluntários carregam e guardam livros, entre outras tarefas emocionantes. Ou é o que farão. Quando entrarem para o clube. Se vocês entrarem. Ah, por favor, digam que vão entrar — implora ele. — Precisamos de ajuda.

Zoey e eu ficamos em silêncio.

— Poooor favooooor — geme o sr. Olsen.

Zoey se mexe de um lado para o outro.

— Bom, como a sexta já está quase acabando, podemos dar a resposta na segunda?

— Combinado! — diz ele, apoia a prancheta no lugar, acena e sai andando.

Quando está longe, eu sussurro:

— Você acha que tem mais gente que ainda não se inscreveu?

— Tenho a sensação de que só nós — responde Zoey. — Temos que escolher. O que você quer fazer, Perry? — Mas, antes que eu responda, ela acrescenta: — Eu *não* vou fazer o Campo de Treinamento em Videocomputação. Brian e os furadores de fila do almoço estão nesse.

— É, eu vi — digo.

A verdade é que eu gostaria de fazer esse. Só sei fazer vídeos curtos com a câmera que Zoey me deu. Eu gostaria de descobrir como colocá-los no computador e juntar todos eles. Mas, quando vi a multidão no primeiro dia de inscrição, eu desisti.

Ouvimos o som de algo sendo arrastado na silenciosa sala de história. Um baque e um estrondo. A poucos metros, um carrinho de livros derrubou duas cadeiras altas. Os livros com capas escorregadias caem do carrinho. *Fuap. Fump. Fuap-fuap. Fump!*

— Ah, caramba! Ah, meu Deus!

Eu sei quem disse isso. Saio da cadeira chamando "Sra. Buckmueller!" quando percebo que é sexta-feira. Ela devia estar no Livromóvel Azul da Buck, a caminho de Blue River.

Fuap-fuap. Fump!

Os livros continuam escorregando. A sra. Buckmueller se inclina toda por cima do carrinho. Parece uma galinha que caiu tentando proteger os ovos. Chego a tempo de pegar um livro no ar. Zoey vem atrás e salva outro.

Juntos, nós pegamos os livros e os colocamos de volta no carrinho. A sra. Buckmueller os reúne, segurando-os embaixo do peito com as mãos e os cotovelos. Quando finalmente se empertiga de novo, os livros estão em poucas pilhas baixas e perfeitas, quase como se ela os tivesse chocado.

— Ufa! — Ela limpa a testa com as costas da mão e gargalha. — Obrigada, obrigada! — A voz dela preenche a sala de história. — Isso foi angustiante.

Ela bate nas bochechas rosadas. Pela primeira vez, olha diretamente para mim.

— Ah, Perry! Meu querido! — exclama a sra. Buckmueller. — Eu nem percebi que era você. Eu nunca vejo você na biblioteca depois das aulas. Só vejo você em… hã… — Ela olha para Zoey. — Em… hã…

— Em Blue River — completo a frase por ela.

— Em Surprise! — Ela assente.

— Eu fui tirado de lá — explico a ela.

Enquanto isso, pego uma das cadeiras viradas e coloco no lugar, sobre as pernas finas.

— Ah, caramba! Ah, meu Deus! — Ela franze a testa. — Foi por isso que estavam todos com cara de desânimo por lá na terça-feira à tarde? E eu achando que era a falta de títulos contemporâneos entre os livros que eu levei.

— A propósito, esta é minha amiga Zoey.

— Oi, querida — cumprimenta a sra. Buckmueller. — Obrigada pela ajuda.

— Disponha — diz Zoey.

Eu olho para o relógio. Os ponteiros marcam 3h50.

— Ei, sra. Buckmueller, a senhora não vai se atrasar para Blue River? — pergunto.

— Vou! Já estou atrasada — responde ela, e indica o relógio. — O vovô ali está meio atrasado. Está mais perto de quatro horas. Passei a tarde procurando títulos para a Biblioteca de Lazer. O Livromóvel é muito para uma pessoa só. Mas, Deus, eu odeio decepcionar, principalmente com o fim de semana chegando — diz ela. — Falando nisso, é melhor eu ir carregar o carro.

Ela bate no bolso, e ouço o barulho de chaves.

A ponta da língua da sra. Buckmueller aparece e se enrola de lado, de um jeito meio pensativo. Com cuidado, ela empurra o carrinho de livros. Devagar, ela se afasta da sala de história. "Ela vai para Blue River", penso. Eu olho até não conseguir mais vê-la.

capítulo vinte e quatro

GARGALO DE BLUE RIVER

Do lado de fora do Instituto Penal Misto Blue River, estico o pescoço e o corpo. A fila de visitantes está longa e cheia. Estamos todos tentando ver lá dentro, e os residentes estão tentando olhar para o lado de fora. Tenho certeza de que mamãe está esperando perto da janela de vidro com todo mundo. Eu queria poder chegar mais perto.

Eu nunca estive deste lado do gargalo de Blue River antes, mas o conheço bem. Tem duas portas e, entre elas, a verificação de segurança. Você precisa pegar um crachá e precisa participar da contagem. Blue River precisa saber os números. Demora um pouco. Foi por isso que eu quis chegar mais cedo.

Eu olho para o sr. VanLeer, que está bem ao meu lado. Ele não estava com pressa hoje de manhã. Eu estava pronto. Dormi pronto, até de tênis. Fiz a cama no armário, prendendo as pontas para baixo e as laterais e a parte de baixo. Eu gosto de tudo arrumado. Ele fez panquecas de mirtilo para todo mundo. Lavou a tigela de massa e limpou a bancada. Em seguida, se sentou com uma pilha enorme e leu o jornal.

— E aí, Perry, está vendo sua mãe? — pergunta ele.

Estala a língua e ri enquanto olha para a multidão. Ele age como se tivesse me levado para um parque de diversões. Estou irritado com ele, mas tento esquecer o sentimento. É sábado, e eu vou ver minha mãe.

— A fila está longa — diz ele.

Ele aperta as mãos e me dá um tapinha no ombro. Finjo um problema no cadarço e me afasto. Eu me abaixo e saio da fila. Não consigo ver muito à frente, então olho para trás. Ainda tem carros entrando no estacionamento. Uma scooter entra; vejo a motorista com capacete cor de chiclete. Ela se inclina para fazer a curva e se equilibra para entrar em uma vaga. "Quem é?", penso. Mas a verdade é que não conheço todos os visitantes. Mais três carros entram. Bom, pelo menos não fomos os últimos a chegar. Tem muitas famílias que vêm de mais longe.

— Oi. Olá. — VanLeer cumprimenta as pessoas que estão esperando na fila com a gente. Ele acena e diz: — Tudo bem?

Ele não recebe muitas respostas. Eu olho ao redor. Finjo que não estou com ele. Vejo o sr. DiCoco bem lá na frente. Ele nunca se atrasaria. Trouxe flores para a mulher. Ele traz flores todas as vezes que vem vê-la. A sra. Rojas trouxe as duas filhinhas, Cici e Mira, e todas vêm correndo de mãos dadas.

— Perry! — A sra. Rojas me dá um abraço, e a bolsa dela bate no sr. VanLeer, porque ele não sai do caminho. Seu lábio se curva. Ele fica olhando. — As garotas viram você lá de trás. Nós só queríamos dizer oi. — A voz dela baixa de volume. — Nós soubemos o que aconteceu. Jaime disse que sente muito a sua falta!

Ela está falando do sr. Rojas, e digo que sinto falta dele também. As garotas Rojas levantam as mãos e dizem:

— *Dame cinco!*

Nós trocamos um high five. A sra. Rojas ri.

— A gente se vê lá dentro!

Depois elas voltam para o fim da fila.

— Ufa! Que bom que elas não tentaram furar fila aqui — diz VanLeer.

Eu olho para ele com um dos olhos fechados.

— A sra. Rojas? Ela nunca faria isso — digo.

Eu me concentro novamente na janela grande. Quase vejo lá dentro. Tem sombra e brilho. Eu protejo os olhos.

Mamãe!, quase grito. O rosto dela se abre em um sorriso largo, e sei que ela também está me vendo. Ela cobre a boca com a mão. Eu dou um sorriso e aceno. Ela acena de volta. Vejo a srta. Gina e a srta. Sashonna se agitarem e cutucarem a mamãe. É bom saber que elas devem estar dizendo: "Ele veio! Você viu? Perry voltou!"

Big Ed está perto das mulheres. Halsey é mais alto do que todos, com expressão séria, parecendo um pássaro caçando. É incomum vê-lo no salão em um sábado; Halsey não recebe visitas. Talvez ele queira me ver. Eu me viro para a frente, balanço os joelhos e falo baixinho:

— Anda, fila. Anda.

VanLeer e eu finalmente chegamos às portas. Super-Joe está fazendo a verificação e, quando me vê, me faz passar logo, não me incomoda nem um pouco. Eu nem preciso de crachá. VanLeer acha que pode ir atrás, mas o Super-Joe é rigoroso com ele.

— Opa, opa! Não tão rápido! — diz ele.

Ele o bloqueia com o braço e pega o detector portátil aleatório de metais. É um aparelho que capta coisas como canivetes e chaves. Não é permitido levar essas coisas para Blue River. A parte do aleatório quer dizer que Super-Joe decide verificar VanLeer sem motivo em particular. Bom, além de o fazer esperar. Eu olho para trás e vejo Thomas VanLeer de pé com os braços abertos. O rosto fica vermelho quando o Super-Joe passa o detector lentamente de um lado e depois do outro.

Eu passei pelo gargalo de Blue River. Desvio da multidão e saio correndo. Mamãe foi para um espaço aberto. Espero que ela se lembre... Espero que esteja pronta...

E ela está!

Seis dias sem treinar, mas ela me levanta para uma volta caprichada. Eu giro no Salão de Blue River. Ouço Big Ed dizendo:

— Ali está ele! Ali está meu Filho Matinal!

Durante essa longa, longa semana, tudo o que eu quis fazer foi voar. Bem assim.

capítulo vinte e cinco

SÁBADO NA PRISÃO

Nós falamos ao mesmo tempo. Rimos, choramos um pouco. Mamãe e eu dividimos uma cadeira. Ela me segura pelos ombros, me aperta como que para ter certeza de que sou feito da mesma coisa que era quando saí, seis dias atrás. A srta. Gina, a srta. Sashonna e Big Ed estão com a gente. Ouço umas cem versões de "Senti sua falta!" e "É tão bom ver você de novo!".

Big Ed diz que estou mais magro. A srta. Gina acha que fiquei mais alto. Mamãe se pergunta se preciso cortar o cabelo. E Sashonna quer saber se levei fotos digitais. Mas digo que não desta vez.

Sinto pressa de dizer as coisas. Eu nem peguei minha lista ainda, e VanLeer está ali, no salão. Em algum lugar. Acho que vai estar em cima da gente a qualquer momento. Vai tentar ouvir como um passarinho na linha telefônica. Sei que o Super-Joe não pode segurá-lo para sempre.

— Não se preocupe com o promotor público, Perry — diz Big Ed. (Ele consegue ler meu pensamento.) — Estamos de seis para você — acrescenta ele em um murmúrio.

"Estar de seis" em Blue River quer dizer ficar de olho ou criar uma distração. Big Ed faz um movimento de cabeça na direção das mesas de jogos.

Eu olho e vejo o sr. Halsey, que é mais alto, guiando o sr. VanLeer para o outro lado, para ficar de costas para nós. Não os ouço por causa do barulho das visitas, mas Halsey está abrindo um tabuleiro de xadrez. Ele enfia uma cadeira embaixo de VanLeer, por trás. Dá um tapinha gentil e simpático no ombro dele para ajudá-lo a se sentar. Quando VanLeer tenta se virar para ver onde eu estou, Halsey espalha as peças de xadrez e derruba algumas no colo de VanLeer. Ah, sim. Ele vai mantê-lo ocupado.

Mamãe passa os dedos pelo meu cabelo e me pede para contar sobre a vida na casa VanLeer.

— Primeiro de tudo — digo, e me inclino para a frente. — Você sabia que ele é Tom, o padrasto? Eu estou na casa de Zoey!

— Eu fiquei sabendo — diz mamãe. — Espero que não tenha sido um problema.

— O choque do século — comento. — Mas agora é a melhor parte dessa confusão.

— Que bom! — exclama Sashonna. — Porque não é justo ele não dizer isso. Poderia ter destruído essa amizade. Não é, Jessica? Não é?

Sashonna está repetindo uma coisa que mamãe disse, percebo.

Eu digo para todos:

— Zoey ainda é minha melhor amiga.

— É, mas aquele homem... — O braço de Sashonna se estica para cima — Aquele senhor promotor VanLeer, ele devia ter sido sincero com você...

— Shh-shh. — A srta. Gina puxa o braço de Sashonna para baixo. — Deixe Perry falar.

— É uma boa ideia. Deixe o garoto contar a história — diz Big Ed.

Sashonna faz um barulho irritado para ele. Mamãe olha para mim e aperta meu braço. Eu tento contar na ordem certa, mas fico pulando de uma coisa para a outra.

— Eu não consegui dormir na cama, então a mãe de Zoey colocou um colchonete de acampamento no armário, e ficou bem melhor. Mas, mamãe, não tem relógio lá. Eu preciso muito de um relógio... e tem o chuveiro. Aquela coisa está quebrada! Não sai nada de cima, e é difícil enfiar o sovaco embaixo da torneira da banheira. — Eu faço uma asa com o cotovelo, e todos riem. — E tentar molhar a cabeça? Melhor esquecer!

Estou falando tanto que minha boca está seca e grudenta.

Mamãe escuta. Big Ed também. Ele está franzindo as sobrancelhas grisalhas peludas e pensando no chuveiro. A srta. Gina bate os cílios escuros, o que quer dizer que está ouvindo. Sashonna fica andando atrás das nossas cadeiras como uma lagartixa. Ela anda até a frente e depois volta. Mamãe não parece se importar. É como sempre foi. Eu sou filho dela, mas pertenço a todo mundo em Blue River.

Quando chego a uma pausa, enfio a mão no bolso. Tiro minha lista e me viro para mamãe.

83

— Essas são as coisas que não posso me esquecer de falar para você.

— Certo — diz ela. — Devíamos cuidar disso antes de o dia acabar.

A srta. Gina se levanta.

— Venha, Sashonna. Vamos deixar Jessica e Perry ficarem um pouco sozinhos.

— Sozinhos? Olhe ao redor. É dia de visita! Você não pode me mandar sair. Eu posso ficar no salão. Não é infração!

— Shh... — A srta. Gina dá um tapinha no braço de Sashonna. — Lembra o que prometi? Vou fazer um *extreme makeover* em você. Que tal um pouco de glamour na prisão? Sombra esfumada com rímel preto? Quer um brilho labial também?

— Aquele Rosa Pérola? — pergunta a srta. Sashonna. — É, eu quero...

Elas saem, e Big Ed também. Ele fica andando pelo salão durante as horas de visita. É mais um que ninguém vem visitar. É difícil entender, porque ele fez muitos amigos em Blue River. Ele diz que também era assim antes da prisão: ele tinha muitos amigos. Mas está muito longe dos antigos e muitos anos se passaram. Eu o vejo se sentar com os DiCoco. Ele enfia o nariz no novo buquê de flores.

Mamãe suspira.

— E então, Perry. Meu Perry. Você está mesmo bem? Me diga a verdade.

Eu penso por um segundo. Eu vou dizer a verdade. Só quero ter certeza de qual é, e quero dar a ela a parte mais verdadeira primeiro.

— Eu não estou gostando — digo. — Quero voltar para casa, para Blue River. Foi a pior semana da minha vida, sem dúvida.

— A minha também! Uma semana horrível — concorda ela.

— Cinco minutos depois de sair daqui, eu vomitei no carro dele — digo, apontando os jogadores de xadrez com o polegar.

— Ficou enjoado?

— Fiquei. E meu nariz sangrou na escola.

Mamãe sufoca um gritinho.

— Alguém deveria ter me contado! — Ela faz uma voz aguda enquanto fala.

— Tiveram umas coisas ruins — conto. — Mas olhe para mim. — Eu tento ser engraçado e bato com o polegar no peito. — Eu estou bem! Nós não vamos amar o fato de eu morar na casa VanLeer. Nunca. Mas não é para sempre. Lembra todas as pessoas que passaram por aqui? — Eu relembro algumas. — O sr. Mayer, a sra. Cruz, o sr. Washington, a srta. Dasha, a srta. Jenn e o sr. Solomon. — Eu poderia continuar por muito tempo. — Eles tiveram sentenças estilo cochilo de gato. Quatro a seis meses, mais ou menos? E não parece que ficaram aqui por muito tempo?

— Mas não devia parecer que você está cumprindo pena, Perry. Você não fez nada de errado. Nunca se esqueça disso.

As pálpebras de mamãe ficam rosadas. O nariz está escorrendo um pouco. A sra. DiCoco diria que ela está chorosa. Eu entendo. Ela sente tudo de uma vez. Está triste e com raiva, mas está feliz por eu estar bem, e é um alívio pensar que vamos ficar juntos novamente em pouco tempo.

capítulo vinte e seis

A LONGA LISTA

Mamãe e eu percorremos minha lista no nosso canto da sala movimentada. É estranho ficar sentado aqui e só aqui. Normalmente ando por aí nos dias de visita, como Big Ed. Ajudo a servir café e biscoitos. Mas estamos espremendo uma semana de um monte de coisas importantes em apenas uma parte do dia.

— Ei. — Mamãe bate no meu ombro. — Me conte, quem ajuda com o dever de casa?

Eu dou de ombros.

— O sr. VanLeer me perturbou por causa disso por duas noites. Quando falei que já tinha feito, ele me olhou como se eu não estivesse falando a verdade. E isso foi depois que Zoey disse para ele que eu era bom aluno. — Eu balanço a cabeça e penso por um segundo. — Mas a sra. Samuels é diferente. Ela fica mais... do meu lado nas coisas. Ela diz que acredita que vou pedir ajuda se precisar.

— Que bom — diz mamãe.

— Zoey e eu vamos andando da escola até a biblioteca todos os dias. — Eu bato com o dedo na lista porque tem *biblioteca* nela. — Fazemos todo o dever. Mas agora temos que encontrar uma atividade para nos inscrevermos. — Aponto para a lista de novo. — Faz parte do programa extracurricular da escola.

Conto para a mamãe que vi a sra. Buckmueller, que ela bateu com o carrinho de livros e teve que proteger os livros como uma galinha. Isso me faz pensar em ovos. Pensar em ovos me faz perguntar sobre Eggy-Mon, que cuida da cozinha, e começo a desejar "queijo no pão de trigo com ovo fresco mexido". Eu adoraria comer um sanduíche desses com mamãe... agora. Olho na direção da cozinha de Blue River, onde a bancada está escura e silenciosa. Sigo a borda pintada de vermelho do alto da cozinha até a parede, onde chega no corrimão vermelho. O corrimão faz uma volta e contorna a escada. A corda está presa no primeiro degrau por causa do horário de visitas. Eu tinha permissão de passar por baixo da corda e subir na sacada acima do salão até meu quarto...

Meu quarto.

Eu olho para cima. Vejo a minha porta. Fechada. Fico querendo saber o que estão fazendo com ele agora que não estou mais lá. Vão derrubar a parede? Meus olhos começam a arder de calor. Eu enfio o rosto na dobra do cotovelo da jaqueta de lã e faço pressão. Fungo com força e sinto o cheiro do sabão em pó VanLeer.

— Perry, você está bem? — pergunta mamãe.

Eu me obrigo a puxar o catarro. Fecho bem os olhos quentes. Esfrego o rosto com força e saio do esconderijo.

— Nossa, achei que eu fosse espirrar — minto para mamãe.

Ela me oferece um lenço de papel.

— Então...

Eu pisco para me concentrar na lista e coloco o dedo nas palavras *O Enorme Trabalho*.

— É, o que é isso? — pergunta mamãe, forçando um tom alegre. — Parece importante.

— E é. — Eu respiro fundo e digo: — Está na hora de novo.

— Hora de quê?

— O mesmo trabalho de sempre com um nome diferente. Fizemos no terceiro ano. No quarto e no quinto. Você sabe. Tinha a imigração e a migração para o oeste e as tradições ao redor do mundo. — Eu respiro fundo e suspiro. — Seja lá o que a gente estiver estudando, sempre tem uma narrativa pessoal, alguma coisa sobre nós.

— Ah... sim — diz mamãe. — *Aquele* trabalho.

— Desta vez, é para ser sobre como você e sua família acabaram vindo morar e trabalhar aqui: *Sua vinda para o condado de Butler*.

— Ah, que alegria — diz mamãe. — Que perfeito para nós.

— A parte boa é que a srta. Maya é uma professora legal. Podemos escrever ensaios ou poemas ou coletar entrevistas. Tem gente fazendo livros, mapas, até vídeos. Temos bastante tempo. Umas seis semanas.

— Certo. — Mamãe morde o lábio inferior por alguns segundos. — Mas você está num dilema.

— Estou. O fundamental II parece diferente. Acho que a srta. Maya não vai me puxar de lado e me passar um trabalho especial.

— Ah, você quer dizer que, em vez de escrever sobre sua mãe na cadeia, vai escrever um relatório sobre o pássaro típico do estado? — diz mamãe.

Ela lembra. Eu também.

— A cotovia ocidental — digo.

— Ou a flor típica do estado.

— Solidago.

— O inseto típico. — Mamãe está assentindo e sorrindo.

— A abelha. — Nós dois rimos. — Ou... — Eu coloco as mãos ao redor da boca para contar em segredo. — ... como a pequenina cidade de Surprise ganhou esse nome.

— Shh. Não conte para Big Ed! — Mamãe ri.

— Mas estou feliz de a srta. Maya não ter mudado meu trabalho. Eu tive uma ideia.

— Vamos ouvir essa ideia.

Sou lento para botar as palavras para fora.

— Bem, e se... eu só contasse a nossa história?

Mamãe está ouvindo, as sobrancelhas arqueadas. Estou tentando decidir se está assentindo ao menos um pouquinho.

— Se souberem a verdade, não vão ter que parar de inventar coisas? Como Brian Morris. Acho que ele nem tem intenção de mentir — digo.

— Não? Humm. O que você acha que ele tem intenção de fazer?

— Não sei. Ele deve querer *perguntar* — digo.

— Certo — diz mamãe. — E aposto que você acha que todos os Brian Morris de Butler estão deixando a imaginação correr solta.

— Não são só os Brian Morris. Eu também.

Mamãe olha para mim como se soubesse o que vem em seguida.

— Eu sei que estamos aqui porque você cometeu um erro muito tempo atrás. Sei que sofreu um acidente de carro e uma pessoa morreu. Sei que foi acusada de homicídio culposo.

Eu paro e engulo em seco. Nós não costumamos falar sobre isso.

— Sei parte dessa história. Quero saber mais. Meu *cérebro* quer saber mais.

Mamãe está balançando o pé enquanto escuta.

— Mas, se você ainda não quiser contar, bem, tem outras coisas. É como Big Ed diz: "Como você chegou aqui não é a única coisa que importa sobre você."

— Mas é o assunto do trabalho.

A mamãe faz um bico para o lado. Ela não está gostando.

— O trabalho é sobre vir para cá — admito. — Mas você tem um trabalho importante em Blue River. Você aconselha outros residentes. Pode contar essa história se não quiser contar o resto.

O pé de mamãe está se balançando loucamente.

— E como isso funcionaria?

— Eu quero fazer entrevistas. E não só com você, mãe. Outros alunos vão falar das famílias. Eu tenho uma família em Blue River. Quero contar a história de todo mundo, se as pessoas concordarem.

Ela olha para mim, piscando. Espero que respire. Espero que responda.

E ouço Big Ed dizer:

— Você quer uma história de Blue River, Perry? Eu conto a minha.

capítulo vinte e sete

JESSICA

Jessica sente algo como uma chicotada no pescoço quando Thomas VanLeer aparece tão de repente. Big Ed tinha acabado de se oferecer para contar a Perry como foi morar em Blue River e, bum!, VanLeer estava ali.

— Hora de ir. Hora de seguir com o dia — diz ele, esfregando as mãos.

— Mas isso é o dia — reclama Perry, confuso e de queixo caído.

Ele fica de pé mesmo assim, e Jessica percebe que o criou para ser obediente demais. Lentamente, ela se levanta da cadeira.

Ela se vê encarando VanLeer. Repara no maxilar barbeado e nas costeletas curtas e retas. O rosto é agradável, alguns diriam que até bonito, acha ela. Mas o que o motivava, esse homem que estava provocando destruição na vida deles e que tinha acabado de limpar das mãos a visita do filho como se fosse uma poeirinha irritante?

Big Ed tosse.

— Minha história vai esperar até o sábado que vem — diz ele. — Não vou a lugar nenhum. — Ed olha para VanLeer e acrescenta: — Você precisa planejar ficar mais tempo na semana que vem. Perry tem um trabalho da escola.

Ele talvez tenha dito mais. Jessica não ouve porque aproveita os últimos minutos da visita para correr como louca até o quarto no Bloco C. Ela quer pegar um item fácil da lista de Perry.

Quando fica parada no salão vendo-o partir, ela repara que ele segura o despertador portátil junto ao peito como um ornamento precioso. É lindo e um pouco angustiante. O despertador portátil finalmente iria a algum lugar. Ela sente um sorriso irônico nos próprios lábios.

Perry hesita na primeira porta. Ela conhecia a postura: ele se lembrou de alguma coisa de repente. Para mesmo com a mão de Thomas

VanLeer nas costas. "O homem é como um collie: um pastor que não hesita", pensa Jessica.

— Mãe! Eu não vi a diretora Daugherty hoje — diz Perry. — Cadê ela?

Thomas VanLeer olha para Jessica. Os dois sabem a resposta para a pergunta. Mas, mesmo se quisesse explicar a confusão para Perry naquele momento, e ela não queria, VanLeer provavelmente a interromperia. Então, ela não responde. Conta com o fato de Perry perceber que tocou em um assunto além do limite de privacidade de Blue River e mantém o olhar no homem.

— Ei, ele não gosta disso. — Ela fala com VanLeer, não consegue impedir que o indicador cutuque o ar entre eles. Ele olha para ela sem entender. — Sua mão — explica —, empurrando o meu filho assim. É grosseria.

Perry olha para ela e abre um sorriso. Ele não era muito de rir alto, mas ela o vê engolir certa diversão que combinava perfeitamente com o sorriso iluminado e sábio. Ela se enche de amor.

— Mamãe, diga para a diretora que sinto falta dela, tá? — grita ele.

Com VanLeer logo atrás de novo, os pés cobertos pelos tênis de Perry chiam no linóleo.

— Vou dizer. Prometo — diz Jessica, e joga um beijo quando ele passa pela segunda porta.

Bom, lá se foi o sábado… e eles se despediram quase gargalhando.

Os amigos formam um círculo ao redor dela quando a porta se fecha. Estava preocupada com o filho. Ali estava ela, com todas aquelas pessoas próximas. Mas como Perry ficaria, agora que estava com VanLeer? Ele não podia procurar a mãe quando quisesse. Nem podia ver as suas "outras mães" de Blue River, como eles às vezes chamavam Gina e Callie DiCoco. Maya Rubin não o levava e trazia da escola, mas pelo menos o via na aula. Mas Perry não teve tempo com Jaime Rojas nem com Halsey Barrows; houve pouquíssimo tempo com Big Ed. Nenhum com a diretora Daugherty.

Alguma hora ela teria que contar sobre a suspensão da diretora e a investigação. Chegou a Blue River um boato de que VanLeer estava pintando a diretora Daugherty como um barril de pólvora do sistema penitenciário, sendo o principal motivo ela ter deixado Perry ficar por tantos anos. Não havia dúvida de que havia sido criativa quando o assunto era a criação dele. VanLeer a queria fora da jogada. Ele a queria fora de Blue River.

Mas, pior ainda para Jessica e seu menino, como promotor público do condado de Butler, VanLeer desafiou oficialmente o pedido dela de condicional. Ele alegou que ela recebeu "liberdades incomuns e questionáveis" para uma detenta com uma condenação tão séria quanto a dela. Jaime Rojas interpretou o linguajar legal com ela.

— Ele está tentando sugerir que você não cumpriu sua pena de verdade porque teve o privilégio de criar Perry aqui dentro. — Foi isso que Jaime disse. — É uma questão obscura — acrescentou ele. — A má notícia é que esse VanLeer parece determinado; ele acredita que criar um filho em Blue River foi um crime. Quer que alguém pague. Enquanto isso, está atrapalhando seu pedido, o filho da mãe.

Jessica tem uma dor de cabeça no fim da tarde, a mente cheia de estilhaços afiados e preocupações recorrentes. Implora a Gina para deixar Sashonna e suas irritações insignificantes longe dela, só até o jantar.

Concentra a mente dolorida em Perry. Sente orgulho por ele usar os lemas de Big Ed.

— É assim que se lida com as coisas, garoto.

Ela fala aquilo em voz alta. Mas fica preocupada com aquela linha do tempo. Ele queria mirar os olhos azuis sinceros em um prêmio: a libertação dela. Ela não sabia o que dizer para ele sobre isso. Não mais.

E havia o trabalho. Aquela coisa enorme na lista dele. Maya Rubin não devia ter ideia de como aquilo tinha afetado Jessica.

— Eu não estou *nem um pouco* pronta para contar para ele... — murmura ela baixinho.

Massageia as têmporas. Não o culpava por perguntar... de novo. Era uma questão que voltava algumas vezes por ano, normalmente sinalizada com Perry confirmando: "Foi homicídio culposo, né? Com você e com Big Ed, né, mãe?" Ela sabia que ele não aceitaria o "é" distraído dela para sempre.

Bem, talvez o projeto acabasse sendo o jeito de Perry de ficar perto da família de Blue River. Big Ed já tinha oferecido de contar sua história. Ele tinha coragem. A história dele não era fácil. Claro que a dela também não. Ela nunca poderia contar tudo para Perry. Mas talvez estivesse na hora de ele saber mais. Mas o quanto?

— Ei! Ei! Você está na equipe do refeitório hoje. Não esqueça — provoca Sashonna quando mostra o rosto maquiado na porta do quarto de Jessica no Bloco C. — Eggy-Mon vai procurar por você.

— Tá, tá...

Gina está logo atrás e vai guiando Sashonna. Com olhos grandes e cheios de sentimento, ela pisca com empatia por tudo o que Jessica está enfrentando no final daquela tarde de sábado.

capítulo vinte e oito

LOGO DEPOIS DE BLUE RIVER

Dentro do armário VanLeer, sento no colchonete de acampamento que arrumei bem antes de o sol nascer de manhã. Seguro o despertador de mamãe nas mãos e o sinto tiquetaquear. Abro-o e coloco em cima da mala da diretora. Espero que não faça falta para mamãe. O relógio cabe perfeitamente ao lado do abajur de leitura que a sra. Samuels levou lá para dentro, o que tem haste flexível. É uma boa luz de leitura, mas agora estou inclinando-a para iluminar minha linha do tempo na parede do armário. Olho para o sábado, hoje, que parece que acabou. Mas prometi a mim mesmo que não riscaria nenhum dia até ir para a cama à noite, e nós ainda nem jantamos.

Passo o abajur pela linha do tempo, que me parece longa. Os últimos dias estão dobrados no canto, onde as duas paredes do armário se encontram. Parecem perdidos.

Ouvi Big Ed dizer que uma linha do tempo fica mais longa quando você não conta suas vitórias. Então, eu conto as minhas. Eu vi mamãe hoje. Meu pensamento seguinte é que a visita foi curta demais. Isso não é uma vitória, então tento esquecer. Mas não consigo evitar o seguinte pensamento: contar suas vitórias não quer dizer que você não sabe quais são suas derrotas. Você sabe.

Mesmo assim, eu vi mamãe. Vi que ela está bem. Ela também viu que eu estou bem. Duas vitórias.

Começo uma nova lista. Eu estava com muitas coisas na cabeça no caminho de volta de Blue River. Como o novo residente, o sr. Wendell. Eu o vi em frente à janela grande, olhando as pessoas que chegavam. Não sei se alguém foi visitá-lo. Queria perguntar à mamãe ou a Big Ed como ele está. Mas esqueci.

O sr. Wendell jamais saberia, mas me sinto ligado a ele. Somos novos residentes em lugares diferentes. Eu me pergunto se ele está usando os lemas. E se fez uma linha do tempo. Acrescento à minha lista; vou perguntar sobre o sr. Wendell semana que vem. Porém, mais do que tudo, quero começar minhas entrevistas sobre a Vinda para o condado de Butler.

Zoey bate na minha porta e seguimos pelo corredor juntos para botar a mesa do jantar. A sra. Samuels está misturando carne moída para fazer hambúrgueres, e por algum motivo fico morrendo de vontade de botar as mãos naquilo.

— Posso fazer isso? — pergunto.

— Tenho certeza de que você consegue, então pode, sim — responde ela. — Mas lave as mãos primeiro.

Thomas VanLeer aparece com um pincel na hora que estou terminando de usar a pia. Eu saio do caminho dele.

— Ora, ora, não é que estamos todos ocupados por aqui hoje, né? — diz ele. Ele força uma gargalhada. Diz que acabou de pintar a garagem. — Ufa! É para isso que servem os sábados, para cortar as coisas da lista de tarefas a fazer...

Ele começa a falar com a sra. Samuels.

— Vou acender a grelha assim que acabar de me lavar.

Ela diz:

— Estou mais adiantada do que você!

Por algum motivo, isso os faz rir. De repente, os VanLeer estão falando sobre as aulas de dança de Zoey e sobre a ida ao mercado orgânico em David City mais cedo.

Moldo a carne em formato de hambúrgueres e alinho todos em uma bandeja. É meio parecido com estar na equipe do refeitório em Blue River. A escala é rotativa. Eu lembro que hoje é a noite da mamãe. Ela vai trabalhar com Eggy-Mon. Eu devia estar na cozinha de Blue River com ela, ouvindo poesia sobre comida nesse momento...

Mas estou olhando a sra. Samuels. Ela está chorando por causa das cebolas. Ela aperta a parte de trás do pulso no nariz e diz:

— Ô-ou! Essas são fortes!

O sr. VanLeer leva um lenço de papel até ela, para em frente, leva o lenço às bochechas dela, primeiro embaixo de um olho e depois do outro. Ela funga. Eles riem. Ele pergunta:

— Melhor?

Ele beija a testa da sra. Samuels.

Eu também já o vi passar os braços ao redor dela. Ela faz o mesmo, ou se recosta nele quando estão próximos, e os ombros dos dois se tocam pelo tempo que quiserem. Eles fazem isso como se fosse outra forma de falar. O amor é diferente em uma casa.

Sigo a sra. Samuels até o pátio. Carrego os hambúrgueres crus, e ela os coloca na grelha com a espátula. Há duas cadeiras de jardim. Ela se senta, então me sento também. A noite está cinzenta e com vento, mas não fria. Ela inclina o rosto para a brisa.

— Talvez uma daquelas grandes tempestades do Nebraska esteja chegando — digo.

— Desde que não seja granizo — comenta ela. Temos um momento de silêncio, e ela pergunta: — A visita à sua mãe foi boa?

Curta. É o que eu penso, mas não digo.

— Fiquei muito feliz de vê-la.

— Aposto que ficou.

— Ela me deu o relógio dela. Botei ao lado do abajur.

— Ah, legal… Em cima da mala. — Ela fala com o tipo de aceno de cabeça que deixa claro que ela está visualizando tudo no armário. — Caramba. Você queria um relógio esse tempo todo? Você pode me pedir coisas. Sou boa em encontrar objetos. — Ela sorri para mim. — Mas alguma coisa me diz esse é o relógio que você realmente queria.

Eu faço que sim.

— Eu gosto daquele porque…

Por que gosto dele? É um relógio comum. Eu poderia dizer que é porque o relógio é usado há muito tempo. Ou porque eu o chamava de tartaruga de estimação quando era pequeno porque ele se retrai para dentro de uma proteção.

— Bom, é familiar para você — diz a sra. Samuels. — Você tem poucas coisas naquele quarto que dão essa sensação. Não dá para negar.

Ouvimos os hambúrgueres chiarem e estalarem. Eu arranho o chão com a ponta do pé. A sra. Samuels balança a perna. O vento sopra pelas árvores e balança as folhas. Ela parece não ter problema de só ficarmos assim. Quando está na hora de virar os hambúrgueres, ela me oferece a espátula e pergunta:

— Quer fazer as honras?

E eu faço. Zoey sai de casa e nós três ficamos sentados na brisa enquanto os hambúrgueres cozinham. Acho que todos nós estamos pensando se vai chover granizo.

À mesa VanLeer, eu pego meu hambúrguer e o olho bem. Nunca comi um assim, com cebola. O que Eggy-Mon diria?

"Carne bem grelhada, com cebola caramelada?" Ou talvez fosse criativo. "Carne grelhada devagar com uma fatia grossa que te faz chorar?" Penso que sou péssimo em poesia, mas gosto de tentar mesmo assim. Gosto de fazer essa coisa de Blue River.

— Perry? Estou vendo um sorriso? — VanLeer está olhando para mim.

Zoey balança a mão para ele como se quisesse que ele me deixasse em paz. Penso em mencionar a poesia de comida para os VanLeer. Mas decido que não. Não com o sr. VanLeer aqui. Ele poderia dizer alguma coisa que tiraria o que tem de bom nisso. Estou *tentando entendê-lo*.

Acho que qualquer residente novo diria: tem coisas que entendo rápido. Outras dão mais trabalho.

capítulo vinte e nove

PICTIONARY

Enquanto estou tentando entender e ajudando a colocar a louça na máquina, descubro que a noite de sábado é a noite de jogos na casa VanLeer. Zoey diz:

— Pfft. Nós falamos mais do que fazemos. Jogar com três pessoas é chato.

Eu digo:

— Bom, talvez comigo como a quarta...

— É... — Zoey aponta para ela e para mim e anuncia: — É! Pronto, Perry e eu somos um time.

— Tudo bem, tudo bem — diz o sr. VanLeer, assentindo.

A sra. Samuels diz:

— Ô-ou. Vamos ser massacrados.

Zoey pega um jogo chamado Pictionary. Ela está determinada e reúne cartões, canetas e papéis.

— Você já jogou, Perry? Eu adoro. Nós vamos acabar com eles.

Eu nunca brinquei com o jogo da caixa, mas, quando Zoey explica, sei que é o mesmo jogo que fazemos no quadro branco do salão. Eu digo para ela:

— Não se preocupe. Vamos arrasar.

A gente se reúne em volta de uma mesinha quadrada na sala Van-Leer. Os adultos se sentam no sofá. Zoey e eu ficamos nas almofadas grandes, no chão. Não demora para estarmos morrendo de rir.

Dou um sorriso quando desenho uma cabeça redonda esquisita com dois olhos e uma boquinha em forma de *O*.

Zoey se agita quando tenta adivinhar.

— Cabeça. Rosto. Beijo?

Eu desenho alguns pontos saindo da boca, e ela grita:

— Cuspe! Cuspe! É cuspe! Ah, ops, acho que cuspi um pouco.

— Que lindo — diz a mãe dela.

Zoey cai no chão, rindo. Eu a puxo de volta pelo braço. Ela parece uma boneca de pano.

— Tudo bem, tudo bem. O ponto é nosso. Tom, sua vez. Mamãe adivinha.

— Vai ser difícil vencer vocês — diz o sr. VanLeer. Ele pega a caneta e lê a palavra.

Eles se esforçam. Mas a sra. Samuels acha que o paraquedas do sr. VanLeer é um cogumelo ou uma flor. Ou uma raquete de tênis. Eles perdem, mas perdem rindo.

A melhor rodada é quando Zoey desenha só três pontas em uma curva.

— Dinossauro — digo.

— Isso! — grita Zoey. — Sim!

— O quê? Isso é incrível! — O sr. VanLeer olha para o desenho. Olha para Zoey e para mim. Abre um sorriso bem real. — Como você chegou a dinossauro a partir disso?

— Eu só soube — digo.

— Mas não tem nada aí! — exclama ele, e todos caem na gargalhada, principalmente Zoey. O rosto dela está rosado e iluminado.

Quando chegamos à rodada final, estamos muito na frente. A sra. Samuels desenha enquanto o sr. VanLeer adivinha.

— Carrinho de mão! — grita ele. Ele levanta o punho no ar. — Não? Carruagem?

A sra. Samuels geme. Faz outro formato, outra linha.

— O que é? Uma... carroça? Não, espere! — O sr. VanLeer pensa. — É um gatinho de bebê? Quer dizer, carrinho! — Ele está um sr. VanLeer diferente: de pé, balançando os braços. Ele acha que descobriu. — Gatinho! Carrinho! Carrinho!

— Tempo! — grita Zoey. Ela mal consegue falar. — Gatinho! Tom, você disse gatinho! — Caindo para o lado de novo, ela acrescenta: — Duas vezes.

A sra. Samuels desanima.

— Era um cortador de grama. Veja as rodas e o motor, Tom. Olhe!

— Que motor? Cadê o motor?

Todo mundo está morrendo de rir. O sr. VanLeer afunda no sofá, suspirando.

— Ah, caramba, ah, caramba...

— Como nós somos ruins. — A sra. Samuels deixa a caneta cair na mesa.

— Vitória! — diz Zoey, enquanto comemoramos com um high five.

Ela mexe nos desenhos espalhados. Pega um e mostra.

— Cuspe. Esse virou clássico — comenta ela.

— Vai para a geladeira — diz a sra. Samuels.

— Coloque ao lado do gatinho — pede o sr. VanLeer, e há mais gargalhadas.

— Eu faço uma reverência para os vencedores — diz a mãe de Zoey.

— Foi uma boa partida — declaro.

O sr. VanLeer se senta mais à frente, com os cotovelos nos joelhos.

— Não é ótimo passar uma noite de sábado assim?

Ele inclina a cabeça para mim. Acho que está me olhando como se eu fosse um desenho do Pictionary. O tempo se prolonga. O sr. VanLeer chega mais para a frente.

— Perry, você está gostando, não está? Quer dizer, está mesmo em um lugar melhor agora, finalmente morando fora daquela prisão.

Um silêncio pesado se espalha pela sala. Zoey solta o ar com fúria entre os dentes.

— E aí... ele faz isso — diz ela.

Suas narinas se dilatam.

A sra. Samuels limpa a garganta e se mexe na cadeira.

Zoey fica de pé.

Por algum motivo, olho nos olhos da sra. Samuels. Estou me perguntando se ela deseja o que eu desejo: que uma tempestade de granizo caia agora. Ela pisca e fala com Zoey.

— Tom só quer dizer que estamos gostando da companhia de Perry...

— Não foi isso que ele disse. — O rosto de Zoey passa de rosado a vermelho.

VanLeer aperta os olhos para ela.

— Zoey, querida. — Ele vira as palmas das mãos para cima. — O que foi? Qual é o problema?

Ele olha para a sra. Samuels em busca de resposta.

— Olhe, está tudo bem — diz a sra. Samuels. Ela se aproxima da filha.

— Zoey, por favor, não...

— Não. Não, mãe!

Zoey dá um passo para trás. Olha para a mãe, mas aponta para o sr. VanLeer. A voz dela fica alta.

— Ele… ele faz isso o tempo todo. Quando está tudo bem, ele tem que falar alguma coisa. Ele estraga o momento.

— Como? — pergunta ele. — Como eu estr…

— Você diz coisas idiotas! — grita Zoey. — Fala demais! Nunca deixa as coisas acontecerem!

Ela perde o ar, e sinto um vazio ocupar meu peito. Sei que ela está tentando não chorar.

— Mãe, você não sabe o que eu quero dizer? Não percebe quando ele faz isso?

Fico com medo de ela fazer a mesma pergunta para mim. Entendo o que ela sente, mas não quero ter que dizer aqui e agora.

A sra. Samuels coloca o rosto bem perto do de Zoey. E fala baixinho.

— Tudo bem. O que você precisa fazer aqui? — pergunta ela.

Zoey seca algumas lágrimas. E respira fundo.

— Vou me afastar — sussurra ela.

A sra. Samuels acaricia os ombros de Zoey.

— Tudo bem. Bom trabalho. Vá, e vou ao seu quarto daqui a pouco. Podemos conversar. — Ela dá um abraço na filha.

Zoey faz que sim. Sai sem olhar para mim. Claro, estou tentando não a encarar o tempo todo. Ajudo a sra. Samuels a guardar o jogo.

O sr. VanLeer fica olhando.

— Que pena. — Ele balança a cabeça. — Achei que estivéssemos nos divertindo. Zoey fica tão chateada às vezes.

Eu percebo que ele está contando isso para mim.

— Mas nós trabalhamos no problema. Nós resolvemos…

— *Tom.*

A sra. Samuels o interrompe, e parece um golpe de caratê. Ela olha para ele com rigidez. Ele para de falar.

— Com licença — digo. Penso em falar para eles que, se precisarem de mim, estarei no armário. Mas só agradeço pelo jantar.

Mais tarde, penso em como Thomas VanLeer é. Lembro-me do anel que ele comprou para Zoey, o das férias de verão. Foi um presente. Isso é legal. Mas ele disse para ela como gostar dele em vez de deixar que ela gostasse. Agora, VanLeer acha que eu devia gostar de estar fora de Blue

River. Mas sinto saudade de casa. Acho que não entendo Thomas Van-Leer. E ele também não me entende.

Quando vou ao banheiro, a porta do quarto de Zoey está com uma frestinha aberta. Eu ouço uma conversa.

— ... agora ele fez com Perry, mãe. Ele está tentando forçar Perry a se sentir bem aqui — diz Zoey. — Mas ele quer ir para casa. Eu também ia querer. Por que Tom não entende? Por que acha que pode decidir o que as pessoas deviam sentir?

Eu espero, mas a sra. Samuels não parece ter uma resposta.

capítulo trinta

SPRAY!

Tem um som gorgolejante, de coisa sendo sugada. E um *vuuush!* Eu pulo para trás e quase levo a cortina do chuveiro junto. Tem um jorro de água caindo do chuveiro VanLeer. Big Ed estava certo. Ele me disse para procurar um pininho, ou alavanca, ou cabo. Ele disse:

— Empurre, aperte para baixo ou levante. Experimente um pouco. Mostre que quem manda é você.

Eu entro no chuveiro. Em segundos, estou molhado da cabeça aos pés. Ahh... finalmente. A melhor coisa de um chuveiro é o tempo para pensar. É curto, mas é todo seu. Preciso desse tempo para pensar nas entrevistas.

Tem uma verdade dura sobre os residentes. Já ouvi mamãe dizer para seus grupos:

— Nenhum de nós está aqui porque foi pego roubando pacotinhos de açúcar da lanchonete.

Os residentes de Blue River fizeram coisas ruins. Não são assassinos, nem sequestradores. Alguns são traficantes de drogas; alguns são fraudadores. Alguns passaram cheque sem fundo ou não pagaram a pensão dos filhos. Às vezes, eu escuto as histórias. Às vezes, eles me contam. Eu nunca pergunto. Raramente falo sobre o que eles fizeram quando estou do lado de fora. Mas agora, quero muito. Sei que alguns residentes iam gostar que suas histórias fossem contadas. Por outro lado, a de alguns foi contada, e eles devem desejar que não tivesse sido.

O sr. Krensky é o residente mais famoso de Blue River. Ele executou um esquema de pirâmide colossal, o que quer dizer que pegou um monte de dinheiro de outras pessoas. Ele fingiu investir. Mas, na verdade, roubou. Comprou barcos e mansões e provavelmente um monte de filés de tilápia com mostarda e páprica. Vários residentes estão presos por crimes envolvendo dinheiro. Mas o sr. Krensky apareceu no noticiário nacional. Quando chegou a Blue River alguns anos atrás, todos nós sabíamos quem ele era.

Ele chegou com a barriga mais bem-alimentada e as unhas mais bem-cuidadas que já vi. Está mais magro agora, as mãos estão mais calejadas, e o cabelo cresceu e virou duas nuvens brancas fofinhas acima das orelhas.

Na primeira semana que ele estava em Blue River, eu pisei sem querer no dedão do pé dele na fila do jantar, quando estava chegando para trás. Ele falou um palavrão e me chamou de… bem, de uma coisa que ninguém quer ser. Depois, me mandou sair do caminho dele, e eu saí. Mas Big Ed estava lá. Ele me pegou em um abraço de um braço só, me puxou para perto.

Ele disse para Krensky:

— Até os culpados reconhecem inocência quando a veem. Mas você, Krensky, você deve estar em um lugar muito feio que é só seu. Não vai ser fácil sair disso.

Apesar de ele ser famoso, uma entrevista com Krensky não me interessa. Ele não é amigo; ele é um Frio. O único motivo para falar com ele é se precisar de ajuda na biblioteca de direito. Mamãe tem o sr. Rojas para isso.

Coloco xampu VanLeer na mão e sinto cheiro de hortelã. Passo na cabeça molhada e faço espuma. Meus olhos estão fechados, meu couro cabeludo está formigando, e acho que meu cérebro está despertando. É assim que se planeja. Eu mergulho de cabeça. Esfrego com força.

Vou precisar de permissão. Isso é certo. Depois, vou fazer uma página para cada residente sobre quem escrever. Vou começar com o que sei, depois vou verificar os fatos e preencher os detalhes nas entrevistas de sábado. Se vou contar as histórias de Blue River, quero contar direito.

Histórias de Blue River.

Gostei. Se alguém não quiser falar, vou ter que descartar a história. Mas Big Ed já disse sim. A sra. DiCoco sempre contou a história dela sem vergonha alguma. Ela machucou as costas e ficou viciada em analgésicos.

— Depois de um tempo, eu não tinha mais dinheiro para comprá-los, então roubei dinheiro da fundação na qual trabalhava. Sou viciada e ladra, mas estou deixando esses dias para trás. — É assim que ela conta.

Acho que o sr. Rojas vai conversar comigo sobre ter sido pego no esquema de apostas. Não sei quanto ao sr. Halsey. A srta. Sashonna vai querer participar porque é o jeito dela. Mas a srta. Gina é o oposto. Ela não vai querer falar, e não vou magoá-la com perguntas. Claro que a história que mais quero é a da mamãe, a história toda. Ela vai me contar. Tem que contar.

Percebo que estou planejando embaixo do jorro de água há um tempo. Em casa, nossos chuveiros são desligados depois de cinco minutos. Fico com medo de repente o sr. VanLeer bater na porta do banheiro e conversar comigo sobre o consumo de água quente. Eu desligo o chuveiro, o reverso do que fiz para acioná-lo. Sim! Sou a fera do encanamento!

Eu me seco com uma toalha VanLeer, que é tão grande quanto um cobertor. Quando a enrolo na cintura, ela se arrasta no chão. Eu puxo até as axilas. O Super-Joe ia rir se me visse. Eu sempre atravesso o Salão Leste Superior quando estou voltando para o quarto usando uma toalha de Blue River ao redor da cintura, só que são toalhas mais finas e bem mais curtas. O Super-Joe gosta de me provocar. Ele faz a voz ficar aguda e diz:

— Saia bonita, Perry.

Dou um sorriso quando penso em como ele segurou Thomas VanLeer no gargalo para eu correr até a mamãe. O Super-Joe tem uma posição complicada com os residentes. Ele tem que estar no comando. Mas sempre dá para perceber que quer ver todo mundo melhorar, do mesmo modo que se deseja para um amigo. Sei que ele gosta do trabalho. A diretora também. Eu os observei a vida toda e percebo uma coisa: eles também têm histórias de Blue River.

No banheiro cheio de vapor, continuo planejando. Se vou escrever essas histórias, vou precisar de mais tempo em Blue River. Não sei como isso vai acontecer, principalmente se a ideia de Thomas VanLeer de visita de sábado é… curta. Eu me encolho na toalha enorme. Como vou ouvir todas as histórias e ainda ter tempo com a mamãe? Tenho muita coisa para resolver, e vou ter que fazer isso sem a ajuda de todas as pessoas que costumam me ajudar.

Abro a porta do banheiro, e uma nuvem de vapor me segue pelo corredor. Escuto a voz de Thomas VanLeer.

— Opa, Perry! Parece que nos esquecemos de avisar para você ligar o exaustor lá dentro.

Ele vira um interruptor do lado da porta. O exaustor zumbe.

— Pronto. Isso vai dissipar o vapor.

— Ah, desculpe — digo. — A gente não tem isso lá em casa.

Eu o vejo fazer uma careta, mas não sei bem por quê. Ele abre um sorriso e esfrega as mãos.

— Aposto que um banho quente é gostoso, né?

Ele parece prestes a dizer mais alguma coisa, mas só balança a cabeça.

— Claro — digo.

Ele começa a seguir o caminho dele, e vou para o quarto no qual estou hospedado. Mas paro.

— Sr. VanLeer? — Ele se vira no final do corredor para me olhar. — Eu estava pensando... Podemos nos organizar para que eu tenha mais tempo em Blue River?

Ele baixa o queixo.

— Bom, eu... hã... — Ele olha para o chão e balança a cabeça.

— Tem um trabalho da escola — digo. — Preciso conversar com alguns residentes por causa dele.

Um momento de silêncio se prolonga entre nós.

— Para a escola, é? — Ele dá um sorriso meio torto. Ri e olha para mim como se eu fosse um mentiroso. — Perry, a questão é que, quando você tem família, os fins de semana são muito preciosos. A semana é longa. É no fim de semana que fazemos as coisas juntos.

Eu fico pensando por que ele acha que precisa me dizer isso. Mamãe trabalha a semana toda em Blue River e faz reuniões nos fins de semana também...

Procure entender antes de procurar ser entendido.

— E-eu não quero usar seu tempo com a sua família — explico rapidamente. — Talvez você possa me deixar lá. Aí, pode voltar para sua família e me buscar depois. Quando puder. E sábado é o principal dia de visitas, mas tem outros horários...

— Eu sei quais são os horários de visita — diz ele. — Mas você está falando de várias viagens, Perry. É mais tempo longe de casa.

Eu olho para Thomas VanLeer. *Sentir fúria* provavelmente não deve ser um bom lema. Eu engulo em seco. E me atenho aos fatos.

— O trabalho da escola é real. Pode verificar — digo. — Preciso de mais tempo em casa. Em Blue River. — Em seguida, digo: — Por favor.

Atrás dele, a sra. Samuels bota a cabeça na esquina. Eu me pergunto o quanto ela ouviu.

— Vamos ver, Perry — diz Thomas VanLeer. — Vamos ver.

capítulo trinta e um

VOLUNTÁRIOS NA BIBLIOTECA

É segunda-feira. Zoey e eu somos voluntários na biblioteca. O sr. Olsen está sorrindo.

— Que esplêndido da parte de vocês — diz ele. — Olhem só.

Ele mostra a prancheta. Há uma lista longa com quadradinhos ao lado de cada item.

— Adoro diagramas e gráficos e quadradinhos para marcar — comenta.

Eu entendo. Gosto de fazer *X*s nos dias da minha linha do tempo no armário.

— Eu jamais sobrecarregaria um voluntário da biblioteca. Assim, uma tarefa de cada vez, e nunca mais de trinta minutos de trabalho por dia. Venham, vamos começar.

Passamos por pessoas inclinadas sobre livros ou na frente de telas. O sr. Olsen aponta as coisas. Aponta mesmo. Levanta o braço até o cotovelo chegar na orelha. Em seguida, passa o antebraço pelo alto da cabeça e usa o indicador como sinal de direção.

— Por aqui ficam os jornais e revistas — diz ele. O dedo se estica e se encolhe, se estica e se encolhe. Ele acrescenta um som. — Mip-mip. — Ele faz uma virada radical.

Zoey contorce a boca para esconder um sorriso.

— Por que ele fica fazendo mip? — sussurra ela.

— Ele está tentando deixar tudo divertido. Sabe que nos inscrevemos no programa extracurricular mais chato do mundo.

Zoey sufoca uma gargalhada e me dá um empurrão. Eu esbarro em um display giratório de livros brochura e preciso abraçá-lo para impedir que caia. Depois, dou uma corridinha para alcançá-los, enquanto Zoey sorri virando a cabeça para mim.

Chegamos na seção de jornais e revistas, com suas capas de proteção de plástico fosco. Só de vê-los sinto saudade de casa e fico feliz ao mesmo tempo. Conheço todas aquelas revistas porque a sra. Buckmueller leva as velhas para Blue River.

O sr. Olsen diz que precisa que sejam organizadas.

— Com a capa para a frente nas estantes — diz ele. — O mês mais recente na frente. Em grupos de seis. Qualquer coisa com data anterior a seis meses vai para uma prateleira depois da esquina. — O braço dele sobe; o dedo aponta. — Mip-mip.

Ele nos mostra uma prateleira comprida cheia de edições antigas. Concluo que é dali que a sra. Buckmueller as tira.

— Vocês podem se organizar na mesa grande. — Ele aponta de novo. — Lembrem-se, é um trabalho curativo.

Zoey olha para mim. Ela diz apenas com movimentos labiais: "Curativo?"

Eu dou de ombros.

— Cada quadradinho que marcarem é uma vitória — diz o sr. Olsen. — Obrigado!

Ele deixa a lista conosco, e nós começamos.

Fazemos uma pilha gigante de revistas, depois começamos a separá-las em grupos. Parece um jogo de cartas. Zoey me pergunta:

— Tem algum *Consumer Guide* de junho ou agosto aí, Perry?

Ela balança a edição de julho.

Eu respondo:

— Pede outra.

Em pouco tempo, começamos uma competição e fazemos pilhas com as capas plásticas. Falamos títulos e meses. Eu estico a mão na frente de Zoey. Ela se joga na minha frente. Slap. Slap. Um homem levanta o olhar do laptop para nos pedir silêncio.

Eu sussurro para Zoey:

— Ele não faz ideia, os sons do progresso.

— É. E essa é só uma tarefa. Como vamos fazer tudo daquela lista?

— Não tudo de uma vez — digo. — O sr. Olsen disse que é curativo. A raiz dessa palavra não é *cura*?

— Acho que é. Essa é uma biblioteca velha e doente — diz Zoey. — E a cura…

— … somos nós.

Nós dois falamos ao mesmo tempo e começamos a rir. O homem do silêncio pede silêncio de novo.

Zoey se abana com um exemplar de *Sports Illustrated*.

— Viu alguma dessas? Não estou encontrando a de agosto.

— Ah, *Sports Illustrated*. É a favorita do sr. Halsey — digo.

Zoey para de se abanar e olha a capa.

— Ah, é? — diz ela. Ela sabe quem é o sr. Halsey, que ele é meu amigo.

— É. Ele pega e lê de cabo a rabo.

Zoey está me olhando, muito silenciosa. Bato com o dedo no exemplar de setembro de *Modern Gardener*.

— E essa é a favorita da sra. DiCoco.

Zoey pensa por um segundo.

— Essa é a avó, né?

— É.

— Tem muito tempo para leitura? Em Blue River?

— Bom, depois do horário de trabalho. As revistas deviam ficar no salão, mas os residentes as levam escondidas para o quarto à noite. — Eu volto a separar. — *Money Matters*. Setembro — peço a ela. E não consigo deixar de acrescentar: — Sei de um cara que saiu nessa aqui. Mas não por coisa boa.

— Ah... Você vai escrever a história dele? — pergunta Zoey.

— Não! — Eu balanço a cabeça. — É o sr. Krensky. Ele não é legal. Jamais me contaria a história dele. Além do mais, já saiu em todo canto. Eu só quero histórias de pessoas de quem sou próximo.

Eu ouço Zoey expirar.

— Espero que você consiga as histórias, Perry. Mamãe acha que Tom devia ter deixado você ficar mais tempo no sábado. Ela não falou, mas ficou muito surpresa quando vocês voltaram tão cedo.

Eu dou de ombros. Agora que estou morando na casa VanLeer, Zoey e eu não falamos tanto sobre Tom, o padrasto, como antes. Eu queria dizer que lamentava que o jogo de Pictionary tivesse sido estragado e que achava que ela estava certa e ele, errado. Mas parece melhor não reclamar sobre ninguém com quem a gente tem que morar, mesmo se ele for a pessoa que parece estar estragando a sua vida, a vida da sua mãe e que está causando problemas para a diretora Daugherty. Eu me pergunto o que está acontecendo. A diretora vai ouvir uma bronca, ou alguém vai descontar alguma coisa do pagamento dela? Ou fazer com que pague uma multa? Não sei em que tipo de problema a diretora pode estar metida.

Ops. Percebo que não estou ajudando Zoey com as revistas. Tento apagar meu cérebro por enquanto. Tudo vai dar certo. Tem que dar. Eu me viro e coloco seis meses de *Sports Illustrated* na prateleira com um ruído satisfatório.

Quando me viro de novo, Zoey está segurando a lista do sr. Olsen.

— Olha. — Ela se inclina na minha direção e lê: — Buckmueller para BR. E tem um ponto de interrogação em seguida. Ela é a moça dos livros, não é? E o que é BR?

— Blue River — digo. — Porque ela sempre anota pedidos dos residentes.

— Exatamente! — O sr. Olsen apareceu atrás de nós.

O homem do silêncio dá um suspiro alto, e o som chega a nós. Ele fecha o laptop e se levanta.

— Ah. Lamento muito! Eu incomodei? — pergunta o sr. Olsen. — Ah, que pena. Tente a sala de história. É mais tranquila... — diz ele depois que o homem passa. E olha para nós. — Então, Blue River. Essa semana não vai rolar. Mas vai ser crítico na semana que vem, e sempre depois disso.

— Por que não vai rolar esta semana? — indago.

— A sra. Buckmueller precisa de um descanso. Eu não devia contar as coisas dela, mas como vocês vão mesmo ajudá-la... Ela torceu o pé saindo do carro com o carrinho de livros na noite de sexta. Agora, o joelho ruim está pior.

— Ela estava atrasada — digo.

— Estava. Aquele trabalho é coisa demais para uma pessoa só. — O sr. Olsen balança a cabeça. — Ela está descansando, com a perna imobilizada. Diz que vai voltar semana que vem e que vai precisar de muita ajuda dos... — Ele enche os pulmões antes de continuar: — voluntários da biblioteca!

capítulo trinta e dois

AS PORTAS DO CONDADO DE BUTLER

Nós nos sentamos no utilitário em frente ao escritório do sr. VanLeer em David City. O carrinho que ele dirige foi para a oficina de manhã, e ele precisa de carona. Eu levanto a câmera, faço foco e tiro uma foto da porta pela qual ele vai sair. Estou tirando fotos para mamãe esta semana. Fui a vários lugares novos.

Uma foto de uma porta parece algo imbecil. Mas a madeira envernizada e a maçaneta de metal são o tipo de coisa sobre a qual mamãe fala quando está procurando lugares para alugar depois que for solta.

A sra. Samuels está atrás do volante. Ela se apoia em um braço e cantarola junto com a música do rádio. Zoey só está sentada. Eu também. Mas também estou fazendo planos. De novo.

Estou pensando no Livromóvel Azul da Buck. Se vamos ajudar a sra. Buckmueller, concluo que isso quer dizer que vamos pegar livros e revistas e que talvez ajudemos a colocá-los no carro. Vamos botar as mãos em todos os exemplares. VanLeer vai seguir o plano original dele sobre os sábados, tenho certeza. Mas, se livros e revistas entram e saem de Blue River duas vezes por semana...

Sinto um tapinha no antebraço. Olho para Zoey. Ela está agindo como espiã e não olha diretamente para mim. Mas sussurra.

— Você poderia usar as revistas. — Ela desvia o olhar para o lado — Para comunicar aos residentes que quer as histórias deles. Poderia mandar perguntas...

Meus olhos se arregalam.

— Eu pensei a mesma coisa! — sussurro de volta. — Como você adivinhou?

Zoey Samuels me dá um sorriso e dá de ombros.

— Pictionary — diz ela.

— O quê? — A sra. Samuels baixa o volume do rádio e olha pelo retrovisor. Ela franze a testa. — Vocês disseram alguma coisa?

Zoey diz, para o banco da frente do carro:

— Nós só estamos falando de coisas de voluntários de biblioteca. — Ela se encosta, sorrindo. Não é mentira.

A sra. Samuels desliga o rádio e tira a chave da ignição.

— Chega disso — diz ela. — Vamos resgatar Tom do escritório.

Eu quero tocar naquela porta envernizada. Assim, tiro logo o cinto de segurança. Zoey resmunga e geme, mas vai atrás.

A porta é pesada. Eu a puxo e deixo Zoey e a mãe dela entrarem na minha frente.

— Obrigada, Perry.

A sra. Samuels dá aquele sorriso de que eu gosto. Ela fica feliz com pequenas coisas, como alguém segurando a porta.

Lá dentro, as paredes da escada são pintadas de um verde-escuro. O corrimão é envernizado como a porta. Um tapete verde-claro sobe pelo centro da escada. Tudo se curva para cima. Parece elegante, mas não muito rococó; mais para elegante, como um homem de terno. Zoey está olhando para cima e tem uma coisa em mente.

— Vou chegar primeiro! — diz ela.

— Vou atrás — respondo, porque não posso competir com ela se não sei onde é a linha de chegada.

Ela dispara. Vou logo atrás, até o alto da escada. Passamos correndo pela recepcionista. O tapete abafa nossos passos trovejantes, mais do que em Blue River. Zoey vira para a direita, e passamos correndo por portas de vidro fosco com nomes pintados em tinta preta e dourada. Chegamos à última. Está aberta, e Zoey coloca a mão na moldura e para. Eu trombo nela por trás. Um engavetamento de duas crianças.

Thomas VanLeer levanta o olhar de uma escrivaninha grande de madeira. Primeiro, suas sobrancelhas se arqueiam de surpresa. Depois, ele ri alto. A mãe de Zoey se junta a nós na porta, e o sr. VanLeer se levanta. A cadeira rola para trás.

— Ora, quem veio me ver? Minha família? Olá!

Ele dá um abraço na sra. Samuels.

— Ei, pessoal — diz ele para Zoey e para mim. — Que surpresa.

— Aposto que você esqueceu que não está de carro hoje — diz a sra. Samuels.

— Ah, caramba! Esqueci mesmo! — Ele ri. — Ah, e vocês estavam me esperando. Desculpem. Eu estava tão envolvido aqui que esqueci o combinado. Vocês podem me dar um minuto?

— Claro. Podemos procurar por uma distração se você realmente não tiver terminado — diz a sra. Samuels.

— Não, não. Já posso ir. Só me deixem organizar tudo.

Ele começa a juntar papéis. Bate com eles na mesa para ajeitá-los em pilhas e começa a arrumar a pasta.

Esse é um tipo de Thomas VanLeer. Está feliz por ter a esposa e a enteada ali, de verdade. Eu olho pela sala. A mesa está coberta de papéis, tão espalhados que ele deve precisar de olhos de mosca para ler todos ao mesmo tempo. Tem uma estante atrás dele, com fileiras de livros grossos como os da biblioteca de direito de Blue River. Os residentes vão lá para pesquisar coisas e trabalhar nos seus casos. Tem uma mesa de madeira comprida junto a uma parede, debaixo de uma janela, coberta de caixas e pilhas de pastas grossas. Acho que o que ele disse é verdade: a semana de trabalho é longa.

— São todos casos abertos — diz ele quando me vê olhando.

"Histórias", penso. Cada caixa e cada pasta deve ser sobre uma pessoa. Uma pessoa encrencada. Eu engulo em seco.

Na parede oposta, há documentos emoldurados. Alguns simples, alguns decorados. Thomas VanLeer se formou em duas faculdades. Tem diploma de direito, passou no exame da ordem e ganhou uma coisa chamada prêmio Spark. Leio a fonte sinuosa: *Oferecido a Thomas VanLeer com gratidão, de todos os que vão passar pelo Abrigo Familiar Journey House*. A linha de baixo diz: *Quando servimos bem a nossas comunidades, o efeito é sentido em toda a humanidade*.

— Esse é o que tem mais significado para mim — diz VanLeer ao se aproximar e parar ao meu lado. — É o mais importante.

— Por quê? — pergunto.

— Porque foi uma oportunidade de fazer a diferença. Eu ofereci serviços importantes para famílias necessitadas. — Ele pensa por um segundo. — E foi um divisor de águas para mim. Eu sabia que queria continuar a ter um impacto grande em um lugar pequeno. — Ele indica a moldura na parede. — Esse prêmio mudou o rumo da minha carreira.

Por alguns segundos, sinto que estou ouvindo alguém que conheço, alguém como o sr. Rojas ou o sr. Halsey. Ou mamãe. O sr. Thomas Van-Leer é uma pessoa com planos. É um homem com uma linha do tempo.

— Enfim — diz ele —, foi basicamente por isso que eu acabei querendo o posto de promotor público aqui no condado de Butler. Decidi que era uma porta pela qual eu precisava passar, a caminho de sonhos maiores.

Eu olho para o prêmio e penso em Thomas VanLeer. Se eu comecei a entendê-lo, só durou um minuto. Se o condado de Butler é a porta, não consigo deixar de pensar que ele a fechou nos nossos dedos. Nos meus, nos de mamãe e nos da diretora Daugherty.

capítulo **trinta e três**

A HISTÓRIA DE BIG ED

Assim que passamos pelo gargalo de Blue River, vejo o sr. Halsey. Está embaralhando cartas. Ele me dá um sorriso rápido e aborda o sr. VanLeer. Ele o vira na direção da mesa de jogos e pergunta:

— Você joga cartas? Qual é seu jogo favorito, cara? Você joga buraco? Ele dá um tapinha nas costas do sr. VanLeer.

O sr. VanLeer gagueja e assente.

— S-sim. Eu jogo buraco. Er... Eu já joguei buraco.

Ele dá passinhos duplos ao lado de Halsey, que bloqueia Tom. Tenho um pensamento engraçado de que Halsey provavelmente poderia segurar a cabeça de VanLeer com uma só mão, da mesma forma que faria com uma bola de basquete... ou um ramo de brócolis. Halsey empurra o sr. VanLeer em uma cadeira, acomoda o corpo alto na cadeira em frente e começa a distribuir cartas. O jogo começou.

Do outro lado do salão, vejo mamãe e Big Ed. Eles se reuniram em um canto e arrumaram três cadeiras em círculo, de um jeito quase particular. Mamãe me chama para perto com movimentos amplos dos braços. Seguro as alças da mochila para não quicar e saio correndo. Pela segunda semana seguida, ela não esquece: me segura e roda comigo. Pela segunda semana seguida, nós nos abraçamos e falamos pelos cotovelos, tentando dizer tudo nos primeiros cinco minutos. Vai ser uma visita curta de sábado no Instituto Penal Misto Blue River.

Big Ed está prestes a contar a história dele. Mamãe se senta e puxa a cadeira para fechar nosso círculo. Ela é a pessoa que apoia Big Ed em todas as coisas difíceis. Eles fazem isso um pelo outro. Mamãe sabe muitas das histórias de Blue River, também deve saber a de Big Ed. Eu já ouvi uma parte, sei por que ele está preso. Homicídio culposo. Igual à mamãe.

Eu me sinto um repórter de jornal, e talvez isso seja bom. Estou com a câmera no colo para o caso de ter câimbra de escritor. Não é a mais profissional, mas pode fazer gravações de um minuto se eu precisar de descanso. Espero que eu consiga escrever rápido. Espero que o jogo de cartas demore. Abro o caderno na página que comecei para Big Ed.

Homicídio culposo é o crime de matar um ser humano sem ter a intenção ou planejar fazer isso. Eu li no dicionário.

Olho para o meu velho amigo. Parte de mim não quer pedir, mas parte de mim acha que Big Ed quer contar. Ele ofereceu. Eu digo:

— Comece quando estiver pronto.

Big Ed inspira fundo, devagar.

— Bom, a primeira coisa a dizer é que eu amava aqueles garotos — começa ele.

Ele olha para o nada, e parece que flutua para um espaço longe de Blue River. Um espaço diferente. Um outro tempo.

— Eu amava cada um daqueles miseráveis encapuzados. Eles começaram a frequentar o beco atrás do meu mercadinho. Humm... naquelas tardes quentes e úmidas da Flórida, depois que as aulas terminavam.

Flórida. Agora sei por que Big Ed acha que tem neve demais em Surprise. Eu não falo. Mantenho o lápis em movimento. Big Ed continua:

— Eles sempre estavam procurando alguma coisa para fazer; eram atletas, sem lugar para jogar até escolherem aquele beco. Corriam, pulavam, se jogavam em paredes sem parar. *Free running*, era como chamavam. Eles conseguiam se pendurar na saída de incêndio, plantar bananeira na beirada do latão de lixo. Depois, faziam mortais pulando dos degraus dos fundos. Um bando de acrobatas. Era de tirar o fôlego.

Big Ed sorri.

— Eu concluí que eles podiam estar metidos com coisas piores. Coloquei lá dois cavaletes e uns sacos de areia, para eles poderem montar uma pista de obstáculos. Tirei um futon velho do lixo e usei para cobrir um pedaço áspero de parede, para ninguém arranhar o cotovelo. Falei para Henry, da barbearia, e para Lila, do brechó, não se importarem de eles estarem subindo nas coisas lá fora. Eles não estavam brigando nem se metendo com gangues. — Big Ed assente. — Henry e Lila aceitaram logo, e os donos das outras lojas também. Chegou ao ponto de a gente ficar olhando o show da porta dos fundos e esquecer de cuidar das lojas!

Ele ri e começa a tossir.

— Aqueles meninos suavam a camisa e iam para o mercadinho. Compravam lanches, refrigerantes. Nós nos sentávamos em cadeiras dobráveis e conversávamos. Ficávamos nos refrescando na frente do ventilador. Eu adorava aqueles garotos — diz ele de novo. — A maioria continuou no bom caminho. Eram bons meninos.

Big Ed se mexe na cadeira. Inclina a cabeça e suspira.

— Mas aí a confusão começou. Alguém quebrou o cadeado da porta dos fundos da loja. Aconteceu duas vezes. Depois, uma terceira. Uma manhã, encontrei vidro quebrado no chão do meu depósito e vi a janelinha arrebentada.

"Meu apartamento era bem ali, no andar de cima, e tinha horas que eu achava que estava ouvindo coisas. Eu prestava atenção, mas na Flórida eu tinha um ventilador elétrico velho e barulhento, que zumbia da Páscoa até o Dia de Ação de Graças. Então, era fácil achar que meus ouvidos estavam me enganando. Mas eu conhecia meu estoque. Sabia que tinha coisas faltando. Depois, minha gaveta de dinheiro foi arrombada e roubada duas vezes em um mês. Eu comecei a tirar todo o dinheiro de lá à noite. Uma manhã, a registradora tinha sumido. Foi arrancada, apesar de não ter dinheiro nenhum dentro! Eu tive que substituir. Os garotos ainda iam brincar lá atrás, e eles sabiam que eu estava tendo problemas. Eu falava com eles sobre o assunto, mas nunca desconfiei deles. Não deles. Não dos meus garotos. Enquanto estava ocupado olhando para o outro lado, eu estava perdendo dinheiro. Estava com dificuldade para pagar meus fornecedores.

Big Ed se encosta na cadeira. Balança a cabeça.

— Eu tinha que fazer alguma coisa. Então, mudei o padrão. Esperei lá uma noite depois de fechar. Pensei em pegar o ladrão no meio da noite, isso se conseguisse ficar acordado. Humf. Eu nem precisei esperar tanto. O sol nem tinha descido totalmente quando ouvi o barulho da janela nova no depósito, e o garoto magrelo entrou. Os tênis bateram no chão como se ele estivesse dando um salto de ginástica artística. Ele entra andando na minha loja, enchendo a mochila e os bolsos como se estivesse na cozinha da mãe dele. Vejo a silhueta dele e sei quem é. É um dos meus favoritos. Um dos que conversam comigo o tempo todo.

Big Ed empurra as mãos nos joelhos. Ele faz uma careta.

— Bom, meu favorito vira meu menos favorito, e eu boto na cabeça que quero corrigir aquela coisa toda.

Os dedos de Big Ed se balançam no ar. E ele fecha a mão em um punho.

— Eu falei o nome dele. Ele se virou, e ali estava, envolto no brilho do sol poente entrando pela vitrine da frente da loja. Ah, como aquele garoto falou palavrões. E me perguntou o que estou fazendo lá! Imagina só! — diz Big Ed, e levanta as mãos. — Aí, eu disse: "Você quer saber por que estou aqui? Para fazer você parar. E quer saber por quê?" E tirei minha arma antiga da gaveta embaixo da registradora e falei para ele, é por isso! Bati com a arma no balcão. Os olhos dele ficaram arregalados e assustados, e eu pensei, isso. Isso! Eu o quero com medo, com muito, muito medo. E bati a mão com tanta força ao lado da arma que tudo pulou, caixas de fósforos, balas, até a arma pulou.

"Eu falei para aquele garoto: 'Todos os donos de loja dos treze quarteirões seguintes têm uma dessas. E o que não conhecer você como eu conheço é o que vai abrir um buraco em você.' Eu peguei a arma para guardá-la, para tirar do caminho, porque nem quero pensar naquela coisa horrível, mas, quando percebo, o garoto está fugindo, correndo para a rua. Eu corri atrás dele. Eu sentia que ainda não tinha terminado de falar. Ele era jovem e rápido e estava em forma. Eu fui gritando e balançando a arma na mão, todo cheio de moral."

Big Ed para. Minha mão está rígida, então pego a câmera para gravar. Eu o vejo na telinha. Ele puxa os cantos da boca com o polegar e o indicador. Fecha os olhos. Abre.

— Eu vi o skatista chegando, um garotinho de camiseta laranja. Ele pulou o meio-fio e caiu no skate, daquele jeito que eles fazem. Em seguida, passou no caminho do meu ladrão. O garoto maior desviou para não esbarrar no menor. Foi para a rua. Ainda vejo a cena. E ainda sinto a forma como toda a vontade de brigar sumiu de mim no segundo que ouvi o chiado dos freios e aquele... *tump*. — Ele balança a cabeça. — Meu ladrão rolou pelo capô daquele sedã velho que tinha acabado de entrar na rua. Tantos anos e não consigo me livrar disso. — Big Ed aperta os olhos. — Eu vejo o garoto dando uma pirueta pelo ar como se fosse um acrobata. Só que tem uma coisa torta no jeito como o corpo dele está. — Big Ed balança a cabeça. Retorce as mãos. — Aí, o garoto caiu na calçada com tudo parecendo... errado.

Vejo Big Ed apertar bem os olhos. A testa está muito franzida. Ele diz:

— Eu corri até ele. Mas só podia abraçá-lo enquanto morria.

— Ele morreu? Foi ele que morreu? — falo antes de pensar.

Olho de Big Ed para mamãe, depois de novo para Big Ed, e para mamãe mais uma vez. Ela faz que sim, com os olhos grandes e tristes e cheios de sabedoria. Ela usa o nó do dedo para afastar uma lágrima.

— Aham — diz Big Ed. — Assim como senti a vida se esvaindo dele, também senti a minha. A vontade de brigar some, e você só deseja poder voltar e refazer tudo. Você quer o momento logo antes de o carro aparecer, logo antes de o skatista aparecer na história. E quer se ver ficando na loja, abrindo as caixas de balas e enchendo o balde de Slim Jims, esperando um vencedor de loteria. Você deseja poder decidir não assustar o garoto com a arma. Ele que leve o que quiser. Até o dinheiro, porque o que é dinheiro além de um monte de papel e moedas sujas? Ele que leve. Nos meus sonhos, eu fiz as coisas de cem jeitos diferentes. Mas a questão é...

Big Ed limpa a garganta.

— Não dá para reescrever sua história.

capítulo **trinta** e quatro

DEPOIS QUE BIG ED ME CONTA

— Aquele sujeito, o Halsey, ele é um mestre da distração, não é? — VanLeer ri, olhando pelo retrovisor.

Vejo as terras planas das fazendas passarem, sentado no banco de trás. Aprendi a me sentar atrás do sr. VanLeer no carro. Eu me sinto menos obrigado a conversar com qualquer pessoa se não consigo ver o rosto dela.

— Os detentos ficam muito unidos — continua ele, com um jeito de quem sabe tudo. — Tem um sistema poderoso de favores. Mas, tudo bem. Eu esperava isso. E não me importo de participar de um bom jogo de cartas...

Ele ri mais.

Eu o escuto. Mas não estou em estado de quem está prestando atenção. Já absorvi todas as informações para as quais tenho espaço hoje e, se ouvir VanLeer, vai ser mais difícil me agarrar às coisas importantes. Como o que Big Ed disse depois que terminou a história de como o garoto morreu. Eu perguntei como ele foi condenado de homicídio culposo.

— Você não deu um tiro nele nem o empurrou na frente do carro — falei.

Mas Big Ed disse que a presença da arma foi o fator decisivo.

— Ameaça com arma de fogo — disse ele. — Resultante em morte, e logo de uma criança. Eu estava fora da loja, então não deu para usar "legítima defesa". Foi o que me fez ser condenado. Isso e o fato de que eu estava cheio de culpa e sem vontade de brigar.

VanLeer interrompe minha concentração.

— Eu dei uma surra nele — diz ele.

É possível ouvir alguém olhando pelo retrovisor? Eu acho que é. Eu não olho de volta. Ainda estou olhando pela janela, vendo um ponto cor-de-rosa ficar maior na pista oposta. É a moça da scooter de novo, a que vi no estacionamento de Blue River semana passada.

— Aquele tal de Halsey — diz VanLeer. — Eu dei uma surra nele do mesmo jeito que você e Zoey deram uma surra em mim e na sra. Samuels no jogo de Pictionary outro dia. E isso apesar de ele ser um jogador esperto. Blue River é cheio de trapaceiros...

Tiro o caderno da mochila e abro no colo. Passo os olhos pelas anotações sobre a sentença de Big Ed:

Pediu para cumprir a sentença longe da Flórida.
Leva a vergonha junto. Nunca vai voltar.
Henry e Lila e outros testemunharam a favor dele — não era perigoso.

Minhas anotações param aí. Minha mão estava doendo até o cotovelo, e, do outro lado do salão, o jogo de cartas estava acabando.

Tiro a câmera da mochila. Fiz cinco vídeos curtos no total. Vou até o último que fiz. Vejo Big Ed dizer:

— Eu rezei para o Senhor levar minha alma. Mas ele não quis. Acabei tendo a sorte de cair aqui na pequenina Surprise, em Nebraska.

Mamãe se inclina para a frente. Pega uma das mãos de Big Ed com as dela e aperta. O vídeo termina.

VanLeer fala de novo.

— E você, Perry? Você participava dos jogos de cartas deles na prisão?

Eu olho para o espelho, mas só por uma fração de segundo.

— Você está querendo saber se me ensinaram a roubar? — retruco de um jeito meio murmurado.

— O que você falou?

— Sr. VanLeer, eu não quero ser mal-educado, mas não posso falar agora. — Viro as páginas do caderno com exagero, para que ele escute. — Estou fazendo meu dever da escola.

capítulo trinta e cinco

CONTANDO NO CONDADO DE BUTLER

Na noite de segunda-feira, estou ansioso pelo dia seguinte. Passei bastante tempo organizando a entrevista de Big Ed a partir das minhas anotações e dos videozinhos. Dá trabalho tentar transformar aquilo tudo em uma história de leitura fácil. Principalmente porque só consigo pensar como uma coisa tão triste pôde acontecer com Big Ed se ele é uma das pessoas mais incríveis que conheço.

Escrevi quase tudo o que ele disse, palavra por palavra. Mas tem algo de especial em ver Big Ed na telinha. Consigo ver a história dele, ver como ele se sente. Faz com que eu deseje ter coragem de me inscrever no Campo de Treinamento em Videocomputação, apesar de Brian Morris e seus amigos estarem lá. Mas ser voluntário da biblioteca vai me dar uma ajuda inesperada nas histórias de Blue River. Isso é uma vantagem.

A parte com que me preocupo é o tempo. Se cada residente pensar em como contar sua história com antecedência, as entrevistas de sábado podem ser mais rápidas. Por isso, escrevi bilhetes curtos para os que são mais íntimos. Pedi as histórias deles. Pode parecer fácil, mas, como falei, eu nunca pedi isso. Sei que nem todo mundo vai querer contar. Mas, só para o caso de quererem, eu adiantei as perguntas. Tipo: o que você fazia antes de vir para Blue River? Por que está aqui? (Se quiser contar.) Quanto tempo vai ficar? Quais são as melhores e piores coisas de Blue River? Se estiver com *o olhar no final*, o que você vê?

Zoey vai me ajudar a botar as anotações e perguntas nas revistas certas. Eu queria não precisar ser tão sorrateiro com relação a esse plano. Não sei se alguém se importaria. Mas, se tem uma regra sobre não colocar bilhetes em revistas, eu não quero saber. Preciso que esses bilhetes estejam no Livromóvel Azul da Buck amanhã. Temos que fazer isso antes de a sra. Buckmueller partir para Blue River... *se* ela for. Espero que o joelho dela esteja melhor. Estou torcendo por ela e por mim.

A cozinha VanLeer está com cheiro de outro país hoje. Acontece muito, e, apesar de eu sentir falta das refeições de Blue River, isso é bem legal. Eggy-Mon provavelmente adoraria cozinhar com os temperos que a mãe de Zoey usa. Minha mãe adoraria experimentar. Esta noite, algo doce e apimentado está na frigideira, com alho e cebola. Mas isso é só o começo. A mãe de Zoey organizou tudo em tigelas, legumes cortados e pedaços de frango prontinhos. O sr. VanLeer vai se atrasar para o jantar, mas vamos vê-lo na sala VanLeer: em noventa segundos, ele vai aparecer na TV de tela grande.

Ele vai ser entrevistado no *Contando no Condado de Butler*, com Desiree Riggs. O quadro passa todas as noites de segunda durante o noticiário, e todo mundo aqui o conhece por causa de Desiree. Ela tem cabelo chique, usa roupas da cidade grande e tem um jeito meloso de falar de quem está distribuindo chocolates com recheio de creme. A voz é grave, e ela derrete as palavras umas nas outras. Tudo isso só para entrevistar moradores locais. Eu a vi várias vezes na televisão do Salão de Blue River. O programa dela passa na hora em que fazemos fila para o jantar. Eu me pergunto se mamãe e os outros estão vendo. Dou um sorriso quando imagino que estamos fazendo a mesma coisa hoje, mesmo que tenha que ser em lugares diferentes.

Quase consigo ouvir o sr. Halsey. Ele adora ficar todo ofegante e gritar:

— Ei, pessoal! É a De-si-reeeeee!

É assim que ele diz o nome dela, e os residentes acham graça. Mas todo mundo vê o programa. O chocolate com creme suga a gente e gruda. Às vezes, gruda tanto na srta. Sashonna que ela tenta falar como Desiree durante todo o jantar. Ela não é nenhuma Desiree, mas eu não digo isso para ela.

Desiree entrevista quase qualquer pessoa: um fazendeiro que teve uma boa colheita, um novo dono de loja, alguém com uma receita premiada de geleia de cereja silvestre ou o vencedor do concurso de soletrar da escola Rising City Elementary. Mas, esta noite, é o sr. Thomas Van-Leer. E vai ser ao vivo.

— Mãe, está na hora — diz Zoey virando a cabeça. Ela pega o controle remoto. — Mãe, é melhor vir logo... Você vai perder. — Ela aumenta um pouco o volume.

A sra. Samuels bate com uma colher na frigideira e contorna a bancada para chegar perto da tela. Ela bate o quadril no caminho e diz:

— Droga!

Zoey aumenta mais o volume e ali estamos nós, os três, esperando para ver o sr. Thomas VanLeer.

— Aqui é Desiree Riggs, do *Contando no Condado de Butler*.

Lá está ela, derretendo a manteiga, acrescentando creme.

— O convidado de hoje é nosso promotor público, Thomas VanLeer...

Eu nunca vi alguém que conheço na televisão. É estranho ver VanLeer preenchendo a tela, tão grande e tão perto. Eu o vejo melhor agora do que quando está poucos metros à minha frente. Ele é VanLeer em alta definição. VanLeer aumentado. Está bem barbeado, mas vejo todos os pontinhos nos quais os pelos vão nascer. Parecem grãozinhos de areia. Ele não tem rugas na pele, mas tem um mapa de veias azul-claras nas têmporas. A câmera se afasta enquanto os dois se cumprimentam educadamente. Desiree pergunta:

— Sr. VanLeer, o que o trouxe para o condado de Butler?

O VanLeer enorme ocupa a tela de novo.

— Bem, Desiree — diz ele —, fui atraído pelo condado de Butler porque senti que era um lugar onde poderia fazer a diferença como promotor público. Quando conheci minha esposa e a filha dela, eu soube em poucas semanas que tinha tido sorte. Tinha uma família pronta. E sabia que encontraríamos desafios, como todas as famílias, e enfrentaríamos os obstáculos juntos. É exatamente o que temos feito, e nossa união fica mais forte a cada obstáculo...

Eu olho para Zoey. Está sentada no chão de pernas cruzadas, o cotovelo no joelho e o queixo na mão. Queria saber se é estranho para ela o padrasto estar falando sobre ela. Queria saber se ele está deixando Zoey com raiva. Os dedos dela batem nos lábios.

— Desiree, você deve saber que famílias e comunidades têm bases bem parecidas — diz o sr. VanLeer.

Penso em Blue River e concluo que isso faz muito sentido para mim. Penso no prêmio na parede do escritório do sr. VanLeer e penso que foi por isso que ele o ganhou.

— Então, com uma abordagem inclusiva, eu pensei: família nova, território novo.

VanLeer fecha a mão em punho.

Eu pesquisei sobre Butler e as comunidades por perto, Rising City e até a pequenina Surprise... — Ele ri. — Eram exatamente o tipo de região que eu queria que fosse mais bem atendida. Sou do tipo de cara que bota a mão na massa, e vou dar um exemplo. Quando eu soube que havia um jovem integrante da nossa comunidade, um garoto da mesma idade da nossa Zoey, que precisava de... Bem, de um lugar adequado para morar, digamos, eu o levei para ca...

Desiree o interrompe.

— Você está fazendo referência ao garoto do Instituto Penal Misto Blue River?

Não tem chocolate e nem creme quando ela diz isso. Sinto que fui mergulhado em água gelada. Thomas VanLeer e Desiree Riggs estão falando sobre *mim*.

Eu olho para a mãe de Zoey. A mão dela sobe lentamente até a boca. Ela está perdendo a cor. Na tela da TV, VanLeer abaixa o queixo. Ele parece perdido.

— Hã... Blue River é uma penitenciária de segurança mínima. Sou a favor da reforma das prisões pelos tribunais, e com isso quero dizer sentenças reduzidas para os não violentos. Não tenho liberdade de especificar aqui, mas estou revisando muitos, muitos casos. Quando uma c-coisa... — VanLeer está agitado, tentando escapar da pergunta. — Uma irregularidade me chamou atenção, e só achei que merecia investigação...

— Investigação? — diz Desiree.

Talvez tenha um pouco de manteiga nessa palavra. Não. É mostarda quente, concluo, e ela espalhou bem.

— Sim, tem... parece haver uma coisa imprópria. Estou preocupado, Desiree. — Ele desabafa: — Com nossa comunidade. O estilo de gerência de B-Blue River é...

— E isso seria sobre a diretora? Porque você sabe, promotor Van-Leer, há um sentimento antigo que prevalece em Butler, e fora de Butler também, na verdade, de que o Instituto Penal Misto Blue River é uma instituição eficiente e progressista, com taxa de reincidência zero.

Uau. Desiree zero mergulhou essa frase em caramelo. A diretora ia adorar!

— O que é *redin-ciência*? — Zoey me cutuca.

Eu sussurro a resposta o mais rápido que consigo.

— Repetição de crimes. Voltar para a prisão.

— Ah... — Ela assente.

— S-Sim, mas não estou aqui para falar sobre esse assunto em particular. — VanLeer levanta as mãos e bate com os dedos nas palmas. — Vamos voltar ao garoto. Tivemos que tirá-lo de lá, e com um sistema muito fraco de orfanatos aqui no condado de Butler, eu senti que tinha que intervir. Eu falei com Robyn, minha esposa, e ela concordou em abrir nossa casa e nossos corações para ele.

Eu levanto o rosto. A sra. Samuels está com a mão apertando a boca, com força.

— E estamos fazendo isso — continua o sr. VanLeer. — É complicado. Mas, enquanto ele precisar de nós, vamos ficar ao lado dele. Estamos fazendo a diferença. Não somos de desistir...

VanLeer se atrapalha. Desiree está tentando acabar com tudo.

— Estou aqui para ajudá-lo.

VanLeer se mexe com constrangimento, só com o lado esquerdo do rosto virado para a câmera.

— Vou ajudá-lo da forma que eu puder... e ele sabe disso.

Essa é a última coisa que ele diz. Desiree agradece e começa a apresentar o intervalo comercial.

A sra. Samuels vai para a cozinha. A colher bate. Panelas são arrastadas e raspadas.

— Tudo bem, acho que acabou. — Ela fala alto. — Pode desligar isso agora, Zoey? Por favor.

— Tá — diz Zoey, e aponta o controle remoto e desliga a TV. Ela olha para mim. — Aquilo foi horrível.

— Foi — concordo. — Mas que bom para você. Você ficou calma.

Estou procurando a vitória.

— Só por fora — comenta ela. — Eu decidi que não posso passar a vida no quarto. — Eu dou um sorriso, e ela ri. — Perry? Você nunca vai... sei lá... ficar furioso?

Eu dou de ombros, mas não tenho a chance de responder. Tem alguma coisa acontecendo na cozinha dos VanLeer. A mãe de Zoey bate com a frigideira. Pratos estalam. Acho que ela vai fritar uma tempestade. Mas, quando olho lá dentro, vejo que ela empurrou para trás todas as tigelas de comida cortada, para o canto da bancada. Desligou o fogão. Ela limpa a garganta.

— Peguem seus casacos, crianças.

— Mãe? — Zoey olha por cima da bancada para a mãe.

— Nós vamos sair.

capítulo trinta e seis

JESSICA

— Ah, não! Jessica Cook pula da cadeira no Salão de Blue River como se tivesse um foguete amarrado nas costas.

— Como ele ousa fazer referência ao meu filho no ar assim?

Ela fica apontando para a TV, o braço reto como um galho. Ouve todo o segmento sobre Thomas VanLeer ir de mal a pior e, quando finalmente acaba, ela diz:

— Isso foi péssimo.

— Se havia alguma dúvida antes, agora ele provou. Ele é um cocô de cavalo — diz Big Ed.

— Claro que é! — concordam vários residentes de Blue River.

— Ele devia ter enfiado uma meia suja na boca — diz Callie DiCoco. — Na verdade, eu gostaria de fazer isso por ele.

— É! Ele não devia ter feito isso! — acrescenta Sashonna, o tempo todo canalizando sua Desiree Riggs interior. — Vocês ouviram? Sabem como se chama isso? Grosseria!

— E qual é a da Desiree? — Jessica balança a mão no ar. — O que ela estava fazendo ao continuar a conversa daquele jeito? "O garoto do Instituto Penal Misto Blue River" — debocha Jessica.

— Não sei — diz Halsey Barrows. — Achei que ela estava metendo o malho no promotor VanLeer e gostei dessa parte.

Ele dá um sorriso, pega uma bandeja do refeitório e gira acima da cabeça com um dedo enquanto Jessica pensava que ele talvez estivesse certo.

— Desiree estava mostrando para as pessoas que VanLeer errou com Perry. Eu diria que foi um ponto para De-si-reeeeee!

Um sorriso surge nos cantos da boca de Jessica.

Quando o barulho passa, por insistência do supervisor Joe, Jessica diz:

— VanLeer está realmente preocupado com Perry? Ou ele é capaz de fazer qualquer coisa só para melhorar sua imagem? Ele está usando meu filho para parecer melhor?

A ideia fez o sangue dela ferver.

— Se era isso que ele queria, eu diria que o tiro saiu pela culatra — diz Big Ed.

Jessica pensa em voz alta:

— Ele é verdadeiramente apaixonado... mas também tem uma tendência enorme de falar besteira? Eu realmente não sei.

— Humm... isso não sei responder, Jessie — diz Halsey, balançando a cabeça.

Jessie. Ele a chamava assim de vez em quando, e ela gostava. Ele passa uma bandeja para ela e a convida a entrar na fila na frente dele.

Na cozinha de Blue River, Eggy-Mon inclina a cabeça para trás, prestes a declamar um poema. Jessica presta atenção. Ela gostava de contar as rimas para Perry.

— Essa carne de porco poderia levar um pouco de mel. O gosto seria estranho, mas grudaria lá no céu!

Ela dá um aceno e um sorriso para o poeta de Blue River. Mas ele só tem parte da atenção dela. Na fila do jantar, à esquerda, ela ouve Sashonna sendo Desiree Riggs. O desagradável Harvey Krensky está esticando a mão na frente dela e de mais três residentes para bater com os dedos na mesa de vapor, uma agressão aos tímpanos.

Enquanto isso, o alto, gentil e belo Halsey Barrows está próximo do outro lado dela sendo... bem... alto, gentil e belo, o que é um tipo diferente de coisa insuportável. Mas, mais do que tudo, aquele maldito trecho de *Contando no Condado de Butler* a estava incomodando.

Jessica pensa em não jantar e ir para os corredores do Bloco C dar algumas braçadas de natação no ar. A respiração cíclica e as braçadas rítmicas da época de equipe de natação da adolescência ainda a acalmavam, e nem era necessário que houvesse água.

— Jessie, você precisa comer — diz Halsey, como se lesse o pensamento dela.

— É, é, é...

Ela bate com a parte de trás da bandeja na testa. Solta um grunhido e estica a bandeja para que Eggy-Mon a encha.

— Alegria, mocinha! — diz o cozinheiro para ela acima da bancada, a concha na mão. — Eu misturo melado no feijão, encho de amor e agrado a multidão!

Mais uma vez, Jessica sorri.

— Só espero que Perry não tenha visto o programa. — Ela diz isso mais para si mesma, mas vira a cabeça e apoia a orelha brevemente no braço de Halsey. — Por favor, me diga que ele não viu.

capítulo trinta e sete

UM PAR DE DISCUSSÕES

Antes da aula na terça-feira, Zoey Samuels está na secretaria da escola entregando um atestado médico atualizado. Está demorando uma eternidade. Do corredor, vejo um círculo de crianças borradas atrás da porta de vidro jateado. Tenho um tempo para pensar, e estou pensando em dirigir.

Na noite anterior, depois que a mãe de Zoey abandonou o projeto na cozinha, ela nos levou até o Rising City Grill. Pedimos hambúrgueres e batatas fritas e milk-shakes pequenos, mas então a mãe de Zoey disse para a garçonete:

— Não, pode trazer grandes.

Escolhemos várias músicas no jukebox do nosso compartimento e fizemos um jogo hilário de trocar a letra, sem equipes e sem perdedores. Ficamos bastante tempo. Depois, em vez de voltar para a casa VanLeer, levamos o resto dos milk-shakes gigantescos, e a mãe de Zoey dirigiu pela Route 92, até depois da entrada de David City. Em um lugar qualquer da estrada, ela deu meia-volta e seguimos para a casa VanLeer.

Eu já ouvi sobre pessoas dirigindo em círculos. Mas, ontem à noite, percebi que não podemos fazer isso aqui, na nossa parte do Nebraska. Nós poderíamos dirigir em quadrados, eu acho. Mas teríamos que escolher uns bem pequenos ou uns enormes. Na maioria dos lugares, temos retas longas.

Houve uma briga séria na casa VanLeer na noite de ontem. Começou com vozes bem baixas na cozinha. O sr. VanLeer perguntou à mãe de Zoey:

— Você sabe o que passou na minha cabeça quando voltei e encontrei a casa vazia? Minha família desaparecida, sem bilhete? Sem um telefonema? Robyn, eu morri de medo.

— Por isso, eu peço desculpas — disse ela. — Peço mesmo.
— Foi algum tipo de palhaçada?
Ela disse:
— Palhaçada? Você quer falar de palhaçada? Vem aqui.
A briga se mudou para o quarto principal VanLeer.
Não sei muita coisa sobre esse tipo de briga, entre esposas e maridos. Em Blue River, não tem casamento. Fiquei na sala VanLeer com Zoey, nós dois em silêncio. Olhando para a esquerda. Olhando para a direita. Mexendo os pés. Não parecia certo ficar lá. Mas eu não sabia para onde ir. O novo residente.
— O que a gente faz? — perguntei a Zoey.
Ela deu de ombros e revirou os olhos.
— Humm. Dever de casa. Leitura. Ou vamos dormir. Está quase na hora mesmo.
Zoey foi para o quarto dela, e eu fui para o quarto onde durmo. Fiquei sentado no armário olhando minha linha do tempo. Coloquei um *X* no dia. Acabou. Pela parede do armário, dava para ouvir barulhos de briga, mas as palavras eram abafadas. Sei que a sra. Samuels estava furiosa porque o sr. VanLeer falou de mim na televisão.
Descobri que tem algo de triste na forma como uma briga ocupa uma casa. Eles estavam brigando por minha causa. Fiquei pensando que eles são a família de Zoey e no quanto as coisas precisam ser boas para ela. Toda aquela comida do Rising City Grill que estava na minha barriga virou um bolo monstruoso que não parecia tão bom. Eu queria que aquela briga parasse.

— Ei!
Brian Morris está de pé na minha frente do lado de fora da secretaria. Eu olho para ele e me pergunto como foi parar ali. O amigo alto olha para nós.
— Vi você na televisão ontem à noite, com Desiree — diz ele. O corpo se mexe.
— Não viu, não — digo.
Ele afofa o cabelo, como Desiree poderia fazer, e tenho que me perguntar: por acaso todo mundo quer ser Desiree?
— O garoto da prisão — diz Brian, citando-a.
— É você — fala o amigo, apontando o dedo para mim.
— Eu não apareci no programa — observo com simplicidade.

131

— Brian. — A srta. Maya aparece no corredor movimentado. Os brancos dos olhos dela estão brilhando. — Aposto que você devia estar em outro lugar.

Ela dá um toque leve no ombro dele, o vira na direção da escada. Ele balança as sobrancelhas no estilo de Desiree quando está se afastando. A srta. Maya manda o amigo dele ir junto e solta uma bufada quando vê os dois se afastarem. Os dois entram em uma das alcovas.

— Como está tudo, Perry? — pergunta a srta. Maya, e quero dizer que tudo está ridículo por causa de Brian Morris. — Sabe, adoro ter você na turma este ano, mas sinto falta das nossas vindas até a escola — acrescenta ela.

— Parece que tem muito tempo — digo.

Penso nas duas semanas de X na minha linha do tempo, no armário VanLeer. Parte de mim pensa que não devia parecer tanto tempo. Mas é metade de um mês, e um mês é muita coisa.

— Srta. Maya, eu fui a Blue River no sábado. Mas não vi a diretora Daugherty.

— É. — A srta. Maya espera. E diz: — Os horários da minha tia lá mudaram.

Ela para, daquele jeito que indica que não é só isso. Tem alguma coisa que não pode me contar.

— Srta. Maya... eu já sei que a diretora está encrencada. Ela mesma me disse. Ela disse no dia em que me contaram que eu teria que ir embora de Blue River. E sei que foi por minha causa.

A srta. Maya está com uma coisa na ponta da língua, mas percebo que ela tenta escolher outra coisa para dizer.

— Perry, se alguma vez na vida você acreditar em uma coisa com convicção, que seja que minha tia não mudaria nenhuma das escolhas que fez. Principalmente quando o assunto é você.

Ela sorri e empurra as longas tranças para trás. É um sinal certo de que vai mudar de assunto.

— Eu soube que você vai para a biblioteca depois da escola agora.

— É — digo.

Eu puxo as alças da mochila. Estou com minhas perguntas para Blue River dobradas no caderno lá dentro.

— Está sendo legal. Mas eu preferia ir para casa porque... Bom, eu sempre via minha mãe logo depois da escola.

— Claro — fala a srta. Maya.

Lá vem uma onda terrível de saudade. Tem sido assim nessas duas semanas inteiras. Eu estou bem, mas de repente sinto uma dor no rosto, e sei que os cantos da minha boca estão se virando para baixo. Meus olhos começam a lacrimejar. Demoro alguns segundos para me livrar disso. Eu olho para a srta. Maya.

— Mas pelo menos eu faço o dever na biblioteca. Estou trabalhando no meu projeto de Vinda para Butler — digo.

— Ah, que bom!

Ela balança as mãozinhas, como se estivesse muito animada.

— E hoje, Zoey e eu vamos ajudar a sra. Buckmueller...

Eu dou de ombros. Só Zoey Samuels sabe dos meus planos, e decido não contar para mais ninguém, nem mesmo a srta. Maya.

— Bom, eles têm sorte de ter você.

A srta. Maya olha para o relógio. Ela me dá um abraço de lado e diz:

— Você é uma das minhas pessoas favoritas no mundo, Perry Cook.

capítulo trinta e oito

O LIVROMÓVEL AZUL DA BUCK

— **M**oleza — sussurra Zoey para mim, esfregando as mãos.
Eu engulo com mais dificuldade do que o habitual. Nós conseguimos; escondemos minhas perguntas nas revistas. Foi fácil, porque a sra. Buckmueller nos mandou para pegá-las sozinhos. Juntos, erguemos os cestos carregados que seguiriam para Blue River e os colocamos no carrinho da sra. Buckmueller.

— Ah, caramba, ah, meu Deus. Eu não teria conseguido sem vocês — diz a sra. Buckmueller. — Obrigada, Perry. Obrigada, Zoey. Vocês dois têm joelhos tão maravilhosos e jovens!

Zoey e eu empurramos o carrinho na direção do elevador. A sra. Buckmueller vai na frente, arrastando uma perna enquanto anda. Tenho um vislumbre da órtese de joelho. Parece parte de um esqueleto de bicicleta ou de uma cadeira de jardim. Deve ser difícil estar com um equipamento desses preso no corpo o tempo todo. A sra. B suspira.

— Espero não precisar do meu joelho biônico para sempre. — Ela seca o suor da testa.

— Sra. Buckmueller — digo —, dá para dirigir? Com o joelho ruim?

— Ah, sim! — diz ela. — É quando esqueço o problema. Eu adoro dirigir! É o trabalho pesado que fica difícil. Estou extremamente agradecida por ter vocês dois comigo hoje.

Parece meio engraçado o jeito como ela fala, e Zoey me olha com a cara meio enrugada. Mas estamos com ela, eu acho. Empurramos o carrinho até o elevador da biblioteca. Zoey e eu encolhemos a barriga e puxamos o carrinho para perto de nós, a fim de abrirmos espaço para a sra. Buckmueller. Ela puxa o joelho biônico. A porta se fecha. A descida é barulhenta e sacolejante. O carrinho balança, e nós também. Zoey Samuels começa a rir alto.

Estamos violando muitas regras hoje.

Primeiro, o elevador velho é só para funcionários da biblioteca; ao menos, é o que diz o cartaz apagado na parede do fundo. Segundo, não podemos sair da biblioteca antes das cinco da tarde, quando um pai, mãe ou tutor assinar nossa saída. Mas aí vamos nós, carregando o Livromóvel. Finalmente, nossa travessura sorrateira está na minha cabeça. Mas é só uma página de perguntas. E alguns bilhetes, como o que escrevi para o sr. Halsey dizendo que ainda quero jogar contra ele. E um para a srta. Gina, sobre eu precisar que ela corte meu cabelo de novo. De repente, os bilhetes parecem correspondência. E toda a correspondência que chega em Blue River é aberta e verificada antes de os residentes a receberem. Ops. Mais uma regra violada.

Lá fora, o carrinho sacode a cada rachadura na calçada, e temos que firmar os cestos.

— Sigam para a van! — diz a sra. Buckmueller com calma.

É tranquilo... até a calçada se inclinar. De repente, o carrinho de livros parece mais pesado. Rola mais rápido. Estamos indo para a vaga marcada com uma placa que diz Carga e Descarga. Estamos indo direto para cima do Livromóvel. Zoey e eu nos olhamos com olhos arregalados. Nós grunhimos. Nós puxamos. Mas não conseguimos segurar o carrinho.

— Podem soltar! — diz a sra. Buckmueller.

Nós soltamos. Não conseguimos evitar. O carrinho bate no para-choque traseiro do Livromóvel Azul da Buck. É um milagre os cestos não saírem voando.

— Ops — murmura Zoey.

Ela olha para mim de lado, com expressão séria.

— É assim que se faz — diz a sra. Buckmueller. — É para isso que tem tanta borracha.

Vejo que o para-choque foi forrado com tiras de pneus velhos. O Livromóvel é uma van velha dos correios que alguém pintou de azul, mas deixou algumas partes sem a tinta.

A sra. Buckmueller diz:

— Muito bem. Agora, essa parte tem que ser feita direito. Vocês precisam prender todos os cestos na parede com as tiras. — Ela vai nos ensinando. — Prendam todos. Isso mesmo. Agora, deem um puxão, só para verificar. Perfeito! Agora, puxem o carrinho atrás de vocês e prendam com as amarras de piso, para que não role. Isso não pode acontecer, principalmente com vocês dois atrás.

Zoey faz cara de dúvida para mim. Eu olho para ela com a mesma cara. Devemos estar pensando a mesma coisa: o carrinho de livros só vai rolar se a van estiver em movimento. Vamos ter saído antes. Puxá-lo atrás de nós parece errado. É apertado na parte de trás. Vamos ter que pular pela cabine da frente. Mesmo assim, fazemos o que a sra. Buckmueller pede. Ela fecha a porta de trás, e a ouvimos ser trancada. Eu olho para Zoey. Ela olha para mim. Não estamos entendendo nada.

A van sacode. Uma mola estala. Na frente, a sra. Buckmueller está se acomodando no banco do motorista. Ela puxa a perna ruim para dentro do carro e se vira para falar conosco de novo.

— Prontinho, bem ali na parede. — Ela aponta com a mão balançando. — Vocês têm que puxar para baixo.

— Puxar para baixo?

— São assentos dobráveis. São engraçados.

Zoey vê primeiro. Ela puxa um. Um banquinho se desdobra da parede. Ela olha para mim com a boca aberta. Vira-se, senta-se como um pato e se acomoda na almofadinha quadrada. Eu olho para trás e encontro meu banco na parede. Eu me sento em frente a Zoey Samuels.

— Apertem os cintos! — anuncia a sra. Buckmueller.

Temos que procurar até encontrar os cintos. Engatamos as fivelas e puxamos as tiras para ajustá-las. Zoey ainda está com expressão surpresa, e acho que eu também. Ela grita para a frente:

— Estamos de cinto!

— Todos a bordo! — grita a sra. B.

A van é ligada com alguns tremores e sacolejos. Eu me inclino para a frente no espacinho atrás da cabine e sussurro para Zoey:

— Acho que vamos a Blue River.

Ela ri e dá batidinhas com o pé no chão da van. Tenho certeza de que estou com um sorriso bobo igual ao de Zoey.

A sra. Buckmueller engata a marcha. A van vai sacudindo.

Em pouco tempo, estamos a caminho da maior coisa que tem na pequenina Surprise, Nebraska.

capítulo **trinta** e nove

LÁ DENTRO COM ZOEY

Quando chegamos a Blue River, Zoey e eu temos uma missão. Levantamos dos assentos em um pulo, soltamos os cestos de livros e colocamos no carrinho.

— Nós vamos *entrar* em Blue River, não vamos? — pergunta Zoey.
— Parece que sim.
— Mas vão mesmo me deixar? Eu posso? — indaga ela.
— Acho que sim. Você é voluntária.

Quando a sra. B e seu joelho biônico chegam aos fundos e ela levanta a porta, estamos com o carrinho pronto. Ela vê e diz:

— Minha nossa! Incrível! Venham! Vamos nessa.

Com um pouco mais de sorte e uma sincronia boa nesse dia maluco de violação de regras, eu talvez veja a mamãe. Talvez até a apresente para Zoey Samuels.

Empurramos o carrinho até as grandes portas de vidro. Zoey olha para mim para saber o que vem em seguida. Eu aperto o botão prateado, que é meio como tocar a campainha na porta da minha própria casa. Olho para a câmera e aceno para quem estiver de serviço.

— Vão nos ver — explico para Zoey. — E vão abrir a porta para nós.

— A porta fica trancada? O dia todo? — pergunta ela.

Eu faço que sim.

Não tem gargalo de Blue River em uma tarde de terça-feira. Todos os superiores conhecem a sra. Buckmueller, e o cara de serviço hoje grita "Perry!" assim que me vê. Ele nos deixa entrar e nos dá crachás. Zoey olha o dela antes de prender na jaqueta. Em seguida, empurramos o carrinho pesado e barulhento cheio de livros.

Zoey está com os olhos arregalados. Ela olha para o interior do Instituto Penal Misto Blue River.

— Fique comigo — digo.

Quero lhe mostrar tudo o que já contei sobre o lugar. Mas, no salão silencioso, ela para e olha para a escada com corrimão vermelho. Os olhos sobem até o Salão Leste Superior e para a portinha no canto.

— Seu quarto — diz ela.

Eu faço que sim. Blue River deve parecer simples para ela, até feio. Mas amo a sensação de ser um lugar que *eu* conheço. Zoey Samuels está na minha casa.

Temos que encher as estantes de Leitura de Lazer. Poucos residentes passam pelo salão porque é um horário intermediário. Mas eu sei como Blue River funciona. Os boatos se espalham rápido. Qualquer um que me veja vai querer contar para a mamãe que estou aqui. É possível que, no final do horário de trabalho, todo mundo saiba. Eu sou um *rato na casa*. É assim que eles dizem quando uma criança vai visitar.

Com a sra. B dando instruções, Zoey e eu esvaziamos o carrinho depressa. Olhamos um para o outro com malícia enquanto botamos as revistas nas prateleiras.

— Você acredita, Perry? — sussurra Zoey enquanto me passa uma edição de *Sports Illustrated*. — Você poderia ter entregue as perguntas da entrevista em mãos.

— Que reviravolta — digo baixinho, e mal movo os lábios. — Mas esse ainda é o melhor jeito, porque não sei quem vamos ver hoje. Mas sei quem vai pegar cada uma dessas. — Eu coloco a última revista no lugar.

A sra. B olha para o relógio cinza.

— Vocês fizeram todo o meu trabalho. O que vou fazer agora?

— Dar uma relaxada — digo. — Quero dizer, sente-se e descanse!

Eu empurro uma cadeira até ela.

— Eu aceito — diz ela. — Vou descansar esse joelho velho e ruim com alegria. Os residentes podem cuidar dos empréstimos eles mesmos. Lindo — diz ela, e se acomoda com um livro para ler.

Zoey e eu ficamos de pé. Eu me viro e olho por cima do ombro. Sem dúvida um residente vai aparecer daqui a pouco...

A sra. B suspira.

— Humm. Não tem muita coisa mais para vocês fazerem aqui, não é? Não gosto de ver uma criança entediada... muito menos duas.

Ela olha ao redor.

— Humm — faz ela. — Eu diria que vocês estão livres para passear por aí...

Ela deixa as últimas palavras no ar, como se tivesse um pontinho de interrogação.

Zoey está esperando que eu assuma o comando. Sei que os visitantes têm que ficar no salão. Mas as regras são diferentes para voluntários, e nós *somos* voluntários da biblioteca. Mesmo assim, não podemos sair correndo pelos corredores. Estou tentando pensar onde mamãe pode estar a essa hora do dia. Ela não está na sacada do Salão Leste Superior. Isso eu consigo ver. Então, deve estar em uma sala de reuniões...

De repente, escuto o cesto, o da lavanderia, aquele som abafado que as rodas fazem nos tapetes finos dos corredores do bloco. Está vindo... vindo do Bloco A. Faz um pouco mais de barulho ao rolar quando bate no linóleo na frente do salão.

Que seja alguém que eu conheço... ah, por favor, que seja...

— Sr. Halsey! — grito, e cubro a boca.

Eu balanço o braço no ar. Ele me vê. Os olhos e a boca se abrem. Eu hesito. Olho para o supervisor, que está estudando uma prancheta, talvez fazendo a contagem.

Eu olho para a sra. B, e ela está olhando para mim. Também está com olhos risonhos.

— Humm... — diz ela. E o barulho vira palavras. — Você sabe que horas a van vai embora... e sabe onde estou se precisar de mim... — A sra. B ajeita os óculos e abre o livro que tem no colo. Apoia o queixo e começa a ler.

Eu seguro o braço de Zoey, e seguimos até o sr. Halsey, que está nos chamando com a mão. Chegamos a ele, e ele empurra o cesto da lavanderia para o lado.

— Perry!

Ele me segura em uma mistura estranha de tapa na mão e abraço de lado. Mas não importa.

— Cacetada! Quer dizer, cacilda! Meu dia acabou de ficar mais alegre. — Ele ri.

— O meu também! — digo. — Esta é Zoey. Ela é minha melhor amiga lá fora.

Estou falando rápido. Não consigo controlar.

— Esse dia está ainda mais alegre! — Ele abre um sorriso largo para Zoey.

— Oi — diz ela.

Ela sorri, mas baixa o queixo e faz cara de tímida.

— Nós trouxemos uma *Sports Illustrated* nova. — Ela faz sinal com o polegar na direção das estantes e ainda acrescenta: — Não deixe de olhar.

— Vou adorar! — comenta ele.

— Sr. Halsey, você sabe onde minha mãe está? — pergunto em voz baixa.

— Claro que sei! — Ele olha para a esquerda e para a direita. — Vou levar você até ela.

— Bom... não sei bem quais são as regras.

Ele inclina o pescoço para olhar o supervisor, que ainda está ocupado.

— Até parece que eu e você nunca fizemos isso antes — diz ele.

O sr. Halsey me oferece o braço, e faço o que sempre fiz desde que Halsey Barrows chegou a Blue River. Eu pulo e seguro. Levanto os joelhos, e ele me levanta. Ele me coloca no cesto vazio. Olha para Zoey e diz:

— Venha, garota, pule aqui!

Zoey e eu ficamos encolhidos no cesto, e vejo os tetos passarem acima enquanto o sr. Halsey ziguezagueia com a gente. Zoey está com as mãos sobre a boca, segurando as risadas.

Nós paramos. O sr. Halsey leva um dedo aos lábios. Zoey e eu ficamos abaixados. Estamos em frente à principal sala de reuniões. Escuto a voz de mamãe:

— ... então, continue fazendo depósitos e aumentando a conta bancária. Você vai estar melhor para ela quando for libert...

O sr. Halsey bate na porta aberta e passa com o cesto pela entrada.

— Oi, moças!

— Halsey? O que você está fazendo aqui?

Mal consigo ficar abaixado. Estou morrendo de vontade de ver a mamãe. Zoey está sorrindo de orelha a orelha.

— Eu devo ter me perdido — diz ele.

Ouço a mamãe suspirar e as mulheres rirem.

— Você está assumindo um risco danado para um cara que não vai demorar a ganhar a condicional, andando pela ala das mulheres, onde não é seu lugar. Aqui está, moças — diz mamãe —, um exemplo do que vocês *não* devem fazer.

— Pare com isso, Jessie, eu só queria deixar uma coisa com você — fala o sr. Halsey.

— O quê?

— Ah, não! — Eu ouço a srta. Sashonna. — Nós não precisamos de roupa suja nessa sala velha. Já tem cheiro de queijo estragado aqui.

— Bom, então que tal uns trinta e cinco quilos de entrega especial?

— Trinta e cinco quilos?

— Vezes dois — diz ele.

Eu me levanto e fico em pé no cesto. O queixo da mamãe cai. As mulheres sufocam gritinhos.

— Perry? Ah, Perry! Como você veio parar aqui?

Mamãe está de pé.

— Nós viemos no Livromóvel Azul da Buck.

— Você está de brincadeira. Como assim, *nós*?

Zoey Samuels aparece.

— Ah, olhem, uma garotinha! — A sra. DiCoco bate palmas ao ver Zoey. — Trinta e cinco quilos vezes dois! Ah, Halsey! Tire os dois desse cesto! — ordena ela.

Halsey ri e nos tira da mesma forma como nos colocou dentro. Vou direto até mamãe, e ela me envolve em um abraço.

— Você está aqui! — grita ela.

Ela me gira no mesmo lugar, depois me solta para poder segurar as mãos de Zoey. Elas sorriem uma para a outra.

— Zoey Samuels... — Mamãe suspira. — Nossa, eu estava doida para conhecer você.

— Eu também queria conhecer você, sra.... hã... C-Cook...

Zoey gagueja de repente e fica vermelha. Ela não sabe como chamar mamãe.

— Jessica está ótimo — diz mamãe. Ela começa a agradecer a Zoey pela minha câmera e por ser amiga, mas o sr. Halsey interrompe.

— Psst! Eu tenho que ir! Ninguém conte! — Ele vira o cesto de roupas. — Os ratos são seus agora — diz ele.

Vejo mamãe dizer "obrigada" com movimentos labiais. Ele assente, levanta a mão para acenar e sussurra:

— Até mais tarde!

— Bem. Alguém se importa se encerrarmos a discussão alguns minutos mais cedo? — pergunta mamãe.

Ela está olhando para um grupo de mulheres sentado à outra ponta da mesa. Elas olham para nós sem sorrir.

— Todo mundo concorda com uns minutos de conversa livre? — pergunta mamãe.

Finalmente, uma delas diz:

— Tudo bem. A gente não liga! — Elas começam a conversar.

A sra. DiCoco estica a mão para Zoey.

— Aqui, bem aqui, querida. Venha se sentar ao meu lado. Sou Callie DiCoco, mas você pode me chamar de qualquer coisa fofa que queira. Você tem a mesma idade de Perry? Eu tenho duas netas...

Eu me sento no braço fino da cadeira de mamãe e me sinto alto como um rei em sua corte. Zoey se senta com a sra. DiCoco. Falamos sobre sermos voluntários da biblioteca e de enchermos as revistas com perguntas de entrevista para as minhas histórias de Blue River.

— E, depois disso tudo, acabamos fazendo uma viagem surpresa até Surprise!

Zoey conta para a sra. DiCoco:

— Colocamos um exemplar de *Modern Gardener* na estante. Especialmente para você — diz ela. — Não deixe de olhar.

— Vou olhar. — A sra. DiCoco parece brilhar. — E vou olhar com muita atenção — sussurra ela, e pisca. — Perry, você já sabe que pode contar a minha história.

— Eu vou contar a minha! Vou, sim! — diz Sashonna.

Ela está falando alto. Mas a srta. Gina fala baixo. Mantém o olhar abaixo, e sei que não quer contar a história dela de Blue River. Por mim, tudo bem. Não vou pedir. Sashonna diz:

— Coloque as perguntas em uma *Glamour*, Perry. — Ela aponta o indicador para mim. Mas percebe e encolhe o dedo novamente. — Hã... por favor.

— Já fiz isso — digo para ela.

Parte de mim queria estar com meu caderno e minha câmera. Mas Zoey e eu deixamos nossas coisas na biblioteca pública de David City. Eu olho para Zoey, sentada com as mulheres que são a minha família. Eu me encosto em mamãe e digo:

— Não acredito que estou em Blue River hoje.

Nós sabemos que não vou ficar muito tempo. Começamos a falar sem parar. Mal paramos para respirar. É assim que acontece desde que tive que me mudar. Eu lembro à mamãe que é a história dela a que mais quero.

— Podemos fazer isso no sábado? — pergunto.

— Sábado — diz ela com um aceno.

A srta. Gina trança o cabeço de Zoey ao redor da cabeça.

— Se conseguir, enfie flores na trança. — A srta. Gina pisca os olhos escuros para Zoey. — É fácil.

Zoey passa os dedos de leve pela trança.

— Uau! Parece tão perfeita!

— Gina é boa! Não vai soltar, garotinha — diz Sashonna.

— Não diga "garotinha". O nome dela é Zoey — repreende a sra. DiCoco.

— Tudo bem! Zoey. Nossa!

Delicadamente, a srta. Gina diz:

— Você pode dormir de trança hoje e usar para ir à escola de manhã. Eu faço de um jeito que aguenta.

Mamãe está olhando para o relógio. Está quase no fim do horário de trabalho em Blue River. Quando os corredores ficarem cheios, vai ser mais fácil nos levar discretamente até o salão.

— Não vou ter problema em demonstrar alegria hoje — brinca ela. — Estou *supremamente* alegre! Estou pensando... como o Livromóvel vem todas as terças e sextas, vocês vão vir junto? Duas doces visitinhas no meio da semana? — pergunta mamãe. — Eu seria capaz de *implorar* se fosse de alguma ajuda. Poderíamos nos encontrar no salão se o temporário me deixar fazer uma mudança nos meus horários de reunião...

— Temporário? — pergunto.

— *Diretor temporário* — diz Sashonna. — É isso que o supervisor Joe é agora. Enquanto a diretora Daugherty está suspensa.

— Suspensa?

Sashonna olha para mamãe. Mamãe olha para Sashonna.

Sashonna diz:

— Ops.

De repente, eu entendo o tamanho do problema em que a diretora está.

capítulo quarenta

LIVROMÓVEL DE VOLTA

— Você sabe que eu lamento sobre a diretora, não sabe? — Zoey Samuels colocou o cinto e foi direto ao assunto. — E sabe que não é culpa sua, Perry?

— Humm... É por minha causa. Sei que não é a mesma coisa que minha culpa.

Eu me encosto e suspiro.

O Livromóvel Azul da Buck nos leva de volta por Rising City. Zoey dá um sorriso muito delicado. Olha na direção da janelinha nos fundos da van. Não dá para ver nada por lá, não no lugar onde estamos sentados, só um quadrado de céu claro. Mas Zoey não tira os olhos de lá.

— Eu adorei — diz ela. Está falando de passar um tempo em Blue River. — Todos foram tão... legais. Achei que eu talvez fosse ficar com medo — admite. — Mas não fiquei.

O sorriso dela faz uma coisa engraçada, parece virado para baixo nos cantos. O lábio inferior treme. O queixo se contrai como uma noz. Zoey Samuels levanta a mão para limpar a lágrima que escorre pela bochecha. Ela não olha para mim. Fica com os olhos grudados no quadrado de luz. Alguns segundos depois, o sorriso volta.

Eu me encosto e expiro. Deixo minha cabeça balançar com o sacolejo do velho Livromóvel. Estou pensando na diretora Daugherty. Estou enjoado por ela ter sido suspensa só porque me deixou ficar junto com a mamãe. Eu até que amo a srta. Sashonna por falar tudo de uma vez. Mamãe disse que sentia muito por não ter me contado. Estava esperando a hora certa, mas admitiu que devia ter percebido que a hora certa não ia chegar nunca. Faria muito sentido eu ficar com raiva. Mas não tenho raiva em mim, só uma dor embotada. Não imagino Blue River sem a diretora Daugherty.

Quando chegamos na biblioteca, todo mundo está nos esperando. VanLeer e a mãe de Zoey estão de pé na calçada, bem onde o Livromóvel é estacionado. Nossas mochilas estão aos pés deles. Ela está calma. Os braços dele estão cruzados sobre o peito e o rosto dele parece uma pedra. O sr. Olsen também está lá, com sua prancheta. Ele parece uma fatia pálida de queijo.

— Ah, meu Deus! — diz a sra. Buckmueller. Ela manca e pisca enquanto empurramos o carrinho. — O que temos aqui? Um comitê de boas-vindas?

— Não exatamente — diz o sr. VanLeer.

O sr. Olsen olha para a sra. B. Ele limpa a garganta.

— Acontece que tivemos um probleminha de comunicação...

— Essas crianças *nunca* deviam ter saído da biblioteca... — VanLeer começa e não para, nem mesmo quando a sra. B e o sr. Olsen tentam pedir desculpas. — Você tirou duas crianças do local sem permissão!

Enquanto isso, Zoey se posiciona embaixo do braço da mãe, e eu espero no mesmo lugar, com as mãos no carrinho. Em seguida, ouvimos sobre protocolo, responsabilidade e o "susto terrível" que todo mundo sentiu. Ele finalmente faz uma pausa.

A sra. Buckmueller fala.

— Ué, se eu cometi um erro, lamento profundamente. Pelo meu entendimento, era para eu levar Perry e Zoey comigo. Eu tinha dois voluntários da biblioteca me ajudando durante a tarde. Tenho que dizer que os esforços deles foram louváveis. Vocês deviam ter orgulho. Eles fizeram uma diferença enorme em...

— Você os levou para a prisão! — exclama VanLeer. — Crianças não fazem passeios em prisões! — Ele aponta para Zoey. — Olhe! Ela estava chorando!

— Tom, está tudo bem. Ela está bem — diz a mãe de Zoey.

— Eu não estava chorando — retruca Zoey. — Não de um jeito ruim. De verdade. Eu estou bem, Tom.

A mãe passa os dedos embaixo do queixo de Zoey. E toca na nova trança.

— Que linda... — sussurra ela, e Zoey assente.

— Eu quero voltar — diz ela, bem na cara da mãe.

— Não vai ser possível — declara VanLeer com um balançar firme de cabeça.

Eu olho para os pés. Passo o dedão no chão. Penso na mamãe. Quero as terças e sextas. Quero tanto. Que diferença faz para ele?

Ouço Zoey sendo calma e tranquila. Ela diz:

— A sra. B realmente precisa da nossa ajuda.

— Esplêndido — concorda a sra. Buckmueller. — Obrigada, querida.

Ela pega o carrinho e, com a ajuda do sr. Olsen, segue para a rampa da biblioteca. Fico de lado, inútil. O sr. VanLeer ainda está balançando a cabeça. A mãe de Zoey toca no braço dele.

— Olha, está tudo bem. Vamos para casa agora — diz ela.

— Perry esteve em casa — fala Zoey. — A tarde toda. Vocês deviam ter visto como ficaram felizes de vê-lo, mãe. Ficaram felizes até de *me* ver. — Ela faz expressão de incompreensão. — Não sei como achei que seria. Perry já me contou algumas coisas. Tem uma parte triste... e alguns residentes pareceram nos evitar. Mas os amigos de Perry, bem, eles pareciam novos amigos que podemos fazer em qualquer lugar...

— Ah, que ótimo, temos uma solidária — resmunga o sr. VanLeer.

Mas a mãe de Zoey a puxa para mais perto.

— Acho que temos uma pessoa que sente empatia. — Ela olha para o marido. Em tom delicado, pergunta: — E o que tem de errado nisso?

— O que tem de errado nisso tudo? — pergunto, e acabo falando um pouco alto. — O esquema do Livromóvel não é perfeito? Para todo mundo?

capítulo quarenta e um

SALA DE VÍDEO

Na tarde de quarta-feira, estou na sala de vídeo da biblioteca com Zoey Samuels.

— É o cabo certo? — pergunta ela.

— Bom, cabe na câmera, e a outra ponta está na entrada do computador. Então, acho que é.

Estamos dando um tiro no escuro. Nós botamos nosso nome numa lista e temos o computador da sala de vídeo por trinta minutos. Em seguida, ele vai ser ocupado por todo mundo sabe quem: Brian Morris e os amigos. Estamos encolhidos no canto mais escondido da sala. O problema é que nem Zoey e nem eu sabemos o que estamos fazendo.

— Tudo bem. Estamos conectados. Está vendo o ícone do programa que faz filmes?

Zoey empurra minha mão. Eu clico.

— Agora, vamos ver se aparece — diz ela.

E aparece mesmo. Seis quadradinhos de Big Ed aparecem em uma fila na tela.

— Isso! São os segmentos curtos de vídeo da entrevista dele.

— Prontinho! Agora, clique em um — diz Zoey.

Ela balança meu braço, e eu clico. Ali está um Big Ed maior, da telinha da minha câmera para a tela do computador.

— Uau — digo.

Eu estava planejando. Ou imaginando. Eu adoraria colocar os vídeos junto da história escrita. De alguma forma. Estou imaginando as histórias de Blue River como minidocumentários. Mas não tenho ideia de como fazer nada disso.

Clico na imagem de Big Ed para exibir o vídeo. Zoey e eu assistimos aos seis vídeos sem falar. Apesar de serem curtos, eles contam a história longa e difícil. Ouvimos a voz rouca de Big Ed, o jeito como ele tem que se esforçar para dizer as palavras horríveis. Vemos o jeito como os olhos observam algum ponto distante. Vemos os dedos se entrelaçarem no colo.

— Ah, meu Deus, Perry... — diz Zoey quando o último vídeo termina. Ela se apoia em um cotovelo e aperta o rosto com a mão. — E-ele nem pretendia machucar o garoto e...

— Quem é esse cara?

Nós viramos a cabeça. Brian Morris está atrás de nós. Está com a boca aberta. Está olhando para a imagem de Big Ed. Eu me pergunto há quanto tempo está aí.

— Ei! Sai daqui! — Zoey Samuels está de pé. — Esse computador é nosso por... — Ela olha o relógio. — ... mais quinze minutos.

O queixo de Brian aponta a tela.

— Quem é esse? — insiste ele. — É um prisioneiro?

Eu espero. Estamos com os olhos grudados um no outro. Ele está fazendo perguntas em vez de inventar coisas.

— Bem, nós dizemos "residente" — digo. — Mas ele também é um dos meus melhores am...

— Perry! Pare! — exclama Zoey. Ela coloca os braços sobre a tela. — E não deixe que ele veja.

— Eu já vi — retruca Brian. — Esse cara matou uma pessoa, não matou?

— Se manda, Brian! — diz Zoey com rispidez. — Perry, o que você está fazendo?

— O que você vai fazer com o vídeo? — insiste Brian.

Eu dou de ombros, porque não sei. Eu me levanto, estico a mão para o fio e solto da entrada. Pego a câmera. E digo para Brian:

— Pode ficar com o computador. Nós acabamos.

Zoey Samuels me segue para fora da sala. Ela está cuspindo fogo no meu pescoço.

— Por que você acharia que pode confiar nele? — pergunta ela, e continua falando enquanto andamos. — Ele poderia contar uma versão errada da história de Big Ed para todos os amigos da hora do almoço...

Eu me viro antes de chegarmos à sala de história. E digo para ela:

— Você pode estar certa. Por outro lado, as pessoas podem mudar.

capítulo quarenta e dois

DUAS VITÓRIAS E UM EMPURRÃO

Na quinta-feira, os adultos VanLeer vão andar de um lado para outro na rua depois do jantar. Eles têm feito isso com frequência, principalmente essa semana. Zoey me conta na janela da frente da casa VanLeer, onde segura a cortina com uma das mãos poder olhar para eles. Ela diz:

— Eles chamam isso de ter uma discussão. Eu chamo de "te pego lá fora". É uma briga educada.

— Legal — digo. Não tenho a intenção de ser engraçado, mas Zoey ri alto. — Quer dizer, não é a pior ideia do mundo fazer isso lá fora, e não aqui dentro, onde faz todo mundo se sentir mal.

— Você fala como se fosse algo que gruda nas paredes, Perry. — Ela solta a cortina e olha para mim. — Eles vão nos deixar ir. Nós vamos estar no Livromóvel Azul da Buck amanhã.

Ela bate com o punho na palma da mão como se já estivesse tudo certo. Nós dois estamos esperando a resposta. Amanhã é sexta, então tem que ser dada hoje.

Zoey e eu tiramos a louça da máquina de lavar VanLeer. Enquanto empilhamos pratos e tigelas de salada nos armários, eu torço com força. Eu digo para Zoey:

— Quero que eles encontrem um *sim* para nós lá na rua. Eles podem trazer para dentro e grudar isso nas paredes.

Mais tarde, de pé lado a lado com o sr. VanLeer, a mãe de Zoey nos dá a notícia.

— Nós vamos dar permissão para vocês dois irem com a sra. Buckmue...

— Viva! — grita Zoey.

Ela olha para mim. Nós damos um high five.

A mãe de Zoey abre um sorriso largo, enquanto o sr. VanLeer fica mais sério. Porém não deixo de perceber que existe um sorriso leve no rosto dele também. Ele está nos vendo comemorar. Gosta de ver Zoey feliz. Zoey passa os braços ao redor da mãe e ao redor de Tom, dizendo:

— Obrigada!

O padrasto coloca a mão na cabeça dela, os dedos apoiados na trança de Blue River que já aguentou duas noites e dois dias.

Eu me sinto atraído na direção da mãe de Zoey. Acho que ela quase estica os braços para mim. Eu poderia abraçá-la, mas paro. Seguro meus cotovelos. Dou um sorriso e digo para ela:

— Obrigado. Muito obrigado. Vai ser muito importante para minha mãe também.

— Só não esqueçam que vocês têm um objetivo enquanto estiverem lá — diz o sr. VanLeer.

Eu ainda estou olhando para a mãe de Zoey. Sei que ela lutou a nosso favor. Está olhando para mim com a mesma expressão de olhos brilhando que Zoey fez quando estava voltando de Blue River na terça. Ela fez isso acontecer. Mas o sr. VanLeer não precisava concordar. Mesmo assim, concordou. Então, eu olho para ele e falo:

— Muito obrigado.

— De nada, Perry. Eu quero coisas boas para você. Quero mesmo. — Ele baixa a cabeça em sinal de concordância. — E, na verdade, é bom você poder ir amanhã. — Ele se vira como se fosse continuar a vida. — Vai compensar o sábado.

Nós todos viramos para olhar para ele.

— Tom? O que isso quer dizer? — pergunta a sra. Samuels.

— Ah, eu tenho que ir direto para Abie pegar uns arquivos. Vai ser muito inconveniente — diz ele. — Desculpe. Uma ida a Surprise está fora de questão.

— O quê? Mas eu tenho que ir a Blue River — falo de repente. E penso: "é a história da mamãe! Preciso disso!" — Sr. VanLeer. Eu *tenho* que ver minha mãe. Tenho uma entrevista a fazer.

— Você pode fazer amanhã, amigão.

— Mas mamãe trabalha. Não vamos ter tempo. — Sinto um nó quente no peito.

— Tom... é sério? — pressiona a mãe de Zoey.

— É uma daquelas coisas em que os horários não batem. — Ele levanta uma das mãos no ar, como se não pudesse fazer nada. — Não tenho como ir até lá amanhã. Tenho um dia cheio no tribunal. Essas cidadezinhas têm poucos funcionários. Eu não gosto de trabalhar aos sábados, mas você sabe como é...

— Espere, espere — diz a mãe de Zoey. — Não, não sei, Tom. Nós conversamos e conversamos.

Ela aponta para a rua, e me pergunto se eles vão voltar lá para fora.

— Você não falou nada sobre sábado.

— Tom, os sábados são sua promessa para Perry — lembra Zoey.

Bate no braço dele. Ele olha para ela.

— Eu tenho que trabalhar, Zoey. Tenho responsabilidades.

— Eu vou levá-lo — diz a mãe de Zoey.

— Não, não. Você tem a aula de dança de Zoey, que fica na direção oposta, Robyn.

— Eu falto — sugere Zoey.

— Não. — Tom balança a cabeça. — Ninguém precisa perder nada. Vai ficar tudo bem. É só um fim de semana, e Perry vai ter a terça e a sexta na prisão. É suficiente — sentencia ele com firmeza.

— Bom, vamos ter que ver. Vamos ver — diz a mãe de Zoey. Ela está aborrecida e balançando muito a cabeça. — Vamos ver.

Se eu sair, talvez ela pare de se repetir.

— Com licença — digo.

Dou passos largos, os calcanhares batendo com força no chão conforme sigo pelo corredor e vou para longe de Thomas VanLeer.

No armário, eu respiro fundo e olho para minha linha do tempo.

— Quais são suas vitórias? — pergunto a mim mesmo.

Terças e sextas. Eu pego um lápis e circulo esses dias por toda a parede, até a esquina e pelo outro lado. O Livromóvel Azul da Buck é uma grande vitória. Mas estou furioso por causa de sábado. Se VanLeer pode decidir não ir um sábado a Blue River, pode decidir não ir em outros dias.

Ele não entende que este era o sábado em que mamãe ia me contar a história dela, nem quanto tempo esperei para saber tudo. Quando VanLeer foi no programa da Desiree Riggs, ele disse que me ajudaria como pudesse.

Cancelar o sábado ajuda tanto quanto um chute no traseiro.

capítulo quarenta e três

A HISTÓRIA DA MAMÃE

No sábado, a sra. Samuels vem ao resgate, e Zoey também. Nós três entramos no carro e vamos até o estúdio de dança de Zoey, para ela fazer a aula mais cedo. Depois, paramos para comprar sanduíche de ovo com queijo no hortifrúti e comemos a caminho de Surprise. A mãe de Zoey também compra um ramo de brócolis. (Acho que ela me viu olhando.) Agradeço pelo menos seis vezes por essa ida a Blue River.

— Está tudo bem, Perry. De verdade. Prometo que Zoey e eu não vamos atrapalhar sua visita. Mas eu gostaria de conhecer sua mãe.

Elas levaram livros em uma bolsa, coisas para fazer. Quando chegamos a Blue River, ninguém precisa fazer a mãe de Zoey jogar cartas.

Não se pode sentar de pernas cruzadas nem apoiar os pés em cadeiras no salão. (Elas não são muito confortáveis, de qualquer modo.) Mas mamãe se encolhe de uma certa forma. Levanta um joelho de forma que possa abraçá-lo. É o jeito favorito dela de se sentar, e normalmente ninguém chama a atenção dela por isso.

— Mamãe, você pode me dar uma minibiografia sua de Blue River antes de começarmos sua história?

Eu decidi fazer um vídeo curto da primeira parte de cada entrevista, desde que cada residente concorde.

Ela olha para a câmera.

— Bom, sou Jessica Cook. Cheguei aqui doze anos atrás. Eu tinha acabado de fazer dezoito anos. Ou seja, passei meus vinte anos aqui.

Ela baixa o queixo antes de continuar.

— Atualmente, eu oriento outros residentes durante seu tempo aqui, tudo em preparação para a libertação. É meio irônico, já que nunca tive o prazer de experimentá-la.

Mamãe olha para a câmera e abre um sorriso insolente. Ela me faz rir, e sei que parte do vídeo vai ficar tremida.

— A gente tem que manter os olhos no objetivo final. Eu tive outros trabalhos aqui. Recebi os novos residentes por muitos anos. Antes, plantava sementes na estufa. Já trabalhei muito na lavanderia e, quando cheguei aqui, eu enrolava os talheres com guardanapos na cozinha. Ainda faço serviços no refeitório, como todo mundo aqui.

— Está ótimo.

Desligo a câmera e pego o caderno. É estranho ficar sentado na frente da mamãe. É ainda mais estranho dizer:

— Comece quando estiver pronta. A história é sua.

Temos um momento de silêncio. Eu não respiro. Meu lápis está pronto. Sinto que mamãe muda o tom, mas fala comigo.

— Bom, você sabe por que estou aqui — diz ela.

— Eu sei o que você me contou. Você está em Blue River por dois motivos. Porque contou mentiras e porque suas ações contribuíram para uma morte. Sei que você foi acusada de homicídio culposo. Que nem Big Ed.

— E você sabe o que isso quer dizer — acrescenta mamãe.

— Sei. Você não pretendia matar, mas cometeu um erro que provocou a morte de uma pessoa.

— É. Foi isso mesmo.

— Quem foi, mãe?

— Meu pai — diz ela.

Minhas sobrancelhas sobem. Meus dedos ficam fracos em volta do lápis. O pai dela é meu avô. Eu nunca ouvi isso antes. Eu me inclino para a frente. Mamãe olha para trás de mim, mas só até o encosto da cadeira, não para longe, como Big Ed fez.

— Eu cresci em um lar que não era muito caloroso — diz ela. A boca treme um pouco. — Não que eu tenha desejado a morte dos meus pais. Só desejei que eles me amassem, ou que me amassem de forma diferente de como amavam. Tenho quase certeza de que meus pais não me planejaram, mas por acaso sei que um bebê inesperado pode ser uma alegria incomparável.

Eu dou um sorriso, mas mantenho o lápis em movimento, escrevendo palavras-chave.

— Mas, na minha casa, éramos só nós três, e é estranho, mas eu me sentia como se fosse um problema a ser gerenciado, e não amada. Por muito, muito tempo, eu fiz o melhor em tudo o que parecia importar para eles. Tirei botas notas; excelentes, na verdade, o que foi ótimo, porque não havia espaço para o fracasso debaixo daquele teto.

Ela revira os olhos.

— Não se era reconhecido por causa disso. Eu me dediquei muito à escola, e competia com muito esforço na equipe de natação. Tinha que ganhar, para não ter que vê-los darem as costas para mim no final de uma competição. Quando me formei no ensino médio, já tinha conseguido uma boa bolsa de estudos para a faculdade e acho que estávamos todos ansiosos para que eu saísse logo de casa.

Mamãe sorri um pouco.

— Eles tinham uma regra, na verdade: fora de casa aos dezoito. Em uma noite de verão, nós nos sentamos para conversar sobre alguns dos meus planos para o outono. Eu tinha mudado um pouco esses planos e estava sendo assertiva porque era a *minha* vida e a *minha* bolsa de estudos. Isso não transcorreu muito bem. Houve gritos e bebedeira, meu pai entornando uma dose atrás da outra. Estava ficando mais difícil falar com eles. Estavam ficando com raiva e exasperados. Eu devia estar sendo arrogante... Não sei.

Mamãe suspira.

— Mas as coisas ficaram muito feias. Finalmente, eu me cansei da gritaria, então me levantei para ir embora. Foi nessa hora que meu pai ofegou e levou a mão ao peito. Eu nunca vou esquecer. Ele olhou para minha mãe e disse: "Ah, meu deus, Vivian, estou com tanta dor, acho que vou morrer." Tivemos que levá-lo para o hospital. Eu estava lá com a chave na mão. Botamos meu pai no banco de trás. Mamãe entrou com ele e saímos.

Coloco o lápis de lado e balanço os dedos. Pego a câmera. Vejo mamãe olhar pela janela.

— Todo mundo acha que dirigir é fácil nas retas. Nós fomos em alta velocidade. Meu pai tinha ficado em silêncio, mas minha mãe ficava gritando para mim, na frente, berrando que não estávamos indo rápido o suficiente. O tempo ficou ruim, uma típica chuva de granizo do Nebraska. Eu não estava enxergando nada.

Mamãe balança a cabeça.

— Meu Deus, eu estava tentando tanto ajudar. — Ela baixa os olhos e morde o lábio. — Eu cometi um erro horrível em um cruzamento, e pronto. — A voz dela sobe. — Nós batemos.

A câmera está desligada. Eu olho para mamãe, para os braços e as pernas e a cabeça, onde ela está enfiando os dedos no cabelo. Quase pergunto se ela se machucou tantos anos atrás. Mas ela aperta os olhos e retoma a história.

— O resto é um borrão confuso, Perry. Luzes piscando e caminhões parando, pés escorregando e esmagando granizo. Eu via meus pais no banco de trás... Os dois inconscientes.

Os olhos de mamãe se enchem de lágrimas.

— Eu tentei abrir as portas de trás, mas estavam amassadas. Não consegui fazê-las se mexerem. Não conseguia chegar naquele banco de trás cheio de sangue.

Mamãe seca os olhos com as pontas dos dedos.

— Lembro que os policiais foram gentis. Fiquei enrolada em um cobertor no local pelo que pareceu uma eternidade. Um reboque chegou... — Mamãe balança a cabeça como se estivesse tentando lembrar.

— Os policiais me colocaram em uma viatura. Seguimos a ambulância com meus pais até o hospital. Enquanto as enfermeiras me examinavam para ver se eu tinha ferimentos, eu ficava perguntando dos meus pais.

Mamãe espera um momento.

— Por fim descobri que meu pai tinha morrido. Minha mãe teve um ferimento na cabeça, uma coisa que precisou de muitos pontos. Eu pedi para vê-la, mas a enfermeira só encolheu o queixo e disse que minha mãe não estava disponível. Uma verdade triste.

Mamãe limpa a garganta.

— Quando a polícia perguntou, eu disse que sim, estava dirigindo. Disseram que havia um odor óbvio de álcool no local.

Mamãe balança a cabeça. Olha para longe por alguns segundos.

— As horas seguintes foram exaustivas e confusas. As perguntas e a... pressão. Eu não sabia o que dizer. Senti como se estivesse vivendo o pesadelo de outra pessoa. Perguntaram de novo e eu contei de novo, eu estava dirigindo. E enfim contei que também tinha bebido. Quando me dei conta, fui presa. Meu Deus, como eu senti medo. Eu ficava chamando minha mãe. E me disseram que ela não viria. Em algum momento, me dei conta de que era por escolha dela.

"Eu estava sozinha e apavorada. Os conselhos ruins vinham de todo lado, mas eu não enxergava. Fui acusada de dirigir embriagada e acabei

155

me declarando culpada. Mas, como meu pai tinha morrido no acidente, tinha também o homicídio culposo."

Mamãe inclina a cabeça.

— Eu não previa isso. Mas eu fiz o que fiz, e confessei. E uma confissão é...

— Uma condenação. — Nós falamos juntos, embora meus lábios estejam dormentes.

Mamãe fica em silêncio, e eu pego a câmera de novo.

— Estranhamente — diz ela —, não considero isso minha história de Blue River. Essa parte seria sobre conseguir um diploma de serviço social já estando aqui dentro e meu trabalho aqui. Mas acho que a parte que você queria saber era como vim parar aqui, e não culpo você. Estar presa *não* é uma coisa que eu teria escolhido. Mas encontrei um novo começo aqui. Descobri que a vida continua mesmo quando você está aqui dentro.

Acho que mamãe terminou, mas ela acrescenta uma coisa.

— Achei que minha sentença foi cruel, que me usaram como exemplo. Mas não me arrependia de verdade da confissão, ao menos até descobrir sobre você, Perry. Quando percebi que tinha comprometido o futuro de duas pessoas... Bem... Pode apostar que lamentei. Eu tinha um novo maior medo no mundo, que era ser separada de você. Passamos muito tempo juntos até isso acontecer — diz mamãe.

Ela olha para mim e assente.

— Vir para cá foi uma coisinha boa dentro de algo borrado e ruim.

capítulo quarenta e quatro

JESSICA

Jessica Cook está se sentindo exausta na noite de sábado. Estava determinada a contar ao filho uma versão sincera da história... mas uma versão que os dois pudessem aguentar. Cada palavra pareceu um passo em uma tábua frágil acima de um poço cheio de tigres. Perry estava atento e confiante, aberto a acreditar na história. Estava intensamente concentrado na pequena câmera e no lápis. Depois, foi respeitoso e amoroso, envolvendo-a em um abraço gostoso e longo.

Perry também era inteligente. Jessica sabe que suas omissões foram arriscadas. Suspira enquanto o micro-ondas do apartamentinho no Bloco C zumbe e a tigela de brócolis se movimenta em círculos. Se ele sentisse buracos na história, poderia começar a preenchê-los com invenções dele...

Ah. Caramba. Ela tomou tanto cuidado, e agora vinha uma avalanche de receios.

"Bom, se ele tiver perguntas, pode fazê-las", pensa ela. Consola-se ao tirar os ramos verdes fumegantes do forno. Está determinada a engolir todas as dúvidas junto com a verdura. O ramo de brócolis foi presente de Robyn Samuels, que ficou vermelha ao entregá-lo a ela, como um buquê de flores.

— Disseram que seria um sucesso — dissera ela.

A mulher tinha olhos dançantes, sorriso largo e manchas intrigantes de tinta clara nas mãos e antebraços. Como era estranho ela ter aquele chato arrogante Thomas VanLeer como marido!

Robyn Samuels tinha outra coisa: respeito. Não do tipo que alguns visitantes de Blue River usavam como uma fantasia quando entravam pela porta. Jessica tinha um radar apurado quando o assunto era identificar coisas genuínas. Ela vislumbrou a mãe com a filha do outro lado do salão enquanto ela e Perry relaxavam depois da história. Robyn e Zoey leram seus livros e conversaram com vários residentes. Houve uma aula de origami com as garotinhas Rojas, e Gina se aproximou com o pente de cabo fino (e lenços umedecidos com álcool) para fazer novas tranças em Zoey.

Jessica se lembra de uma coisa que Perry disse depois da primeira semana longe de Blue River, alguma coisa sobre a mãe de Zoey estar do lado dele. O dia pareceu prova suficiente disso. Pela forma como Perry contou, ele não teria ido a Blue River com a câmera e o lápis se ela não tivesse interferido. Sim. Robyn Samuels tinha calor e compaixão.

Se ao menos Jessica superasse o fato de que Robyn também tinha Perry...

capítulo quarenta e cinco

ESCUTANDO

Estou olhando minhas anotações da entrevista da mamãe. Estou transformando as coisas que escrevi em frases e parágrafos. De tempos em tempos, vejo um vídeo na câmera. Zoey está ao meu lado na longa escrivaninha da sala VanLeer. Está resolvendo problemas de matemática.

O sr. VanLeer entra e sai pela porta da cozinha, que dá para o quintal e a churrasqueira. Cada sopro de ar gelado de outono traz junto uma coisa com cheiro bom. A sra. Samuels vem da garagem. Ouço água corrente e sei que está lavando os pincéis na pia da cozinha. Eles não sabem ou esqueceram que Zoey e eu estamos pertinho da cozinha.

— Aí está você — diz ele quando ela entra novamente. — Como está indo o projeto de pintura?

— Ótimo! — cantarola ela. — Desculpe por deixar o jantar todo nas suas mãos hoje. Eu queria muito passar aquela segunda camada de tinta. Sempre demora mais do que penso que vai demorar.

— Humm... pintura lenta, comida lenta — comenta ele.

— É, as duas coisas tão artísticas!

Eles riem. E se beijam. Dá para ouvir. Zoey está multiplicando decimais. Ela não presta mesmo muita atenção aos beijos deles.

— Não sei o que tem nas mesas de jantar pequenas e redondas — diz a mãe de Zoey. — Não precisamos de outra aqui. Mas não consegui resistir a trazer esse patinho feio para dar uma melhorada. Vou arrumar uma boa casa para ela.

— Sem dúvida. Alguém vai amar aquela mesa...

As duas vozes se afastam. A porta se fecha e tudo fica em silêncio. Eles devem estar na churrasqueira juntos.

Eu olho meu caderno e apoio as bochechas nas mãos. O problema que estou tendo com as histórias de Blue River é que quero que venham dos residentes, como se eles estivessem falando. Mas começo a escrever o que eles me disseram, e tudo perde as vozes deles. Em seguida, vejo um trecho de vídeo. Começo a transcrever, e ouço a pessoa com clareza novamente. Fico pensando nisso. E penso de novo que meu projeto seria perfeito como um documentário.

— Afff! — digo.

Zoey dá uma risadinha. Eu me encosto e balanço a cabeça, como se pudesse acordar meus neurônios. Em seguida, pego outra folha de caderno para tentar de novo.

"E se eu usar citações?", penso. Decido experimentar. A porta dos fundos é aberta novamente.

— Robyn, ele teria sobrevivido sem uma visita de sábado.

Thomas VanLeer é insistente... *e está errado*. Deixo minha próxima inspiração encher o peito lentamente. Zoey murmura um rosnado baixo, mas não levanta o olhar da equação.

— Sobrevivido, sim — diz a mãe de Zoey. — Mas escute o que você mesmo está dizendo, Tom. A ideia não é ele fazer bem mais do que *sobreviver*? Que tal nós o ajudarmos a *viver bem*? — Houve alguns barulhos de potes batendo e um xingamento baixo.

Zoey olha para mim e sussurra:

— Aaaah...

Eu respondo, sussurrando:

— Estava tudo bem até...

Eu aponto meu peito. Zoey dá de ombros.

— Ele *está* vivendo bem, Robyn.

A voz do sr. VanLeer soa baixa no fundo da garganta, mais difícil de ouvir. Ouço alguma coisa sobre as duas idas por semana com o Livromóvel.

E ele diz de novo:

— Ele não precisava ir...

— Precisava! Precisava, sim... e precisa!

A mãe de Zoey fala alto e com clareza. Eu a imagino com um dedo levantado no ar entre eles.

— Eu vi um garoto diferente em Blue River. Ele estava pleno. Estou feliz de tê-lo levado, Tom. Vou levá-lo de novo.

— Então você está renegando os detalhes do nosso plano de tutela — afirma ele.

— Eu chamo isso de levar um garoto para ver a mãe.

— Eu chamo de apoiar as políticas não conformativas da diretora que manteve o garoto trancado a vida toda.

— Ah, Tom! Isso é exagero! Ele *não* ficou trancado. Olha, nós discordamos, e você vai ter que fazer o que acha certo quanto a isso. É seu trabalho — diz ela em tom seco. — Mas, e tenho certeza de que vamos discordar sobre isso também, eu decidi outra coisa.

Ela faz uma pausa.

— Eu quero conhecer melhor a mãe dele.

— Robyn, é sério?

— É — responde ela. — Não tente me impedir. — Então ela grita do corredor na direção dos quartos: — Zoey! Perry! O jantar está pronto.

capítulo quarenta e seis

A HISTÓRIA DA SRTA. SASHONNA

No sábado, reunimos cadeiras no nosso canto do salão de Blue River. Ninguém precisa obrigar o sr. VanLeer a jogar cartas hoje. Ele levou uma distração, uma pasta gorda cheia de papéis. Ele tem levado essa pasta para a mesa de jantar VanLeer a semana toda. Fico feliz quando ele se senta sozinho no salão para trabalhar.

A srta. Sashonna pediu à mamãe para ser seu apoio hoje. A srta. Gina a ajudou a passar maquiagem nos olhos. Ela olha para a câmera e aponta.

— Está pronto, Perry?

Eu tento manter a câmera parada enquanto faço que sim.

— Essa coisa está ligada?

Eu faço que sim de novo.

— Você está pronto?

— Sim! — respondo, por fim.

— Tá, tudo bem. Sou Sashonna Lee Lewis.

Ela começa falando como Desiree Riggs, com a voz cremosa. Bate com os dedos longos e finos no peito.

— Fui colocada aqui uns seis meses atrás. Tenho muito tempo para cumprir. Nem quero falar sobre isso.

Ela logo para de falar com a voz de Desiree.

— Fui colocada aqui por causa de uma coisa que fiz por um homem idiota... E não é justo o que aconteceu. Bom, ele era idiota, mas eu o amava. Sempre fazia o que ele queria. E o que ele queria era roubar um banco. Só um pequeno, porque devia dinheiro para um cara. Falei para Chaunce, esse é o nome dele, que o plano tinha sérios defeitos.

Sashonna balança o dedo no ar.

— Tipo, se ele quer que *eu* dirija o carro de fuga, é melhor me ensinar a fazer isso. Então, ele me levou para um estacionamento grande antes de irmos para o banco.

Ela finge que está atrás de um volante. E se balança.

— Pronto, estou dirigindo! E fico pensando: qual é a dificuldade? É fácil! Já entendi! Chaunce quer ter certeza de que consigo dirigir bem rápido. Eu fico falando: "Eu sei onde fica o acelerador! Não sou medrosa!" Afundo o pé naquele negócio — Ela para e ri. — A cabeça de Chaunce bate no assento e ele grita como uma menininha!

Sashonna gargalha.

— Chaunce me fez esperar em frente ao banco, e disse: "Deixe ligado e se lembre de deixar todas as janelas abertas, gata! Entendeu? *Abertas*." Ele me dá um beijo antes de entrar no banco. É inverno, então estou sentada lá como um picolé, mexendo no rádio, no volante. Fingindo treinar direção.

Ela se mexe de um lado para outro.

— Estou pronta para fazer meu trabalho. Aí, olho pelo espelhinho e vejo um carro se aproximando por trás. Cada vez mais perto... e, caramba! É a polícia! —

Ela leva as mãos às bochechas.

— Eles param na vaga atrás de mim e... ficam ali! Eu não sei se os policiais sabem o que Chaunce está fazendo. Mas sei que tenho que cancelar a operação! Chaunce não pode roubar o banco, não com a polícia parada do lado de fora. Penso que posso acabar com tudo se fechar as janelas. Depois, giro o volante e levo o carro para a rua com muito cuidado. Chaunce sai correndo do banco, e parece que tem um urso correndo atrás dele. Ele joga a bolsa, que bate na janela e cai na calçada. Ele pega a bolsa, xingando e batendo na janela. "Abra! Abra! Vá, vá, vá!" Eu começo a apertar botões e girar o volante e tentar fazer tudo o que Chaunce quer que eu faça. Abro a janela e acho que estou fazendo bem! Então, enfio o pé no acelerador. A polícia acende as luzes azuis.

Sashonna gira os punhos e revira os olhos.

— Agora, eu fico com medo! Estamos encrencados. Eu tenho que nos tirar dali. Assim, aperto o acelerador com tudo. Só que não estou com Chaunce! Lá vem ele, correndo do lado do carro. Ele enfia a bolsa pela janela, finalmente. Isso é bom, e eu acelero de novo.

"Eu sei que devia ir mais devagar. Mas a polícia ligou a sirene, e estou com medo. Então, aperto o pé com tudo. Zum! É nessa hora que Chaunce tenta se jogar pela janela de trás no carro. Mas só a parte de cima entra. As pernas, não. Não posso olhar para trás porque, oras, estou ocupada dirigindo. De alguma forma, ele é puxado para fora do carro de novo. Ainda estou tentando ir, ir, ir, e sinto a traseira do carro passar em cima de alguma coisa alta. Adivinha? Essa coisa era Chaunce."

"Continuo seguindo pela rua antes de olhar para ele pelo retrovisor. Ele está machucado. Se contorcendo na rua, segurando as pernas. Eu meto o pé no freio, porque não é isso que se quer ver quando se ama um homem, mesmo que ele seja um idiota. No momento seguinte, um segurança daquele banco corre e enfia uma faca no pneu. Cara! Agora, eu estou com medo de tentar dirigir um carro com o pneu furado *e* não aprendi a andar de ré na minha única aula de direção. Eu tento mesmo assim. *Fump-fump-fump-BAM!*"

Sashonna bate com uma das mãos na outra.

— Bato direto em um caminhão de flores que deve ter entrado atrás de mim. Agora, estou péssima. Só quero estar com Chaunce, perguntar a ele o que fazer. Então, saio do carro e corro até ele, caído na rua.

Os olhos da srta. Sashonna se enchem de lágrimas, e ela puxa os joelhos até o peito. Faz um som de gatinho miando. Mamãe pergunta:

— Sashonna? Você está bem? — E entrega um lenço de papel a ela.

— Pois então — diz Sashonna —, lá vem a polícia. Eles nem ligam se Chaunce foi atropelado ou não. Colocam algemas em nós dois. Só sei que Chaunce está bem porque ele me xinga sem parar. Ele vai para o hospital para botarem gesso na perna dele. Eu vou para a cadeia e fico lá esperando. Não consigo acreditar. Não sou ladra de banco! Mas acabo sendo acusada junto com ele... e quer saber? Sou condenada a mais tempo do que ele!

Ela começa a contar nos dedos.

— Dizem que roubei o banco, um crime federal. Fui descuidada na direção de um veículo motorizado, dirigi sem habilitação, sem documentos *e* abandonei a cena de um acidente quando corri até Chaunce depois de bater no caminhão de flores.

Ela balança a cabeça e diz:

— Não é justo.

Tudo fica em silêncio. E Sashonna diz:

— Lembra as perguntas, as que você botou na revista *Glamour*, Perry? Você me perguntou qual é a melhor e a pior coisa de estar em Blue River.

— Eu lembro — digo.

— Bom, a pior coisa é estar aqui com outras pessoas me vigiando e me dizendo o que fazer o dia todo. Eu já tinha tido muito disso lá fora. A melhor coisa é Jessica, porque é uma boa amiga. Ela me faz ficar longe de confusão. Eu gosto disso, apesar de saber que ela não gosta muito de mim.

— Mas eu gosto! — Mamãe sorri. — Você é tipo minha irmãzinha irritante!

— É? De verdade?

— Pode apostar.

— Obrigada.

Sashonna segura o lenço com a palma da mão e esfrega o nariz.

— Desculpe. Desculpe por ter tanta meleca hoje. Ah, meu Deus! Você não tirou fotos disso, tirou, Perry?

Ela ri, e todos nós rimos também.

capítulo quarenta e sete

TEMPESTADE

Na sala de história, Zoey está lendo a história da sra. DiCoco (que eu escrevi depois de uma entrevista rápida numa tarde de terça). Ela quer ler todas. Mas fico pensando se eu devia oferecer ajuda com o projeto dela da Vinda para o Condado de Butler. Eu sei um segredo: Zoey Samuels não começou o trabalho. Não perguntei por quê. Os dias passam devagar para mim quando sinto saudade de mamãe, mas o tempo deve voar para Zoey. Nossos projetos têm que ser entregues em duas semanas.

— Ahhh... que triste — diz ela. — Quando você conhece a pessoa, bom, acaba se importando. Posso ver os vídeos dela, Perry?

Eu passo a câmera para ela por cima da mesa escura de carvalho. Ela segura perto do rosto e inclina a cabeça enquanto assiste à entrevista.

Lá fora, uma tempestade traz brilhos de relâmpagos e trovões pesados. As luzes da sala de história piscam embaixo das cúpulas de vidro verde. Os trovões aumentam e ficam tão altos que Zoey e eu nem nos ouvimos. Pegamos meu caderno e minha câmera e nos sentamos um ao lado do outro no chão embaixo da janela.

— A sra. DiCoco não falou sobre o julgamento — fala Zoey.

Ela bate com o lápis no papel.

— Ela sempre gosta de ser breve com a história dela — falo. — Mas ela também confessou. Confissão é condenação. Então, não houve julgamento.

— Parece que... ela não devia ter que estar na prisão — comenta Zoey com uma careta. — Pelo menos, não por tanto tempo. É a mesma coisa para vários deles. Sua mãe? Big Ed? Eles cometeram grandes erros uma vez, mas nunca fariam de novo. Eles nunca fariam aquela *redin-ci-* *-ên*... argh! Como é mesmo?

— Reincidência — respondo entre estrondos de trovão.

— É, isso.

— A diretora Daugherty chama de ovo de ganso — digo. Faço um zero com as mãos. — O grande e lindo zero dela, porque Blue River tem taxa de reincidência de zero por cento. Ela diz que é prova de que o lugar funciona como deveria.

Zoey diz:

— Seu projeto está muito bom, Perry. Contar as histórias de Blue River… é… importante. As confissões são as que mais me afetam. — Ela coloca a mão sobre o coração. — Quando eu faço coisas ruins, é muito difícil admitir.

— É. Mas as pessoas querem ser honradas. Admitir e começar a caminhar para longe da grande coisa ruim…

— E tem Big Ed — diz ela. — Ele cometeu mesmo um crime? Ele disse que não tinha vontade de brigar. E se ele tentasse se defender em um julgamento? E se ele tivesse sido defendido por outra pessoa?

Nós paramos de falar e ouvimos o trovão conforme a tempestade se aproxima. Eu penso na mamãe. Ela confessou. Também não teve julgamento. Penso no rosto dela na telinha da câmera, em como a reconheço como mamãe, mas como também tem alguma coisa diferente nela nos vídeos. Talvez seja como Zoey acabou de falar: é difícil admitir um erro.

Mesmo assim, tem alguma coisa me incomodando, principalmente conforme escuto mais histórias de outros residentes. Volto as páginas do caderno até chegar à entrevista da mamãe. Teoricamente, está encerrada; está toda escrita. Mas parece que tem partes faltando. Olho para a primeira anotação que fiz antes mesmo de ela começar a falar. Ela sempre me disse que foi parar em Blue River porque contribuiu para a morte de uma pessoa e contou mentiras. O pai dela morreu. Agora sei disso. Mas… e as mentiras? Eu continuo lendo. Procurando.

— Onde está a parte sobre as mentiras? — pergunto em voz alta.

— Perry? O que você disse? — Um estrondo alto interrompe. Zoey se encolhe. — Uau! — diz.

Aperta as mãos sobre os ouvidos quando um estrondo mais alto soa. As paredes da sala de história tremem.

Minha mente dispara. Sobre o que mamãe mentiu? Ela me contou? Está em algum lugar aqui, na história dela de Blue River?

Vemos o brilho de um relâmpago. O céu parece respirar fundo... Eu juro que sinto de dentro da biblioteca. *Ka-ka-BUM!* O estrondo do trovão é ensurdecedor. Segundos se passam. Gotas enormes batem nas janelas da sala de história. Caem em um ritmo como se alguém estivesse jogando punhados de chuva no vidro grosso.

— Que barulhão! — exclama Zoey, as mãos ainda por cima dos ouvidos. Eu faço que sim e fecho o caderno. Vou voltar a ele esta noite.

Quando a mãe de Zoey nos encontra na sala de história, diz:

— Tom ligou e pediu para não irmos para casa enquanto isso não passar. Acho que ele está certo. — Ela olha pela janela.

A chuva ainda cai com tudo na biblioteca, em toda a David City, e provavelmente em Surprise também. Não é granizo, mas penso na mamãe, que ela disse que as bolas de gelo eram esmagadas pelos pés dela na noite do acidente. E se não tivesse tido tempestade? E se eles não tivessem entrado no carro naquela noite? Estou na sala de história tentando mudar a história. Todo mundo sabe que não se pode fazer isso.

No armário, na casa dos VanLeer, leio cada palavra da história de Blue River de mamãe. Até leio de trás para a frente. Vejo os vídeos de novo. Encontro o lugar no começo, quando ela diz que contou mentiras. Procuro em todas as anotações que tenho. Eu vejo isto:

> Perguntaram de novo e eu contei de novo, eu estava dirigindo. E finalmente contei que também tinha bebido.

Contei. Mas a gente pode *contar* qualquer coisa para alguém. Pode contar uma coisa que não é verdade. Eu me levanto no armário VanLeer. Esbarro na mala da diretora, que vira. O abajur de leitura e o relógio caem no chão. Meu coração dispara. Estou enganado?

Mas por quê? Por que mamãe diria que tinha bebido se não tivesse? Ou que estava dirigindo se não estivesse? E se mamãe não era a motorista, quem era? O pai dela? Ele estava doente naquela noite, com dores no peito. A mãe dela? Ela disse que os pais estavam os dois no banco de trás.

— Ei, Perry.

A mãe de Zoey bate na porta e coloca a cabeça no quarto.

— Ouvi um barulho. Está tudo bem?

Ela olha para trás de mim e vê a mala e o abajur. Depois, me encara por um bom tempo.

— Perry? Você está bem?
— E-estou — respondo. Minha língua mal consegue formar palavras.
— Tudo bem. — Ela se vira devagar. — Tem certeza?
Eu faço que sim. Ela vai embora.
Eu tenho que voltar a Blue River.
Tenho que perguntar a mamãe sobre as mentiras.

•

capítulo quarenta e oito

BORRACHA

No sábado, o sr. VanLeer ainda fica por perto depois que entramos pelo gargalo de Blue River. Olho por cima das cabeças e ombros dos visitantes. Um brilho cor-de-rosa intenso chama minha atenção, como se um pássaro exótico tivesse entrado voando no salão. Ouço um tilintar e uma voz:

— Oi, Perry.

Aceno de volta, mas fico confuso. É a srta. Jenrik, do refeitório da escola, o cabelo rosado em um rabo de cavalo e um capacete da mesma cor preso debaixo do braço. Ela passa por mim, toda penas e anéis, e se senta em frente a um homem com olhos tristes e afundados nas órbitas. É o sr. Wendell. O novo residente. Que não é mais tão novo assim.

Mamãe está acenando do nosso canto. Estou hesitante. VanLeer está grudado nos meus calcanhares como um pedaço grudento de chiclete. Preciso escapar dele, mas não fui rápido o bastante.

A uns cinco metros de mim, Cici Rojas está fazendo aquela coisa de ficar de pé no linóleo ao lado das máquinas de lanche com os braços cruzados. Ela vira o corpo e diz para o sr. Rojas:

— Você não pode me pegar aqui.

Ele não pode. Os residentes têm que ficar na área que tem carpete nas visitas de sábado.

A sra. Rojas chama atenção da filha:

— Cici! Respeite seu pai!

Antigamente, eu iria convencer Cici a sair do linóleo. Eu era um ajudante de Blue River. Antigamente, eu poderia levar biscoitos para a srta. Jenrik e para o sr. Wendell. Agora, estou andando pelo salão, tentando chegar até a residente que fui visitar, *e* sinto as pontas dos dedos do sr. Thomas VanLeer nas minhas costas.

— Perry, meu amigão!

O sr. Halsey se aproxima e me cumprimenta, com a palma da mão aberta para eu dar um tapa. Dou um passo à frente e bato na mão dele. Ele finge quicar uma bola entre as pernas e desvia entre mim e o sr. VanLeer. Dou uma desviada e me viro para deixar VanLeer para trás. Olho nos olhos do sr. Halsey e sussurro:

— Você pode ficar de seis?

Ele balança a cabeça em um grande e lento *sim*. Gira na direção de VanLeer e joga sua bola de basquete invisível. Bate com a mão no ombro de VanLeer e diz para ele:

— Cara, eu tenho um jogo novo para você.

— Não, não. Obrigado. Já estou ocupado hoje. — VanLeer está com a desculpa pronta. — Vou até ali acompanhar a visita de Perry à mãe...

— Não, não! Você me deu uma lavada da última vez. Um cavalheiro deixa seu oponente tentar de novo.

O sr. Halsey aponta com o indicador para o chão e acrescenta:

— Isso é espírito esportivo. É assim que se faz, *senhor*!

O sr. Halsey passa um braço ao redor de VanLeer e faz carinho no meu cabelo com a outra mão. E o leva para longe.

Sinto falta do sr. Halsey. Nós íamos jogar no pátio antes de o tempo esfriar. Antes de ele ser libertado. "Dois homens de verdade com uma bola de verdade", dissera ele. "Você e eu." Mas não houve tempo para o jogo. Não houve tempo para cortar o cabelo com a srta. Gina. Mais do que tudo, sinto falta de Big Ed, principalmente dos jantares de segunda à noite. Eu olho pelo salão. Quero voltar para casa e *ficar*. Mas tenho uma sensação estranha em relação a Blue River. Parece uma coisa que é menos do que uma casa. Não sei como isso aconteceu.

Mamãe me olha quando vou até ela. Percebo que fui eu que esqueci de correr para o abraço com giro. Ou talvez tenhamos sido nós dois.

— Perry. — Ela se debruça para falar comigo. — O que foi? — Nós damos um abraço sem jeito. — Ele está sendo chato?

Ela se levanta e coloca as mãos nos quadris em um jeito de quem diz "vai encarar?".

— Preciso dar uma palavrinha com o sr. VanLeer?

— Não.

Eu balanço a cabeça. Tenho que tirar o caroço da garganta.

Minha mãe, a conselheira de Blue River, puxa nossas cadeiras para perto uma da outra.

— O que houve, Perry?

Eu levanto o caderno e o balanço para ela.

— Sua história — digo.

— Certo...

Mamãe assente devagar. Sinto calor nas bochechas.

— Posso ler o que você escreveu?

Eu entrego o caderno, e ela baixa a cabeça para ler. São minutos que parecem horas. Fico sentado batendo a ponta de cada tênis uma na outra. Ela termina e me diz:

— Bom trabalho.

Eu pergunto:

— Eu errei alguma coisa?

— Talvez esteja faltando uma vírgula ou outra. — Ela sorri. — Mas a história está certa.

— Não parece certa — digo. — Eu entendi a parte sobre a morte. Sei que foi seu pai.

— É.

— Mas você também disse que contou mentiras. E não consigo achar nenhuma parte nas minhas anotações e nos meus vídeos em que você diz quais foram as mentiras.

— Certo.

— Certo? Mãe! Isso é horrível! É... é como se você tivesse me enganado!

— Entendo por que você acharia isso.

Os olhos dela se enchem de lágrimas.

— Mas, de verdade, eu não o enganei. Tudo o que contei é verdade.

— Mas tem mais. Não tem? — pergunto. Mamãe me olha como quem pede desculpas, e sei que estou certo. — Esse é um daqueles momentos em que eu tenho que respeitar sua privacidade de Blue River?

Tenho medo de ela dizer sim. Meus joelhos começam a quicar. Muito. Mamãe estica as mãos e apoia neles, mantendo-os parados.

— Não totalmente — responde ela.

— Tudo bem. Então, vou perguntar. Onde estavam as mentiras?

— Eu vou contar essa parte.

Mamãe inspira.

— Eu menti para a polícia e para o tribunal.

Eu a vejo engolir em seco.

— A verdade é que eu *não* estava dirigindo o carro. E *não* tinha bebido.

— Mas, mãe! Essa foi sua confissão inteira!

— Foi, sim — diz ela, e nem pisca.

capítulo quarenta e nove

JESSICA

Pobre Perry. Ele parecia um peixe fora d'água depois de um pulo ousado no lago. Ou talvez tenha sido ela quem virou o lago dele de cabeça para baixo e o derramou. De qualquer modo, Jessica queria cercá-lo de água de novo, devolver tudo o que pudesse ser familiar. Mas ele fez a pergunta, e ela deu a resposta. Ele prende a respiração e faz outra.

— Quem estava dirigindo?

Para isso, Jessica só balança a cabeça. Suor umedece as dobras da camisa, e ela começa a arrancar a pele do polegar.

— A pessoa estava bêbada? Alguém estava bêbado? — Ele queria respostas.

— Perry, essa é a parte que não vou contar para você.

— Você *não pode* fazer isso — diz Perry.

Ele está de pé de novo, zangado e talvez até em pânico.

— Eu posso, Perry. Eu sou sua mãe, e essa é uma das coisas que as mães fazem. Já contei o máximo que posso.

— Não. Não! Você está usando a voz que usa quando precisa dizer para alguém que a pessoa não pode ter uma coisa que quer. Como quando diz para um residente que uma regra é uma regra e não tem discussão.

Ela o vê inspirar duas vezes, apressadamente.

— É aquela voz de borracha. Você não pode fazer isso, não quando somos nós!

Essa é uma versão pouco vista do filho dela: ofendido e distanciado da criação de Blue River por meio de uma explosão. "Devia ser algo tão bom para ele quanto era horrível", pensa Jessica. Se Thomas VanLeer continuasse no caminho da libertação, ela precisava que o filho tivesse espírito de lutador. Mas partia o coração ver o belo rosto de Perry fazendo uma careta de confusão. Quando se acalmasse, ele lembraria que ela o amava mais do que a qualquer coisa no mundo todo? Ela engole em seco, e dói como uma garganta cheia de palitos de dentes e penas de passarinho.

— Eu nunca usaria a borracha para nos apagar, Perry — diz ela. — Mas você está certo. Não tem discussão. Eu confessei, anos atrás. Tive meus motivos. Não faz sentido olhar para trás.

capítulo cinquenta

O QUE A COTOVIA DIZ

No caminho de Blue River para casa, eu encosto a testa na janela e olho para os campos gramados. O abraço que mamãe me deu ainda está marcado em mim, como uma faixa ao redor do meu peito e ombros. Eu não queria. Lutei contra ela. Mas acho que ela me abraçou de propósito. Sabe que me sinto *distante*, como se não fosse feito do que Perry Cook era feito antes?

Na frente, o sr. VanLeer escuta um programa de rádio em que adultos contam piadas políticas. Ele ri com as vozes. Eu fico olhando os campos.

Um novo pensamento surge e enfia as garras na minha cabeça. Pela primeira vez na vida, eu acho que mamãe *não* devia estar no Instituto Penal Misto Blue River. Acho que ela não cometeu um crime, ou pelo menos não o que a fez ser condenada, não homicídio culposo.

Mas, se mamãe não devia estar lá, onde devia estar? Onde eu devia estar?

Como posso não olhar para trás se a verdade poderia mudar a história?

Pela janela, vejo o peito amarelo com mancha preta de uma cotovia ocidental empoleirada na cerca. O bico grande está aberto, provavelmente cantando. Minha cabeça inventa a letra:

Nós estávamos mentindo para você, Perry! Mentindo que sua mãe é presidiária! Estávamos mentindo sobre sua vida toda!

Isso. É isso que me dá essa sensação tão ruim. Meus olhos ardem. Os campos começam a ficar manchados, em tiras e borrões. Soluços enormes surgem. Eu os deixo em silêncio, forço-os garganta abaixo, e meu maxilar dói. Subo a jaqueta até só os olhos ficarem fora da gola. Não quero que o sr. VanLeer me escute chorando. Tenho que me recompor antes de chegarmos a Rising City.

Quando paramos, encontramos a mãe de Zoey na porta aberta da garagem VanLeer. Ela levanta a mão como quem diz para pararmos. Está com quatro cadeiras enfileiradas no piso de concreto. Há folhas de lixa usadas e enroladas para todo lado.

Quando saio do carro, acho que minhas pernas podem não me sustentar, mas sustentam. O sr. VanLeer beija a mãe de Zoey. Eles ficam lado a lado enquanto ela me pergunta sobre a minha visita.

— Como está Jessica… Como está sua mãe hoje?

— Está bem — digo. Não consigo olhar nos olhos dela.

— Tentei acompanhar Perry enquanto ele estava com a mãe hoje — fala VanLeer. — Seria legal conhecê-la melhor. — Ele suspira alto. — Mas fui convidado para participar de um jogo de cartas.

Sinto o olhar dele, mas isso não é nada para mim hoje.

— O que você está lixando?

Que burrice. É tão óbvio, mas a mãe de Zoey me responde mesmo assim.

— Umas cadeiras — diz ela. Ela e o sr. VanLeer riem. — Espero que fiquem menos aleatórias quando eu pintar todas da mesma cor. Estou pensando em azul-claro.

— Eu gosto de lixar — digo.

— É mesmo? De verdade?

Eu faço que sim.

— Eu passava as manhãs de sábado na carpintaria com Big Ed.

— Bom, pode puxar uma cadeira, e fique à vontade!

Ela ri, e eu queria poder rir junto.

Lixar é a coisa perfeita a fazer pelo resto do dia. Fico escondido atrás de uma máscara. Deixo meus ouvidos se encherem com o ruído do movimento da lixa. Eu lixo e lixo, porque uma cadeira tem muitas partes. Tiro todas as camadas de tinta até chegar na madeira. "É como a história de mamãe", penso. É como todas as histórias de Blue River, o jeito como você cava ao contrário para encontrar o começo.

— Uau! — A mãe de Zoey me dá um susto. — Parece pronto para receber uma nova camada de tinta. Que tal uma pausa, Perry? Você não está com fome?

Eu me afasto da cadeira.

— Não muito — digo. Meu estômago está instável, como o resto de mim. — Posso começar outra cadeira?

— Você está bem, Perry?

— Estou.

— Tudo bem. Pode começar outra se quiser mesmo. Vou me lavar e fazer um sanduíche para você. Só metade. Pode ser?

— Claro — digo. Acho que vou ter que tentar comer.

A mãe de Zoey para na garagem.

— Perry, se eu puder ajudar em alguma coisa, você vai pedir, não vai? Não tem problema em pedir ajuda.

Eu faço que sim com a cabeça, mas não tem nada que ela possa fazer. Enquanto trabalho na cadeira seguinte, eu penso nisso. Eu quero ajuda para mamãe. Quero que alguém olhe para a história dela, de verdade. Só conheço uma pessoa que poderia fazer isso.

O problema é que a única coisa que ele fez por mamãe foi causar um monte de problemas.

capítulo cinquenta e um

UMA PERGUNTA PARA VANLEER

Durante todo o domingo, só quero falar com mamãe. É difícil saber o que eu sei sobre a confissão dela. Os residentes de Blue River falam sobre se erguer e se reconciliar com eles mesmos. Mamãe fez isso. Mas eu, não. Odeio a situação ruim entre nós. Sei que gritei com ela. Agora, tenho que esperar até terça-feira, quando o Livromóvel Azul da Buck me levar novamente para Blue River, para podermos conversar de novo.

Na noite de domingo, temos um problema na casa VanLeer. Zoey Samuels sente dor de dente. Ela quase consegue terminar o jantar, mas começa a gemer.

— Tem alguma coisa errada — diz ela, e deixa o maxilar pender.

Ela sai da mesa e vai se sentar no sofá da sala. Diz:

— Mãe, está doendo muito. Está latejando.

— Ugh. Sinto muito — diz a mãe dela. — Vamos ter que aguentar a noite, e ligo para o dentista logo de manhã cedo.

A mãe de Zoey lhe dá dois comprimidos com água. Depois, dá um saquinho de chá molhado para ela morder. Corro até o quarto dela e pego um travesseiro da cama.

O sr. VanLeer se senta ao lado de Zoey. Está fazendo umas coisas idiotas de Tom, o padrasto. Está balançando a gravata para Zoey e falando como um personagem de desenho animado. Ela se contorce para longe dele e enfia o rosto nas almofadas.

— Você está de brincadeira? — geme a versão abafada de Zoey. — Esse dente está me matando, e você está me irritando.

Ela estica o braço para trás para afastá-lo.

— Ah, caramba — diz ele. — Robyn, a coisa não está boa.

O sr. VanLeer faz carinho no braço de Zoey e pede desculpas.

— Eu só quero ir para a cama — fala Zoey. Ela bota a mão no rosto. — Quero dormir. Mamãe, e se eu não conseguir dormir?

— Você vai descansar. Venha, vamos ver se conseguimos deixar você confortável...

Elas seguem juntas pelo corredor na direção do quarto de Zoey.

Isso me deixa com Thomas VanLeer.

— Que tal nós cuidarmos dos pratos? — pergunta ele.

Nós fazemos isso. Eu jogo os restos fora. Ele passa água e coloca na lava-louças VanLeer. Pego o pano úmido e limpo a mesa. Quando me viro, vejo que o sr. VanLeer estava me observando.

— Você anda bem pensativo hoje — diz ele. — Sabe o que quero dizer?

— Sei. Você quer dizer que está me vendo pensar em coisas.

— Exatamente.

— Eu tenho muito em que pensar.

— Perry, isso parece uma coisa tão pesada. Você... você é jovem! Não devia ter preocupações. Por que não me diz o que está na sua cabeça? Talvez eu possa me preocupar no seu lugar.

Ele me olha e espera.

— Bom, primeiro, andei pensando no que você disse, que me ajudaria como pudesse.

VanLeer me olha sem entender.

— Você disse isso quando foi entrevistado no *Contando no Condado de Butler*, com Desiree Riggs.

— Ah. Certo.

Ele pisca. Revira os ombros como se um bicho tivesse pousado nas costas.

— E vou mesmo.

— Você sabe que estou escrevendo histórias para o meu trabalho do colégio, certo?

— Sim, você está entrevistando os prisio... er... residentes.

Eu hesito.

— Acho que tem uma coisa errada com uma das histórias.

— Bom, e por que isso? Você quer dizer que acha que descobriu uma coisa? — Ele se inclina para mim, e acho que quer ouvir uma coisa sinistra. — Que história, Perry? De quem?

— Da minha mãe — respondo.

Ele se move como se eu tivesse apertado um botão nele, o botão de se contorcer.

— Perry, eu sei que você quer acreditar que sua mãe é inocente. É perfeitamente natural. E eu queria que ela fosse. Mas não é. Você sabe por que ela foi presa, não sabe?

— Sei que a acusação foi homicídio culposo.

— Exatamente. Sei que deve ser difícil. Eu queria que você não tivesse que saber nada sobre o crime dela.

— Bom, antes eu não precisava saber. Mas agora está nos afastando. Eu preciso descobrir tudo o que puder. Então, sei que você tem muitos arquivos no seu escritório...

É quase impossível dizer o que vem em seguida. Mas eu tenho que fazer isso.

— Eu queria saber se você consegue o arquivo da minha mãe.

— Eu já tenho o arquivo dela, Perry.

— Você o quê? — Estou quase caindo, como um poste.

Ele começa a explicar.

— Sabe, é meu trabalho revisar o arquivo dela antes da data do pedido da condicional e fazer uma recomendação ao comitê. Era o que eu estava fazendo quando descobri sua situação. De você ter sido criado naquela prisão.

Eu aperto os olhos.

— Mas eu achei... e Zoey achou... que você começou a pesquisar depois que soube que eu morava lá.

— Eu tinha pedido muitos arquivos, Perry. O da sua mãe era um deles. Fui indicado na direção dele pelo que Zoey disse.

— Bom, se você quer saber, morar em Blue River não era problema nenhum para mim.

Ele dá um sorriso pequeno.

— Bom, podia parecer que não tinha problema, mas não era o certo — diz ele. — Eu não tentaria fazer você entender, Perry, porque é o tipo de coisa que nós, adultos, temos que resolver.

— Você ainda está olhando? O caso ou o arquivo dela, sei lá?

— Estou.

— Vai fazer a tempo da audiência de condicional dela?

— Sua mãe não tem data marcada — responde ele. — O pedido dela de condicional está pendente. Quer dizer que não foi aceito, Perry.

Eu o encaro, e ele, a mim. De repente, eu sei. É por *isso* que mamãe estava para baixo antes de eu sair de Blue River. Não foi só o fato de VanLeer estar me tirando de lá. É por isso que ela não carrega mais a pasta de Novo Começo. Mamãe sabe que não vai sair tão cedo, mas não quis me contar. Minhas entranhas começam a tremer. Eu olho para os espaços na cozinha VanLeer. Quanto tempo, então? Quanto tempo vou ficar aqui? Quanto tempo mais longe da minha mãe?

— Você... — digo para VanLeer — ... você entregou uma carta negativa para ela. Não entregou?

Eu fecho os olhos por um segundo, mas isso me deixa tonto.

— Já ouvi esse termo. É o que dizem lá dentro. Mas isso é usado mais quando vem do comitê de condicional em uma audiência.

A fala de VanLeer é lenta e cadenciada.

— Isso, o que eu fiz, foi um pedido para um adiamento formal da audiência de condicional para dar tempo para uma investigação. É um pouco diferente.

— Mas quer dizer que ela fica. Que ela vai cumprir mais tempo — digo. Já vi acontecer com outros residentes. Não muitas vezes.

— É um adiamento — diz ele de novo. O tom é frio e tranquilo.

Quero sair correndo da casa. Mas me obrigo a ficar e pergunto:

— Quando a audiência de condicional vai ser colocada de volta na linha do tempo dela?

Mal consigo respirar. Estou tentando esconder de VanLeer.

— Isso não foi decidido — diz ele. Os olhos se desviam de mim. — Tenho que rever o caso dela. É complicado por muitos fatores, Perry.

— Mas é só porque eu estava morando em Blue River, não é? É com essa parte que você se importa. Você fez a diretora ser suspensa também, não foi?

— Perry, não seria certo eu contar outras coisas para você. Os adultos estão cuidando disso — diz ele.

Ele dá um passo na minha direção. Eu dou um passo para trás.

— Eu juro que meu objetivo é ajudar você.

capítulo cinquenta e dois

BRIAN

Zoey Samuels passou metade da noite acordada com o dente doendo. Eu sei porque também fiquei acordado, fervendo de raiva do sr. Thomas VanLeer e deixando todas as notícias ruins corroerem um buraco em mim.

Acordo cansado de manhã. Fico deitado no colchão no armário VanLeer e olho minha linha do tempo. Vou ter que aumentá-la, fazer dar a volta nas paredes? Eu rolo e encosto o rosto no travesseiro até meu nariz parecer achatado. Dou um grito nele. E rosno. "Não suporto você, Thomas VanLeer!"

A mãe de Zoey vai deixá-la dormir até mais tarde hoje. Elas vão ao dentista mais tarde. Passo pela porta do quarto dela nas pontas dos pés e faço um pedido para o dente ficar bom logo.

Vou à escola sozinho. Olho para os pés ou para nada bem à minha frente.

— Ei, Cook!

Brian Morris aponta para mim com os dois indicadores. Os amigos dele olham.

— A corrida de uma milha está chegando. Se prepare para ser massacrado! Pelo segundo ano seguido.

Não tenho nada para dizer. Não ando pensando na corrida. Não tenho nem corrido. Só cambaleio em pés cansados. Os garotos riem e se espalham.

Vejo a srta. Maya vindo dar uma olhada em mim. Ela faz isso quase todos os dias. Eu conto sobre o dente de Zoey.

— Ah, que horror! Diga que espero que ela fique melhor rápido — diz ela. E me pergunta: — Como está indo seu projeto do condado de Butler, Perry? Tentei saber da sala toda na sexta. Mas não vi o seu e o de Zoey.

A pergunta da srta. Maya me faz baixar a cabeça.

— Bem — digo, e consigo assentir enquanto olho para as pontas dos sapatos. — Algumas histórias são difíceis. Você sabe.

— Imagino que seja bem tocante.

Ela está certíssima. Não quero falar sobre as coisas que descobri da história da mamãe. Parece particular demais. Talvez não para a srta. Maya, mas para o saguão da escola.

— Escrevi todas as histórias — digo. — Acho que está bom. Mas tenho algumas filmagens em vídeo, e queria poder usar também...

— Ah, claro — diz a srta. Maya. — Seria legal! Videografia, certo? Você ainda tem tempo. Não sei como ajudar você com isso, Perry, mas você sabia que tem um grupo de alunos que se reúne na biblioteca? Eles têm um clube de vídeo.

— É, eu sei. Eu usei a sala uma vez. Mas, não sei...

— Vá de novo! Veja o que andam fazendo. Faça perguntas. Ou mexa sozinho no programa de computador. Pronto! Essa é sua tarefa do dia — diz ela com um sorriso. — Vá dar uma olhada nisso.

Ela olha para o relógio, me cumprimenta com a cabeça e vai para a sala de aula.

Passo a manhã tentando fazer anotações caprichadas nas aulas para passar para Zoey quando a encontrar à noite. Fico pensando em como está o dente dela e sinto falta dela à beça, principalmente quando chega a hora do almoço. Sou um dos últimos garotos na fila.

— É Perry! — diz a srta. Jenrik.

Ela passa meu cartão com um tilintar e um sorriso. Digita meu código especial. Eu me pergunto se vai dizer alguma coisa sobre ter me visto em Blue River.

— Zoey não veio hoje? — pergunta.

Ela curva os lábios para o lado para soprar o brinco de pena da bochecha. Eu conto sobre o dente de Zoey.

— Aaah! Ai!

A srta. Jenrik se encolhe. Acho que é uma daquelas pessoas que não conseguem falar sobre dor de dente, da mesma forma que algumas pessoas não conseguem falar sobre aranhas ou cobras.

Eu passo com a bandeja por Brian Morris e pelos amigos dele e vou até meu cantinho na ponta da mesa. É estranho não ter Zoey na minha frente. Olho para o espaguete, para as torradas e para as fatias de abobrinha na bandeja. Olho para o lugar vazio de Zoey enquanto como.

Não demora para uma bolinha de guardanapo amassado voar para cima de mim. Eu me encosto e ignoro o primeiro, mas o segundo cai na minha bandeja. Eu olho para os garotos. Olho intensamente.

— Onde está sua namorada? — pergunta um deles.

— Não é namorada dele — diz outro. — Ela é *irmã* dele agora. Ele foi adotado.

— Não fui, não! — Eu me sento ereto e me viro para olhar para eles. — Eu não sou adotado! Eu tenho mãe!

— Bom, então por que você foi morar na casa da Zoe-Zangada?

O garoto curva os dedos como garras. Brian Morris está em silêncio. Fico querendo saber o que ele tem.

— Ela não é Zoe-Zangada — digo. — Está bem calma agora, caso você não tenha percebido.

O engraçado é que *eu* não me sinto calmo e acho que minha voz parece rosnada. Olho para minha bandeja de almoço. Não quero mais a comida. As bolas de guardanapo estão com molho de espaguete... do espaguete de outra pessoa. É uma coisa que me dá muito nojo. Além do mais, não acredito que eles disseram que fui adotado... e que querem dizer que foi pelo VanLeer! Quero um travesseiro para enfiar a cara e gritar.

As botas pesadas da srta. Jenrik passam por cima do banco na minha frente. *Clunk-clunk*. Ela ocupa o lugar de Zoey.

— Posso fazer minha pausa aqui com você?

Ela inclina a cabeça cor-de-rosa para mim.

— Claro — digo.

Ela sorri para mim enquanto balança uma caixinha de leite com uma das mãos. Tira o papel de um canudo. Olha para Brian e os amigos.

— Oi, garotos. Tudo bem? Como está o *pisguete*? — pergunta ela, e aponta para o macarrão na bandeja deles.

— Bom — diz um dos garotos, e baixa um pouco a cabeça.

— É mesmo? Não parece tão bom. — Ela aponta a unha preta brilhante para a bola de guardanapo ao meu lado e franze o nariz. Em seguida, sorri, e os garotos começam a rir. — Ei, Perry, você está usando sua colher?

— Não — falo.

Eu entrego para ela. Ela usa a colher para jogar as bolas de guardanapo para os garotos.

— Lixo — diz ela. — Vocês estão sendo meio nojentos, não estão?

Brian Morris dá de ombros e ri um pouco.

— Estamos — responde ele. Seu rosto está vermelho.

— É — diz a srta. Jenrik. — Acho que vocês podem parar com isso.

Ela toma leite pelo canudo e olha para mim. Em seguida, diz:

— Ei, Perry, desculpe por não tido oportunidade de falar com você naquele dia em Blue River. O tempo passa rápido nos dias de visita, né?

Fico paralisado por conta da questão da privacidade; a dela, não a minha. Brian e os amigos já sabem que minha mãe é residente. A srta. Jenrik está me olhando. Ela não tem medo.

— Você vai no sábado que vem? Vou apresentar você para o meu pai.

— Seu pai? O sr. Wendell? — sussurro.

Ela sorri.

— O sr. Wendell Jenrik. — Ela aponta para o crachá com o nome dela. Até se vira um pouco para os garotos verem. — É meu pai — fala abertamente e toma outro gole de leite. — Eu morro de saudade dele.

Dou um sorrisinho para ela. Ainda não vou conseguir comer meu almoço e não estou feliz de o sr. Wendell Jenrik estar preso, mas estou sentado em frente a uma amiga de verdade. É uma vitória inesperada.

Depois da aula, vou até a biblioteca sozinho. Começo na sala de história, mas só fico alguns minutos. É solitário sem a Zoey. Boto na cabeça que vou dar outra olhada no programa de edição de vídeo, como a srta. Maya sugeriu. Não é dia de Campo de Treinamento em Vídeo. Então talvez, só talvez, uma coisinha possa dar certo e eu descubra que Brian e os amigos estão fazendo outra coisa hoje.

A porta está aberta, então eu entro. Olho para o computador que Zoey e eu usamos alguns dias atrás. Vejo a parte de trás da cabeçona de Brian. Claro, ele chegou primeiro. Eu começo a me virar. Mas paro. Na tela na frente de Brian, vejo Big Ed. É uma imagem que é aproximada por vários segundos e para. Brian Morris clica no track pad. Aperta uma seta, e a imagem de Big Ed é aproximada lentamente de novo, enquanto toca uma música suave.

— Ei! — digo, destruindo o silêncio. — O que você está fazendo?

— Nada! — Brian se levanta da cadeira. As bochechas ficam vermelhas.

— Não parece nada. Esse arquivo é meu! — falo alto.

Brian olha para o salão principal da biblioteca, com expressão nervosa e culpada. Deve haver regras de privacidade em relação aos arquivos dos outros, e aposto que Brian sabe.

— Tudo bem, nada é que *não* é — diz ele. Ele tenta manter a voz baixa. — Eu... eu estava fazendo umas edições, para mostrar...

— Mostrar o quê? Mostrar para os seus amigos jogadores de guardanapo? Para espalhar por aí sem motivo? — Uma bolinha de cuspe voa da minha língua.

— Não, para mostrar pra *você* como...

— Onde você conseguiu essa foto?

— Eu extraí do seu vídeo como imagem. Coloquei música junto, mas você pode gravar sua voz para contar a história.

Ele está falando rápido, rápido demais, como se estivesse explodindo com informações.

— Não! — exclamo.

Devo estar maluco de ter ficado ouvindo-o falar por tanto tempo. Zoey estava certa sobre Brian Morris. Eu não confio nele.

— Apague — digo. — Na verdade, pode deixar que eu mesmo faço!

Dou um pulo até o lugar dele no computador. Meus dedos tremem sobre o cursor do notebook.

— Idiota — murmuro enquanto clico para apagar a imagem de Big Ed. Estou falando de mim; eu sou o idiota por deixar os vídeos no computador. Não sei o que Brian acha. Não ligo.

O computador me mostra uma janela perguntando se tenho certeza de que quero apagar o arquivo de forma permanente. Eu clico em *sim*. Levanto-me da cadeira e sigo para a porta. Ouço Brian Morris me chamando.

— V-você pode levar o laptop emprestado e aprender a usar o programa. É fácil...

Estou tentando me afastar dele. A tira da minha mochila fica presa e me puxa para trás. Eu puxo para soltá-la. Derrubo uma cadeira e preciso parar para levantá-la. Todas as pessoas de todas as mesas da biblioteca se viram para olhar o idiota do Perry Cook.

capítulo cinquenta e três

UM ENCONTRO POR ACASO

Meu coração ainda está disparado quando chego na mesa de empréstimos. O sr. Olsen está lá. Hoje tenho permissão especial para ir andando até o escritório do sr. VanLeer e esperar lá pela carona para casa.

— Pode me dar permissão para sair? — digo.
— Você está saindo meio cedo, não está?

O sr. Olsen aponta o relógio com seu jeito peculiar, dedo dobrado e depois esticado. Eu também não acredito: estou preferindo ir para o escritório do sr. VanLeer bem antes da hora em que preciso ir.

— Um pouco — murmuro.

Trinta e dois minutos é mais do que um pouco, mas não vou dizer isso para o sr. Olsen.

— Acho que não tem mal nenhum... desde que você vá direto para lá.

Ele me dá permissão para sair.

Eu atravesso a rua de tijolos na esquina e sigo para o prédio em frente ao tribunal, o que tem a porta envernizada. Seguro a maçaneta de metal e fico olhando para a madeira brilhante da cor de mel. Eu lembro que tirei uma foto dessa porta porque sabia que mamãe ia gostar, e ela gostou mesmo. Eu penso de novo na pasta de Novo Começo dela. Ela tem olhado a pasta? Ainda fica de olho na casa para alugar na Button Lane? Acho que não, não depois do que VanLeer fez.

Solto uma baforada de raiva e aperto a maçaneta de metal. Eu não devia ter vindo tão cedo. A última coisa que quero é ficar sentado na sala com ele. Decido entrar e ficar na escada lendo por um tempo.

Estou prestes a abrir a porta quando alguma coisa me faz parar. É um sentimento, como um ímã me atraindo pelo ar. Eu me afasto da porta.

Viro a cabeça e olho para um local vários prédios depois, na mesma rua. E vejo meu ímã.

— Diretora? Diretora Daugherty!

O tempo parece passar mais devagar quando ela levanta o rosto da bolsa, que está pendurada em um braço, balançando. As pálpebras estão baixas, mas sobem lentamente. A cabeça vira devagar. Meu coração se espalha embaixo das costelas como uma mão enorme e quente.

Os ombros da diretora pendem para longe das orelhas. Ela se empertiga. Vejo os lábios formarem meu nome.

— Perry!

Estamos em tempo real de novo. Eu corro para encontrá-la.

Há tanto a ser dito, e vou dizendo tudo, o mais rápido que consigo. Desde que saí de Blue River, estou com a sensação de que a diretora não podia me ver. Ninguém falou nada sobre isso, mas aqui, na rua, sinto como se um gancho fosse cair do céu, me pegar pela camisa e me puxar para longe dela. Isso não acontece. Nós conversamos e conversamos mais. A diretora Daugherty quer saber tudo sobre como eu estou. E eu conto.

Quando chego na parte de escrever as histórias de Blue River, ela vira o rosto para cima e respira fundo.

— Que maravilha! É tão importante, Perry.

— Eu queria ter conseguido a sua história também, diretora. Você faz parte da minha família de Blue River... — Fica difícil falar.

— E você da minha — diz ela.

— Me desculpe por tudo. E-eu soube que você foi suspensa.

— Ah... — Ela parece surpresa de eu saber. — Sim, mas isso... bom... está tudo bem — desconversa ela. — Deixei seu amigo Super-Joe no comando e estou bem com isso.

— Mas, se você não tivesse me deixado ficar em Blue River...

— Eu não tenho arrependimento nenhum, Perry — fala com segurança.

— A srta. Maya me disse que você devia se sentir assim — digo. — Você acha que vai voltar? Que vai poder ser diretora de novo?

— Ah, pode acontecer. Mas enquanto as coisas estão sendo decididas sobre mim, eu também estou me decidindo sobre as coisas. — Ela sorri. — Vou ficar bem, aconteça o que acontecer.

— Você acha que a minha mãe vai ficar bem?

— Vai. — A diretora aperta um pouco os olhos. Ela assente. — Sua mãe é uma mulher forte.

— Você sabe o que VanLeer fez, não sabe? Fez a audiência dela ser adiada.

Eu quase me engasgo com as palavras.

— Sei — responde ela, a boca apertada. Ela levanta o indicador. — Ele pode arrastar a investigação enquanto tenta construir um caso. Mas não pode adiar para sempre, Perry. É contra a lei. Lembre-se disso.

Eu me agarro a isso, porque é a primeira boa notícia que recebo há dias. Estou morrendo de vontade de perguntar à diretora em quanto tempo ela acha que pode acontecer. Quando poderíamos ter a audiência na linha do tempo novamente? Quase conto para ela a outra coisa que eu sei, que a confissão da mamãe foi mentira. Nós nunca devíamos ter ido para Blue River. Eu me pergunto se a diretora também sabe disso. Toda a minha vida, a diretora Daugherty sempre soube tudo, tudo no mundo todo.

— Eu não devia prender você aqui, Perry. Tenho coisas a fazer... e desconfio que você devia estar em outro lugar.

Ela olha para trás de mim, para a porta envernizada na mesma rua.

— Diretora Daugherty... — Sei que ela tem que ir, então pergunto rápido: — Quando mamãe tiver a audiência de condicional, você vai estar lá? Vai ter permissão de ir?

Ela levanta uma sobrancelha para mim.

— Eles que tentem me impedir.

— Oba! — digo.

Ela vai falar a favor da mamãe. Precisamos dessa audiência.

A diretora abre os braços e nós nos abraçamos.

— Que sorte encontrar você hoje, Perry. Senti tanto a sua falta! — Ela dá um passo para trás e me olha inteiro.

— Eu ainda estou com a sua mala — digo.

— Não preciso mais dela. É sua mala agora.

Eu agradeço à diretora de todas as formas que consigo bem ali, na rua, e concluo que ela sabe que não é só porque me deu uma mala.

Quando ela se vira, eu reparo em uma coisa. Ela se move devagar, bem menos como um brinquedo de dar corda com rodinhas embaixo, bem menos como a diretora que conheço a vida toda.

capítulo cinquenta e quatro

SOZINHO NO ESCRITÓRIO DE VANLEER

Depois do meu encontro surpresa com a diretora, eu volto pela rua até o escritório de VanLeer e entro pela porta envernizada. Não estou mais tão adiantado. Mas meu plano é o mesmo; vou me sentar na escada e ler até as cinco horas.

Mas, quando olho escada acima, tem uma pessoa olhando para baixo. É a recepcionista que fica a uma mesa no espaço aberto no patamar.

— Ah! — diz ela. — Você é o garoto de... o garoto que... você está morando com a família VanLeer.

Ela balança a cabeça, como se estivesse com teias no cérebro.

— Perry, não é?

Eu faço que sim. Obrigo-me a sorrir. Pelo menos, ela não acha que eu fui adotado.

— Venha — diz ela, com um gesto amplo da mão.

Eu subo a escada. A cada passo, eu penso: "Droga, porcaria, droga, porcaria." Vou ter que ficar com o sr. VanLeer, afinal. Não sei se aguento.

— Você chegou cedo — observa a recepcionista. — O sr. VanLeer ainda está no tribunal. Só deve voltar daqui a uns vinte minutos...

Que bom!, quase falo em voz alta.

— Humm... — Ela olha o relógio na mesa. — Quatro e quarenta. O sr. VanLeer me disse para deixar você esperando na sala dele se você chegasse antes. Acho que não imaginava que você fosse chegar tão cedo — diz ela —, mas vamos cumprir com o plano.

Ela faz um sinal. Eu a sigo pelo corredor.

— Lamento dizer que é mais comum o sr. VanLeer voltar tarde do tribunal do que cedo.

Eu não digo que, por mim, tudo bem.

A porta está aberta. A cadeira de rodinhas do sr. VanLeer está afastada da mesa. Penso em correr e pular nela. Eu poderia rolar pelo piso, como fazia com a cadeira da diretora em Blue River. Mas a recepcionista está olhando, e eu só percorreria alguns poucos metros até me estatelar na estante de VanLeer. Além do mais, não sei se ainda sou o Perry Cook que anda de cadeiras de rodinhas.

— Vou abrir um espaço na mesa.

A recepcionista começa a empurrar as pilhas de caixas para a esquerda. Dá um pequeno grunhido enquanto coloca uma em cima de outra.

— Ufa! — Ela respira fundo. — Como papel é pesado! Agora, aposto que você está com fome.

— Obrigado — respondo. — Mas comi uma barrinha de cereal na biblioteca.

A barrinha de cereal me faz pensar em Zoey e no dente doendo. Já deve haver alguma notícia dela. Espero que esteja melhor. Espero que consiga comer. Se ela estivesse comigo, teria conhecido a diretora.

— Bom, vou estar à minha mesa se você precisar de alguma coisa.

A recepcionista acena ao sair.

Eu fico sozinho no escritório do sr. VanLeer.

Coloco a mochila no chão e puxo uma cadeira até a mesa comprida. Meus olhos vão direto para as caixas, primeiro uma e depois outra. Estão todas enfileiradas com as pontas viradas para fora, e cada uma tem uma etiqueta. Parecem caixas de sapato em uma prateleira de loja, só que maiores. Em cada uma tem a história de alguém. Em uma delas está a história da minha mãe. Puxo o lábio inferior para dentro da boca e mordo.

Eu olho as etiquetas. Algumas são digitadas. Outras são escritas à mão. Mas todas têm três linhas: um número de caso, um nome e uma data. Bem na minha frente, vejo o número de caso 1242-89. O nome é HAYES, M. A data é 21-6-98. Em cima de HAYES, vejo PENDERS e depois BROWN. Começo a olhar todas as caixas da mesa em busca de um *C* de COOK. Meu coração pula quando vejo COO. Mas o resto é PER, de COOPER.

"Onde está COOK?", pergunto a mim mesmo. Fico de pé em frente à mesa e giro para olhar todo o escritório. Vejo prateleiras e livros e os documentos na parede, e o favorito do sr. VanLeer, o prêmio Spark. Ele disse que estava com o arquivo de mamãe no escritório. Tem que estar aqui... a não ser que ele tenha mentido. Eu olho a mesa dele. Tem um monte de papéis ali, mas nada que diga COOK, e nenhuma caixa no chão ali perto, que é onde me parece que ficaria uma caixa na qual ele estaria trabalhando.

"Mentiroso", penso. Ele não está com o arquivo dela. Não está ajudando.

Eu desisto e volto até a mesa comprida para começar meu dever. É nessa hora que vejo mais caixas. Muitas. Estão empilhadas no chão, perto do lado esquerdo da mesa. Tem três fileiras com três caixas empilhadas em cada uma, e fileiras idênticas atrás, um total de dezoito caixas.

Olho por cima do ombro para a porta aberta e me pergunto se VanLeer pode estar chegando. Sinto que não passou tanto tempo ainda.

É mais comum o sr. VanLeer voltar tarde do tribunal do que cedo.

Foi o que a recepcionista disse, e ela deve saber. O relógio do escritório diz 4h46. Leio as etiquetas na fileira da frente. Encontro HOLMES, GOLDMAN, TARNOW e seis outros nomes que não são COOK.

Tenho que olhar a fileira de trás. Mas e se VanLeer entrar? Eu devia estar fazendo o dever. Espalho todo o conteúdo da minha mochila, livros, cadernos, câmera, lápis, algumas migalhas e uma embalagem de barrinha de cereal em cima da mesa, no espaço que a recepcionista abriu para mim. Abro o caderno. Jogo o lápis no chão. Se VanLeer me pegar movendo caixas, eu posso dizer que estava procurando meu lápis. Meu coração dispara. Não estou acostumado a mentir.

Eu me agacho no chão e movo a primeira pilha de caixas. São pesadas, mas deslizam no tapete. De quatro, eu inclino a cabeça para ler a fileira de trás. ANGEL, JAMISON, MARTIN.

Coloco as caixas no lugar e puxo a fileira do lado. Estou vendo só as primeiras letras agora. Vejo RO, TER, DUT. Nada de COOK ainda. "Droga!" Dou uma espiada ao relógio; são 4h50. "Anda, Perry! Anda!" Última fileira de caixas, última chance. Eu entro embaixo da mesa. KU, SO, SK.

Nada de COOK.

Meu coração despenca até a barriga. Coloco a pilha no lugar e afundo na cadeira. Estou com calor no casaco de lã... e estou com raiva. Bato com o punho na mesa. "Mentiroso!" Alguém devia saber como VanLeer é mentiroso. Quem é o chefe dele, afinal? Estico o pé. A ponta do sapato bate em alguma coisa que parece outra caixa. Eu deixei mesmo passar a caixa que estava mais perto de mim esse tempo todo? É possível...

193

Respiro fundo e penso: "Ah, por favor, por favor..."

Eu deslizo da cadeira. Fico inclinado para o lado para olhar o canto escuro embaixo da mesa. Aperto os olhos e leio: LAWSON.

— Aaaargh!

Empurro a caixa com força com o pé. Sinto-a bater em outra coisa atrás. Estico a perna embaixo do canto da mesa. Toco a caixa LAWSON com a ponta do tênis. Empurro um pouquinho.

Vejo uma última caixa. "A última caixa do mundo todo", penso. Eu engulo em seco. Empurro LAWSON de novo. Na última caixa, vejo um *C*... e um *O*. Eu inspiro fundo. Sinto o ar seco do escritório fazendo meus olhos arregalados arderem. Empurro a caixa outro centímetro e vejo outro *O*... e *K*! Depois, vejo a letra *J*, de *Jessica*.

Bato a testa com uma força incrível na beirada da mesa quando me abaixo até o chão. Pisco e empurro a caixa LAWSON para o outro lado. Coloco as mãos na que diz COOK. Sinto que estou tocando em dinamite.

A tampa está solta, um pedaço da fita adesiva foi cortado. VanLeer não estava mentindo! Ele olhou dentro dessa caixa. Mas eu me pergunto: quando? Quanto tempo atrás? Provavelmente quando me tirou de Blue River. Eu aperto bem os olhos e volto a abri-los. Não paro de pensar nisso. Estou na corrida mais importante da minha vida.

Estico a cabeça para olhar o relógio. São 4h52.

Tiro a tampa da caixa e olho para a pilha de papéis lá dentro. Não parece muita coisa, considerando que é a vida toda de uma pessoa. Acho que esses papéis são mais velhos do que eu. Mas é muita coisa para ler em oito minutos, isso se eu tiver oito minutos, *e* sei que os papéis estão cheios de palavras quilométricas. É o tipo de coisa que os residentes tentam aprender na biblioteca de direito de Blue River.

Puxo a gola do casaco para ventilar o pescoço suado. Tenho que fazer alguma coisa antes que VanLeer volte do tribunal. "Pense rápido."

Estico a mão até a mesa e pego minha câmera.

capítulo cinquenta e cinco

VIRANDO E FOTOGRAFANDO

Como posso me esconder embaixo dessa mesa e tirar um monte de fotos? Não consigo. Está escuro, e vou bater a cabeça de novo. Preciso de espaço e luz. Uso os dois braços para tirar a bagunça da minha mochila do caminho. Pego toda a pilha de papéis da caixa, da grossura de um livro fino, e coloco na mesa. Tenho a luz da janela, *e* (não acredito que não me lembrei disso antes) essa janela dá vista para a rua! Consigo *ver* o tribunal! Posso ficar de olho em VanLeer.

— Viva! Uma vitória!

Paro com a câmera acima da primeira página. Minhas mãos estão tremendo.

— Calma, calma — sussurro para mim mesmo.

Coloco o máximo da página no visor e deixo a câmera fazer foco automático. Vejo contornos relativamente claros nas letras e tiro a foto.

Viro as páginas depressa, mas mantenho a pilha organizada. Vejo o nome da mamãe, mas não paro para ler. Crio um ritmo. Fotografo, viro. Fotografo, viro. Olho pela janela, verifico o tribunal. Depois, fotografo e viro mais duas.

Parece levar uma eternidade, mas chego na metade sem sinal de VanLeer. E se ele passou e eu não vi? E se ele já tiver entrado pela porta envernizada e estiver subindo a escada? Não. Não pode ser. Eu estava olhando. Sei que estava.

É mais comum ele voltar tarde do tribunal do que cedo. Foi o que a recepcionista falou. Respiro fundo e continuo fotografando. Mais seis páginas. Mais dez. Olho pela janela, e lá está ele. Está nos degraus do tribunal. Está falando com um homem e uma mulher. VanLeer adora falar. Fico morrendo de medo, mas fotografo mais duas páginas, e não só com linhas de tipologia e letras grandes desta vez. Uma é a foto de duas estradas se cruzando. A outra é um desenho. Sem tempo de observá-lo, viro a página.

Olho lá para fora novamente. VanLeer está descendo do meio-fio para a faixa de pedestres. Mais dois cliques e me obrigo a soltar a câmera. Reúno os papéis e ajeito. Coloco na caixa. Boto a tampa no lugar e deslizo a caixa até o canto, atrás de LAWSON. Deixo como a encontrei. Olho pela janela de novo. Não vejo VanLeer. Ele deve estar lá embaixo. Imagino a mão dele na maçaneta.

Os segundos se arrastam. Meu coração batuca em batidas de baixo e bateria no corpo. Eu devia me sentar e fingir estar estudando. Mas não consigo. É só uma sensação, mas preciso me posicionar bem longe da caixa. Coloco a câmera na mochila e deixo todo o resto das coisas na mesa. Atravesso a sala e paro na frente da parede onde está o prêmio Spark do sr. VanLeer. Fico olhando para ele. É lá que estou quando ele passa pela porta com janelinha de vidro.

— Oi, Perry — diz ele.

Ele quase esbarra em mim. Parece feliz de me ver. Sinto uma onda de culpa.

— Está esperando há muito tempo?

— Não muito. — Minha voz sai irregular. Não sei se ele repara.

O sr. VanLeer sorri para mim.

— O que você está olhando? — pergunta ele. Olha para a parede. — Ah, meu prêmio Spark?

Ele está sorrindo quando coloca a pasta na mesa e a abre. Tira alguns papéis e guarda outros dentro. Ele leva trabalho para casa todas as noites. Ele trabalha muito. Mas isso não quer dizer que trabalha no arquivo da mamãe. Quem sabe há quanto tempo está naquele canto? Eu aperto os olhos. Queria que tivesse um jeito de saber... uma câmera escondida... uma mosca na parede... um espião no escritório de VanLeer...

Volto para a mesa comprida, reúno meus livros e papéis e coloco tudo na mochila. Enfio a mão para ter certeza de que a câmera está lá. O tempo todo, sei que as pontas dos meus tênis estão a pouca distância da caixa que diz COOK, J.

Coloco a mochila nas costas e atravesso a sala de novo. Paro para olhar o prêmio na parede uma última vez. O sr. VanLeer se junta a mim. Ele suspira e diz:

— Olho para esse prêmio todos os dias, e ele me lembra do que quero fazer, de tudo o que planejei. Ele me lembra de sonhar — diz ele. — Mas é claro que não se pode só sonhar, é preciso agir. É preciso treinar e se preparar. Foram quatro anos de faculdade, mais três anos intensos na especialização em direito, mais dois anos de estágio e um ano como assistente em…

Minha cabeça está fazendo contas enquanto VanLeer fala. Estou somando os anos.

— … não dá para negar, eu dediquei um bom tempo a isso. — Ele finalmente para.

— Mas… é… quase a mesma coisa.

As palavras saem da minha boca no ar silencioso do escritório.

— Mesma coisa? — Ele olha para mim.

Eu hesito, mas falo.

— Você está trabalhando na sua carreira pelo mesmo tempo que minha mãe está em Blue River. — Eu olho para VanLeer. — Parece que vocês têm a mesma idade.

As pálpebras dele tremem.

— Bom… pode ser. Mas nossas vidas não são nem um pouco parecidas.

— Mas poderiam ter sido. Talvez. — Eu dou de ombros, sem ter certeza de estar certo. — Minha mãe tirou diploma e ganha o pagamento mais alto que tem na prisão pelo trabalho dela. Economiza e faz planos — digo. — E sonha. — Penso na pasta do Novo Começo. — Ela quer um emprego aqui fora e ser sócia da ACM. Quer me ensinar a nadar.

Ficamos no escritório silencioso por alguns segundos. E VanLeer começa a gaguejar.

— Bom, ela cometeu… Bom… Você sabe que ela poderia estar f--fazendo…

— Eu sei o que você acha — digo.

VanLeer franze as sobrancelhas para mim.

— E o que eu acho?

— Você acha que é muito diferente da minha mãe.

Eu me viro para sairmos.

— E talvez seja mesmo.

O sr. VanLeer se aproxima de mim por trás e coloca a mão no meu pescoço para me fazer andar. Tenho certeza de que está prestes a me dizer que sabe como tudo tem sido difícil para mim e que está aqui para ajudar. Mas ele diz outra coisa.

— Você está... você está muito quente, Perry.

Ele coloca os dedos frios na minha gola, e eu me encolho todo.

— E está suado também. Está se sentindo bem?

— Estou ótimo.

Ele começa a fechar a porta, mas para.

— Ah, quase esqueci. É segunda-feira. A equipe de limpeza vem esta noite.

Ele abre novamente a porta, e seguimos pelo corredor, passando pela recepcionista. Ela está ao telefone, mas acena.

Na rua, coloco a mochila no carro e entro para me sentar atrás do sr. VanLeer. Ele se acomoda e coloca o cinto. Ouço o clique. Ele liga o carro e o rádio.

Uma ideia surge no meu cérebro. Parece um dardo vindo do nada. Talvez haja um jeito de saber...

— Espere! Sr. VanLeer! Acho que preciso usar o banheiro — digo. — Agora mesmo. Posso ir lá em cima rapidinho? — Estou com a porta aberta e um pé na calçada.

— Ah, claro, Perry! Pode ir.

— Vai ser só um minuto — prometo a ele.

E saio correndo. Depois de passar pela porta envernizada, subo dois degraus de cada vez.

A recepcionista ainda está ao telefone. Aponto para o corredor e digo *banheiro*, só mexendo a boca. Ela faz que sim e vira a cadeira para tirar papéis do fax. Eu me apresso pelo corredor. Na porta do banheiro, eu olho para trás. Ela não está olhando. Eu entro no escritório aberto de VanLeer.

"Tranquilo e fácil", penso. Empurro LAWSON para o lado, puxo a caixa com o caso da mamãe do canto e levanto a tampa. Em seguida, paro na frente do prêmio Spark de VanLeer e respiro fundo. Vai funcionar? Não sei... mas *alguma coisa* vai acontecer. Eu tenho que fazer isso.

Estico as mãos, seguro a moldura e tiro o prêmio do gancho na parede. Levo até a caixa de mamãe e coloco lá dentro, em cima dos papéis. Cabe certinho. Cubro a caixa e coloco de volta no canto. Empurro LAWSON para o lugar certo.

Na porta, eu me sinto tonto. Respiro fundo duas vezes e espio o corredor. Caminho livre. Eu entro no banheiro, dou descarga e lavo a mão com sabonete líquido. Depois, saio, desço a escada e vou até o carro, onde VanLeer está esperando.

Ele se vira na cadeira para olhar para mim.

— Melhor? — pergunta ele.

— Bem melhor.

Eu coloco o cinto e seco as mãos nas pernas da calça. Em seguida, pergunto para ele:

— Sr. VanLeer, como está Zoey? Você teve notícias?

capítulo cinquenta e seis

ONDE UMA ESTRADA ENCONTRA OUTRA

No fim das contas, Zoey Samuels está com um dente muito estragado na boca.

— Deram analgésico e disseram que ela vai precisar fazer um canal — explica a mãe de Zoey para VanLeer. — Ela vai ter que ir lá mais duas vezes.

— Ah, caramba! — diz ele. — Zoey, querida. Sinto muito.

— Não me importo, não me importo. Não quero pensar. Só quero acabar logo com isso — diz Zoey.

Ela está encolhida no sofá na frente da TV, e coloca no quadro de segunda à noite de Desiree Riggs. Acho que Tom, o padrasto, vai fazer a coisa certa e deixá-la em paz. Zoey não quer falar com ninguém hoje, nem comigo.

— E vocês vão ter que ir até Lincoln? — pergunta VanLeer.

— Bom, só nos arredores da cidade. Não é muito perto, mas ela é uma das melhores cirurgiãs dentistas num raio de quilômetros. E tinha horário amanhã.

— Que bom. Isso é o mais importante. — O sr. VanLeer assente. — Que tal eu tirar o dia de folga para ir com você? A gente pode tirar o dia só para nós. Um pequeno passeio...

Estou invisível esta noite. Nem preciso sair escondido, eu só saio.

Eu me sento de joelhos no colchonete do armário VanLeer. A tela da câmera brilha. Olho para as páginas e páginas de escrita pequenininha sobre o caso da minha mãe. As partes que entendo parecem contar a história da forma como ela me contou. Vejo onde ela mentiu e confessou. Mas claro que não parecem mentiras nesses papéis. Parecem fatos. O tribunal acreditou nela. Talvez outra pessoa encontrasse detalhes importantes aqui, alguém que saiba o que procurar, como VanLeer ou o sr. Rojas. Mas eu não consigo.

Eu avanço a tela até a foto do cruzamento. É só um *T* simples. Uma estrada se encontrando com outra. Dou zoom até uma esquina e vejo uma lanchonete. Tem uma placa vermelha e branca com uma xícara de café. Dou zoom do outro lado e vejo um prédio quadrado com bombas de gasolina na frente. É totalmente comum, exceto por uma coisa. Tem um caminhão velho estacionado no telhado. É a única coisa estranha na foto, a única coisa que se destaca: vermelho e ferrugem no céu.

Clico na imagem seguinte. É o diagrama de um cruzamento. Alguém escreveu *NE-79 e West Raymond Road*. Tem um desenho de como o acidente aconteceu. O veículo A entrou no caminho do veículo B. Tem um gráfico pequenininho de um sinal de trânsito. Uma seta à lápis aponta para ele. Eu volto para a foto e dou zoom para ver o sinal. "E daí?", penso. Fecho os olhos doloridos e suspiro. Como qualquer uma dessas coisas pode ajudar a mamãe?

— Perry, hora do jantar! — grita o sr. VanLeer no corredor.

Eu desligo a câmera e corro até a cozinha.

capítulo cinquenta e sete

UMA CONVERSA COM KRENSKY

Na tarde de terça-feira, conto para a sra. Buckmueller sobre o tratamento de canal de Zoey.

— Ah, caramba. Ah, meu Deus. Pobrezinha. Vamos sentir muita falta dela na van hoje.

A sra. B se inclina por cima dos livros e usa as mãos, os braços e os cotovelos para botá-los em uma pilha. Quando consegue, coloco a pilha em um cesto e levo até o carrinho.

— Parece meio horrível saber que um dente tem raízes — digo. — Quando penso em raízes, penso em cenouras. Mas não gosto da ideia de cenouras crescendo nas minhas gengivas, e não gosto da ideia de dentes laranja.

Isso faz a sra. Buckmueller rir alto. Estamos empurrando o carrinho pela recepção, e o sr. Olsen faz cara séria e pede para ela fazer silêncio.

— Estamos em uma biblioteca! — diz ele.

A sra. Buckmueller ri de novo quando passamos pela porta. Eu me sinto mal porque Zoey não está conosco, mas a mãe dela e o sr. VanLeer foram com ela à cirurgiã-dentista. Eles disseram que teriam um "encontro diurno" enquanto ela está na consulta. Eles riram e ficaram todos amorosos quando falavam nisso. Acho que os dois só querem estar com Zoey.

É uma vitória colossal o fato de que VanLeer não vai estar no escritório hoje. Vai passar ainda mais tempo antes que ele veja que o prêmio sumiu. Se decidir trabalhar no caso da mamãe, como prometeu, vai encontrá-lo. Se perguntar, vou ter que dizer que o coloquei lá e o motivo. Se isso for crime, bem, vou dizer que devo voltar para Blue River, então.

O Livromóvel Azul da Buck sai andando, e solto um bocejo enorme. Esfrego os olhos com os punhos. Fiquei acordado até tarde ontem no armário VanLeer dando outra olhada nos papéis. A boa notícia é que o zoom deixa tudo legível. A má notícia é que preciso de ajuda para descobrir o que eles significam. A péssima notícia é que sei exatamente quem tenho que procurar para pedir ajuda, e estou com medo disso. A boa notícia é que sei onde encontrá-lo.

Aperto o botão prateado ao lado da grande porta de vidro em Blue River e espio a câmera de segurança. Estão esperando o Livromóvel Azul da Buck a essa hora do dia. A porta estala e é aberta. A sra. Buckmueller usa o carrinho como andador para o joelho biônico. Eu nos guio lentamente. A primeira pessoa que vejo é Super-Joe.

Eu levanto a mão e ele dá um tapa nela, me cumprimentando.

— Eu soube que chamam você de Tempo-Joe agora.

Quero dar parabéns para ele, mas me sinto tão mal por causa da diretora Daugherty.

— Alguém tem que fazer esse papel — diz ele.

A sra. Buckmueller dá a opinião dela:

— Você é um bom homem para o serviço.

— A própria diretora Daugherty disse — concluo. E pergunto: — Você sabe onde mamãe está hoje?

— Sei. Ela está na sala de reunião… onde tenho certeza de que andou mudando todos os móveis de posição.

Ele revira os olhos. Eu sorrio. Ele olha para o relógio cinza do salão.

— Estão marcados para ficar lá até as quatro e meia hoje. Mas ela sabe que você vem. Vai terminar antes de você ir embora.

Tenho outra pergunta para ele, mas uma das supervisoras aparece, e eles começam a olhar documentos em uma pasta. Eu mexo os pés. A sra. Buckmueller está inclinando a cabeça, como se soubesse que tem alguma coisa acontecendo. Super-Joe e a supervisora continuam falando. Sei que não posso interrompê-los e não posso segurar a sra. B. Eu suspiro e dou de ombros. Damos meia-volta e empurramos o carrinho pelo salão.

Nós tiramos tudo dos cestos. Quando termino de encher a estante de revistas, ela para logo atrás de mim. Com voz baixa, pergunta:

— Onde você precisa ir hoje, Perry?

— Ah… hã… à biblioteca de direito — digo. — Preciso ver o sr. Krensky. Você o conhece?

A sra. B arregala os olhos e limpa a garganta.

— Aham, aham, conheço. Tão desagradável quanto o dia é longo, aquele homem.

A sra. B começa a cantarolar. Tira o exemplar da revista *Money Matters* da estante. Faz uma pilha pequena de livros e passa um elástico em volta, ainda cantarolando. Em seguida, enfia a mão na bolsa e tira uma caneta grossa e um cartão. Sinto o cheiro da tinta e a escuto deslizando pelo cartão. Ela escreve: KRENSKY – BIBLIOTECA DE DIREITO. E coloca o cartão embaixo do elástico.

— Perry! — diz ela, e a voz soa alta no salão silencioso. — Seja um fofo e leve isto para a biblioteca de direito para mim, por favor. É *urgente* — diz ela, colocando o pacote nas minhas mãos.

O braço se abre como uma asa, a manga do suéter se franzindo. Ela aponta para a escada. E sussurra para mim:

— Vou pedir perdão depois. Vá agora.

Eu vou. Com o pacote de livros debaixo do braço, me apoio no corrimão vermelho por toda a escada. É estranho passar pelo meu quarto de Blue River, pela sala da diretora sem a diretora e é estranho não correr pelo corredor do Bloco C até a porta da mamãe. Mas ela não estaria lá. Eu viro na direção da biblioteca de direito. Na porta, me preparo e entro.

Está silencioso aqui. Vai ficar cheio em uma hora, com residentes que querem trabalhar em seus casos. Mas vejo o ocupante constante do lugar. Ou melhor, vejo dois tufos brancos de cabelo. O sr. Krensky está de costas para mim, olhando para baixo, provavelmente estudando o caso de alguém, alguém que vai dever a ele uma semana fazendo sua cama, lavando a roupa ou lhe dando presentes do armazém. Eu queria poder falar com o sr. Rojas. Mas ele é muito amigo da mamãe, e não quero que nenhum dos dois saibam o que fiz.

Ando até o outro lado da mesa e paro na frente do sr. Krensky. Ele levanta o rosto… quando quer. Tenho a sensação de que viu meus pés e me identificou pelos tênis.

Ele fala.

— Ora, vejam quem voltou. Não para ficar, espero.

— Oi, sr. Krensky — digo. — A sra. Buckmueller me mandou.

Coloco o pacote de livros e revistas na frente dele. Tento não o deixar ver que estou nervoso.

A boca se move para um lado, uma linha reta com jeito de reclamação.

— Certo. Você e eu sabíamos que eu iria ao salão sozinho mais tarde.

— Bom, acho que é verdade…

— Nada de amabilidades — diz ele. — Vá direto ao ponto. Você quer alguma coisa.

Vou ter que fazê-lo esquecer que sou Perry Cook, o garoto que ele odeia que esteja no pé dele.

— E-eu preciso da sua ajuda... com meu... com um caso...

— Estou ocupado demais — corta ele.

Ele olha para o trabalho. Respiro fundo, mas não deixo que ele ouça.

— Sei que você não gosta de mim — digo. — Mas não precisa gostar. Isso aqui são negócios. — Eu tento falar como um dos residentes.

— Estou ocupado demais — repete ele.

Mas ouço uma pequena pausa entre as palavras. Ele está me ouvindo.

— Deixe para lá — falo. Dou um passo para longe da mesa.

— Espere — diz ele. — Por acaso, eu quero uma coisa lá de fora. Aceito como pagamento *se* você conseguir trazer.

— E se eu não conseguir?

Ele levanta as palmas das mãos e faz cara feia.

— Então acho que você sai perdendo — retruca ele. E volta à leitura.

— O que você quer? — pergunto.

— Peixe — pergunta ele. — Sardinha.

Ele aponta para mim como se estivesse me botando em um espeto.

— Três latas de sardinha Wild Planet, pescadas na Califórnia, embaladas em cem por cento de azeite extra virgem. Sem substitutos.

Ele olha por cima da armação de metal dos óculos para mim.

— Não tem segunda opção? — indago.

— Você prestou atenção? — Uma bolinha de cuspe surge no canto da boca. — Se você não me trouxer a Wild Planet, não vou analisar o caso.

Ele me olha por um segundo e volta à leitura.

— Eu aceito — digo.

Abro a mochila e tiro a câmera. Eu hesito. Guardei todas as fotos e vídeos que tenho em cartões de memória. Mas a câmera é muito importante para mim. Krensky poderia ficar com ela. Poderia vender! Eu nunca mais a veria. Com um salto de fé, coloco na frente dele.

— O que é isso? — pergunta ele, me lançando um olhar mal-humorado com olhos entrefechados.

— Está tudo na câmera. Bom, quase tudo. Não consegui fotografar tudo porq...

— O quê? Você me traz *parte* de um caso e espera que eu leia em uma tela de duas por três polegadas?

— E-eu consegui quase tudo. E dá para dar zoom na câmera.

— Ah!

Krensky coloca a mão na câmera. Empurra lentamente na minha direção pela mesa.

— Fico com dor de cabeça só de pensar no esforço dos olhos, seu...

— Peixe! — digo. — Vou pagar em peixe! Por qualquer conselho que você possa me dar...

— Eu não dou conselhos. Eu analiso.

— Tudo bem. Só preciso de qualquer coisa que você veja aqui que não pareça certa. Três latas de sardinhas Wild Planet, pescadas na Califórnia, em azeite de oliva — falo para ele saber que pretendo conseguir a mercadoria certa.

— Compensação dobrada — diz ele. — Pelo esforço visual.

— O que é compensação? — Eu tento não piscar.

— Pagamento.

— Você está dobrando o pedido de sardinhas?

— Você me ouviu.

— Mas, se eu conseguir o peixe, você vai deixar o caso em linguagem simples para mim?

Ele faz expressão de desprezo, mas baixa o queixo duas vezes, como quem diz sim.

— Combinado. Quando acha que consegue ter tudo pronto?

— Quando você consegue trazer meu peixe?

— Sexta-feira — digo.

— Depende de você — fala o sr. Krensky. — Agora, me faça um favor.

Ele enfia o dedo mindinho na orelha e gira.

— Se manda!

capítulo cinquenta e oito

UM PEDIDO PARA A MÃE DE ZOEY

— Parece estar melhor por causa do remédio. Mas também parece que estou com um pedaço de cimento na boca — explica Zoey quando pergunto sobre o dente.

— Você parece que está falando com a boca cheia de bolas de gude — comento com gentileza.

— Uma coisa é certa — diz ela. — Eu queria que tudo pudesse ser feito em uma consulta só. Não quero voltar.

— Ah... eu não teria tanta certeza assim, Zoey — fala a mãe dela. — Tem um motivo para a cirurgiã dividir o tratamento em duas consultas.

— É um procedimento e tanto — concorda o sr. VanLeer, assentindo.

Ele está picando e amassando o jantar de Zoey. Também trocou as compressas dela, para diminuir o inchaço. Se ela estiver se sentindo bem, vai poder ir à escola amanhã. A outra consulta com a cirurgiã-dentista é na semana que vem. Eu a deixei em dia com os deveres de casa, exceto com o projeto de Vinda para o Condado de Butler. A srta. Maya nos deu todo o quinto tempo para trabalhar no projeto hoje, e Zoey perdeu. A data de entrega é semana que vem. Todas as crianças estão falando sobre a apresentação. Tenho que falar com Zoey antes que o projeto vire um problema para ela. Mas, esta noite, acho que só queremos cuidar dela. É bom vê-la comer devagar a comida amassada. Faço uma cena exagerada e esmago toda a minha comida. Ela ri com a boca torta. Os adultos também esmagam a comida deles.

Mais tarde, ajudo a mãe de Zoey a carregar as cadeiras azuis recém-pintadas da garagem para o porão. Ela passou três camadas de tinta. Parecem novas, mas não são. São recicladas, eu acho. Juntos, tiramos algumas caixas de baixo de uma mesinha redonda. A caixa me faz pensar no escritório de VanLeer. Sinto um pouco de frio na barriga cheia do jantar. A mãe de Zoey não faz ideia de em quantas caixas eu mexi recentemente, e isso não é tudo.

— Você está bem, Perry? — pergunta ela.

— Claro. — Eu faço que sim com a cabeça.

— Certo, então vamos colocar as cadeiras ao redor da mesa.

Ela levanta uma, eu levanto outra. Colocamos todas no lugar. Ela recua e olha a arrumação.

— Você quase tem uma sala de jantar no porão — digo.

— Rá! Eu estava pensando a mesma coisa. — A mãe de Zoey ri.

Eu aponto para as peças de uma cama e um sofazinho com braços arredondados.

— Um quarto e uma sala.

Dou continuidade à piada porque gosto de ouvir a mãe de Zoey rir, e ela continua rindo.

Juntos, arrumamos as coisas de um jeito melhor.

— Afinal, quem sabe o que vou trazer para casa agora — diz ela. Eu a ajudo a empurrar um baú velho para perto da parede. — Que músculos bons!

A mãe de Zoey limpa as mãos.

— Ei, eu nem perguntei, como estava sua mãe hoje? Deu tempo de vê-la?

— Deu... — Tenho que pensar para lembrar como foi a tarde. — Eu visitei outro residente enquanto ela estava terminando a reunião. Mas ficamos sentados no salão com a sra. Buckmueller por um tempo.

— Ah, isso parece ótimo.

— É... só que mamãe está para baixo. Ela quer a nova data de pedido de condicional.

Eu me impeço de continuar. Não devia estar falando sobre isso com ela.

— Humm... — Agora, a mãe de Zoey parece triste. — Ela vai ter a data, Perry.

Ela se senta de lado em uma das cadeiras azuis. Cruza as mãos no encosto alto e apoia o queixo nelas.

— Enquanto isso, tem alguma coisa que eu possa fazer por você? — Ela espera e diz: — Sei que fico oferecendo, mas você nunca pede nada.

Ela me dá um dos sorrisos suaves e doces. O momento se prolonga, e meu maxilar começa a doer um pouco.

— Peixe! — exclamo. — Você pode comprar umas sardinhas especiais para... para um dos residentes? Ele tem gostos bem específicos — aviso. — Mas quer tanto.
— Sardinhas? Claro. Vamos dar uma saída hoje. Precisamos comprar pudim e aveia para Zoey.
— Seria ótimo — falo.
— Se peixe é o que você deseja, é peixe que vou comprar — diz ela.
Ela faz um giro no ar com o dedo como uma varinha mágica.
Eu tenho que sorrir. Ela se tornou uma amiga de verdade.

capítulo cinquenta e nove

O QUE O SR. KRENSKY DIZ

— Me mostre os peixes — diz o sr. Krensky.
Coloco as seis latas na frente dele na mesa da biblioteca de direito.

— Ah… sim… — diz ele, passando os dedos pela tampa de uma das latas.

Por dois segundos, parece feliz.

— Posso pegar minha câmera de volta? — pergunto.

Ele a empurra pela mesa, e dou um grande suspiro de alívio. Só tem alguns dias, mas senti falta dela. Eu espero e torço para o sr. Krensky ter alguma coisa importante para me dizer, e espero que diga abertamente.

— Bom, você está certo. Tem coisa errada no caso. Várias coisas.

Tiro o caderno da mochila e abro. Ele vai falar rápido e não vai repetir nada, eu sei. Eu pego o lápis.

— Para dizer de forma simples… Ela recusou um advogado e confessou — diz ele.

Seis latas de sardinha, e ele está me dizendo uma coisa que eu já sei.

— Tem alguma coisa errada aí — acrescenta ele. — Volto a isso em um minuto. Pelo que posso dizer, o motorista do carro foi tecnicamente o responsável.

O motorista. Eu repito para mim mesmo. Não interrompo. Eu também já sei disso.

— Só uma testemunha ocular pode contestar a descrição do que aconteceu naquele cruzamento — continua ele. — O carro desviou para a esquerda, no caminho do caminhão. O diagrama do acidente mostra claramente. Eu estaria interessado em registros do cruzamento. Na história. Essa parece incrivelmente ruim.

Ele enfia os dedos no cabelo e coça a cabeça.

— Agora, quanto à fatalidade, o homem que morreu, parece que ele era pai da sua mãe...

— Sim — digo.

Eu já sei disso. *Vamos lá, Krensky!*

— Bom, a não ser que esteja em um documento que falta aqui, e pode estar...

Ele levanta um dedo no ar e aponta para mim, como se para me culpar por não ter fotografado todas as páginas.

— ... nada no relatório diz que ele morreu de ferimentos provocados pelo acidente.

— Você quer dizer que ele não se machucou no acidente?

Eu penso por um segundo.

— Não sei. — Krensky balança a cabeça. — Não diz aqui. Esse relatório está cheio de buracos. — Ele balança a mão. — Um advogado teria investigado isso. *Se* ela tivesse um advogado.

Ele bate com os dedos nas latas de sardinha.

— Ela recusou defesa *e* se declarou culpada sem teste do bafômetro para verificar o nível de álcool. É praticamente inexplicável — diz ele, depois limpa os lábios com os dedos. — Mas fiascos assim acontecem com uma frequência impressionante.

Penso no que mamãe me contou, que ela não imaginava que haveria a acusação de homicídio culposo.

— Por que não a mandariam fazer isso? — pergunto. — O troço do bafo?

— Deviam ter feito. Deve ter sido erro de alguém. Não tenho como dizer o que aconteceu lá — responde ele. — Mas sei que os tribunais adoram uma declaração de culpa. Uma confissão é...

— Uma condenação — digo.

— Correto. A questão é que eu não achava que sua mãe era imbecil, mesmo sendo jovem daquele jeito — continua Krensky. — Posso dizer o seguinte, recusar advogado e confessar normalmente significam uma coisa...

As sobrancelhas dele se curvam como duas lacraias brancas e peludas se encontrando cabeça com cabeça. Ele me faz esperar, como se não fosse dizer.

— Eu trouxe seu peixe — lembro a ele.

Ele assente.

— Meu palpite é que... ela estava protegendo alguém.

Quando ele fala, recebo a informação com surpresa, mas não é uma surpresa. É mais como um choque que desperta uma coisa em mim.

— O motorista — digo.

Estou falando sozinho, mas Krensky assente. Ele diz:

— Olha, garoto. Fizeram uma confusão no caso da sua mãe. Vejo uma garota sem representação, um cruzamento perigoso, tempo ruim… E por aí vai. — Ele balança a cabeça. — Mas perguntei por aí e…

— Você não perguntou a *ela*, perguntou? — Não consigo esconder meu pânico.

— Não precisei! — diz ele. — Você sabe que este lugar é cheio de ouvidos. O problema da sua mãe com a audiência da condicional *não* é por causa do incidente que a colocou aqui.

Ele fixa o olhar em mim e inclina a cabeça.

— É por minha causa — digo.

Krensky assente.

— Então, ficar remexendo no passado provavelmente não vai ajudar.

— Mesmo se ela não devesse estar aqui?

— Ela já cumpriu a sentença.

Ele parece irritado comigo.

— Mas e-eu tenho que ajudá-la a não ficar por mais tempo! — gaguejo.

Os lábios do sr. Krensky estão bem apertados. Eu quero que ele diga mais alguma coisa, que me dê algum conselho, qualquer coisa! Mas ele só fica sentado, batendo as unhas velhas e rachadas nas latas de sardinha.

— O que eu posso fazer? — pergunto por fim.

— Você depende da justiça — diz ele. — Boa sorte. Se quer saber minha opinião, alguém vai ter que pagar.

— Você quer dizer pagar por eu ter ficado em Blue River — digo.

Não preciso que Krensky me diga que estou certo.

capítulo **sessenta**

O GRANDE VETO

No sábado, conto para mamãe que terminei meu projeto de Vinda para o Condado de Butler.

— As histórias de Blue River estão todas escritas — digo. — Tudo o que eu sei...

Eu murmuro essa última parte. Não vou incomodá-la com isso. Só quero jogar com ela e ter um dia de visitas normal, seja lá o que for isso. Além do mais, temos um espião rondando. Tem uma pessoa ouvindo.

Thomas VanLeer deu o fora em todo mundo hoje. Está sentado perto de nós. Mamãe e eu ficamos de costas para ele o máximo que conseguimos. Ele fica abrindo as páginas do jornal atrás de nós enquanto jogamos uma partida de jogo da memória em uma das mesinhas. O jogo foi meu presente de aniversário dado pela diretora quando fiz cinco anos. As imagens estão apagadas e os cantos dos cartões estão gastos, mas ainda é um dos meus favoritos.

— Preciso imprimir e encadernar as histórias no começo dessa semana, porque vamos apresentar na quinta-feira. Eu fiz uma capa. É um céu azul grande com o contorno de um prédio que parece Blue River. Cortei formas de pessoas e coloquei dentro.

— Ah... silhuetas — diz mamãe. — Legal.

— Eu queria ter feito um vídeo para o dia da apresentação. Mas cada um de nós tem um tempo para ficar de pé e fazer um resumo oral do projeto.

Atrás de nós, VanLeer se mexe. Eu continuo.

— Vamos empurrar todas as carteiras para os cantos da sala. A srta. Maya vai nos dar a aula toda para andar e ver os projetos de perto...

VanLeer arrasta a cadeira e faz muito barulho. Mamãe e eu olhamos para ele por cima do ombro. Ele olha para nós como se fosse falar, mas só fica de boca aberta. Eu me pergunto se ele sabe que Zoey não começou o projeto. Não vou contar para ele. Fico de costas de novo. Viro duas cartas. Não são iguais.

— Vamos poder fazer nossos próprios sundaes depois, no refeitório. É o ápice da comemoração. — Eu dou um sorriso. — É quase uma tarde de folga.

— Ah, aposto que você está adorando! — Mamãe me cutuca com o dedo.

Voltamos a virar cartas, duas de cada vez. Adoro quando sei que vi a mesma imagem duas vezes. Adoro ainda mais quando lembro onde estão. Consigo um par, o pássaro vermelho pousado em um galho. Depois, mamãe consegue dois pares seguidos. Eu resmungo. Mamãe ri. Big Ed se junta a nós na segunda partida. É um sábado de visitas tranquilo em Blue River.

No fim da tarde, entro na cozinha VanLeer, onde os adultos estão conversando. VanLeer diz que precisa *vetar*.

— Logo de manhã cedo — diz ele. — Vou falar com a diretora.

Eles fazem silêncio quando eu entro.

Olho para a mãe de Zoey. O rosto dela está vermelho, e ela está limpando a bancada como se tivesse derramado veneno. Só pode ser sobre os projetos de Vinda para o Condado de Butler. Eles sabem que o tempo está quase acabando e acho que sabem que Zoey não fez o dela. Não é da minha conta, mas espero que não peguem no pé dela. O dente é uma boa desculpa. Ninguém está cobrando nada dela de qualquer modo, mas de um jeito triste. Ela vai perder o dia da apresentação. É o mesmo dia de retorno dela à cirurgiã-dentista. Fico muito chateado com isso. Primeiro, porque estou nervoso de apresentar meu projeto sem Zoey lá para me apoiar. Mas não estar presente deve ser melhor para Zoey Samuels, que não fez o trabalho.

Na segunda-feira, acontece. A srta. Maya chama Zoey no corredor. As palmas das minhas mãos estão suadas. Fico olhando para a porta. Estou doido para saber o que a srta. Maya está dizendo. Quando Zoey volta, nossos olhares se encontram. Ela faz um bico com os lábios, como se fosse assobiar. Revira os olhos para o teto. E abre um sorriso meio aliviado. É a expressão que o sr. Halsey e o sr. Rojas fazem quando são *quase* pegos no jogo de pular no salão. Zoey Samuels vai se safar de alguma coisa. Ela se senta na cadeira ao meu lado. E sussurra:

— A srta. Maya aumentou meu prazo para o projeto...

— Perry. — A srta. Maya faz um sinal me chamando.

Eu coloco o dedo no peito.

— Eu?

Ela faz que sim. Eu a sigo para o corredor.

— Perry...

A srta. Maya me olha. Morde o lábio inferior e suspira.

— Estou me sentindo péssima, porque sei o quanto você se dedicou e o quanto é importante para você...

Não imagino o que ela vai dizer, mas meu rosto está ficando quente.

— Isso não partiu de mim, mas... infelizmente, você não vai poder apresentar seu trabalho de Vinda para o Condado de Butler com os outros alunos.

— O quê?

Meu mundo está caindo.

Ela balança a cabeça com tristeza.

— Recebi o recado hoje de manhã. Parece que o tópico é sensível por causa de...

— Por causa de Blue River — digo. — Porque é uma prisão.

A srta. Maya coloca a mão no meu ombro e aperta de leve.

— Foi levantada uma preocupação com privacidade — explica ela.

— Mas todo mundo me deu permissão! — Eu abro bem os braços.

— Eu sei. Você fez tudo direito. Lamento muito, Perry.

A srta. Maya balança a cabeça.

— Vamos encadernar as histórias, e, quando você me entregar o projeto, vou ler cada palavra. Sei que vou ver um trabalho de nota máxima.

"De que adianta isso?", penso. Os olhos da srta. Maya estão ficando cheios de lágrimas. Os meus também estão ardendo. Dou um aceno com a cabeça e voltamos para a sala de aula. Às vezes a gente sabe que todo mundo está olhando para a gente. Sinto enquanto ando pelas fileiras de carteiras. Todo mundo me vê piscando que nem um idiota até chegar no meu lugar. Eu me sento, coloco os cotovelos na mesa e apoio a testa nas palmas das mãos. Zoey se aproxima.

— Perry, o que aconteceu?

Eu mal respondo.

215

— Depois eu conto.

E fico olhando para o tampo da minha mesa.

— O que ele tem? — pergunta Brian Morris. — Está encrencado?

— Seja o que for, não é da sua conta — diz Zoey Samuels.

Na frente da sala, a srta. Maya vai começar uma nova aula. Eu balanço a cabeça. Olho para a frente e tento prestar atenção.

— Antes de começarmos — diz ela —, quero lembrar a todos que vocês vão fazer a corrida cronometrada de uma milha na aula de educação física hoje à tarde…

Ah, caramba. Eu tinha esquecido.

— Tem que ser antes de começar a nevar!

Ela fala como se fosse brincadeira, mas é verdade. E avisa:

— Espero espírito esportivo de todos.

Eu gostaria de ser o primeiro a atravessar a linha de chegada na corrida de uma milha. Mas sinto que não consigo vencer nada. Não posso compartilhar as histórias de Blue River. Estou para baixo; a srta. Maya está para baixo. Penso em como vão ser as coisas com Brian Morris depois da corrida. Alguém vai ficar se sentindo mal depois disso também. Escondo o rosto nas mãos novamente. Estou cansado de tudo. Porém, mais do que qualquer outra coisa, estou cansado de Thomas VanLeer.

capítulo sessenta e um

A CORRIDA DE UMA MILHA

Já vi homens e cavalos chutarem o chão antes de correr. Tenho muitos motivos para querer chutar alguma coisa hoje. Arrasto o pé na superfície da pista de corrida da escola. Os garotos vão correr primeiro. As garotas estão esperando no banco. O ar está frio, mas sinto o rosto quente. Também sinto Brian Morris me encarando. Ele está fazendo isso desde que a srta. Maya me puxou para o corredor a fim de vetar minha apresentação das histórias de Blue River. Ou ele quer saber o que ela disse para mim, ou só está pensando em como vai me destruir nos próximos sete minutos e meio.

— Vamos lá, Perry. Faça sua melhor corrida de todas — ouço Zoey gritar.

Os amigos de Brian gritam e torcem por ele. Eles fazem bem mais barulho. Pelo menos ninguém diz: "Destrua Perry!"

A sra. Snyder nos dá o grito de "preparar, apontar e vai". Brian e eu disparamos. Corremos ombro a ombro. Eu me lembro de correr no meu próprio ritmo. Em pouco tempo, ele me passa. Meus pés fazem um ruído alto na pista de concreto. Eu expiro cada vez que meu pé esquerdo bate no chão, como o sr. Halsey me ensinou. Eu o ouço dizendo: "Uh-há, uh-há..." Mantenho o ritmo. Acho que Brian vai se cansar se continuar no ritmo que está fazendo.

Na marca de um quarto de milha, Brian está bem à frente. Não estou pensando em vencer. Estou no piloto automático, pensando na quinta-feira. Se não vou poder compartilhar meu projeto, o que vou fazer? Vai ser pior! Vou me destacar como um ovo podre, graças a VanLeer. Um calor se espalha por mim e vai para as pernas.

Ele não teve coragem de me dizer que ia vetar minha apresentação. É um covarde por fazer a srta. Maya falar comigo. Aquele ritmo de *uh-há*, *uh-h*á nos meus ouvidos muda para *dane-se, dane-se*. Depois, muda para *Dane-se, VanLeer!* Acho que estou batendo os pés com mais força na pista.

Na marca de três quartos de milha, ainda estou atrás de Brian Morris. Ele olha para trás. Eu aumento a passada. Pouco a pouco, a distância diminui. Nos últimos cem metros, eu chego ao lado dele. Estou perto da linha de chegada. Estou disparando na direção da sra. Snyder e de seu cronômetro. Brian tenta me acompanhar. Eu passo com...

— Sete e dez! — grita a sra. Snyder quando atravesso a linha de chegada.

Se eu pudesse sorrir, sorriria. É meu melhor tempo. Minhas pernas param. Eu me inclino para a frente, apoio as mãos nos joelhos e respiro fundo.

— E... sete e quatorze!

Ouço o grito e me viro para ver Brian Morris caindo no chão ao lado da pista.

— Tempos excelentes, os dois! — diz a sra. Snyder para nós.

E volta a atenção para a pista, para chamar os próximos.

Brian se levanta. Vem até mim e bate com o ombro no meu. Nós dois estamos bufando.

— Você me deixou no vácuo!

— Eu não estava perto o bastante para fazer vácuo — retruco. — Até ultrapassar você.

— Vamos correr de novo — diz ele, com expressão de desprezo.

Ele está louco! Estou exausto, e aposto que ele deve estar se sentindo ainda pior.

— Mais uma volta. — Ele dá um tapa no peito. — Vamos lá. Aceite.

Eu devia dar uma chance a ele, se é o que ele realmente quer. Olho para Brian. Lentamente, eu me abaixo em postura de corrida. Ele diz:

— Já!

Estou dolorido. No corpo todo. Principalmente nos pulmões, que estão desejando um ritmo normal de respiração. Escuto a sra. Snyder gritar para nós pararmos. Mas já partimos e estamos batendo os pés na pista áspera. Passamos pelos corredores mais lentos, garotos que ainda não completaram uma milha. É nessa hora que entendo que não foi uma boa ideia. É crueldade. Mas é tarde demais para parar. Concentro-me em acompanhar Brian. Nós corremos. Com tudo.

Desta vez, a linha de chegada é uma mancha de pessoas misturadas. A maioria dos garotos está lá. As garotas estão de pé. Bocas estão abertas, gritando e torcendo. Vou ganhar a corrida, sei que vou...

Minha cabeça e meu peito rompem a fita invisível da linha de chegada. Mas fui o primeiro?

— Aaarrrgh!

Ouço o som saindo da garganta de Brian com ele atrás de mim. Tem um baque surdo quando ele rola no chão. Os amigos gemem de decepção. Brian está deitado no chão, o peito subindo e descendo, subindo e descendo. Quando consegue falar, ele grita:

— Hã... Você me venceu, Cook!

O engraçado é que ele não parece com raiva. Alguns garotos o cercam e dizem que foi perto. Alguém diz que nós dois somos os melhores corredores da turma.

Zoey Samuels me dá um sorriso e bate com o punho no meu. Minhas pernas parecem de borracha quando começo a andar. Vejo os últimos corredores chegando com o rosto vermelho. Eles estão a ponto de desabar. Ofereço a mão levantada, e dois deles batem na minha. A sra. Snyder diz o tempo deles, até o último. Elogia o esforço e por não terem desistido. Em seguida, se vira para Brian Morris e para mim.

— Isso foi uma atitude péssima — diz ela. — Foi grosseria, uma falta de espírito esportivo.

Só olho para os tênis. Ela me manda para a ponta do banco junto com Brian, onde temos que ficar sentados um ao lado do outro até as garotas terminarem a corrida delas.

Somos um par encolhido de perdedores tentando recuperar o fôlego. Não sei ele, mas sentir vergonha faz meu coração bater mais rápido. Vemos as garotas irem para a pista. Zoey sempre se sai bem nos testes físicos. Hoje, ela está no grupo do meio.

— Ei, desculpa — diz Brian, por fim. Ele mantém o olhar na pista. — Eu desafiei você. E fiz você se meter em problemas.

Eu dou de ombros.

— Eu não precisava aceitar o desafio.

— É... mas, se você não tivesse aceitado... Bom, teria sido burrice.

Dou uma gargalhada roncada. Sai sem querer. Isso faz Brian rir, e a risada dele também vira um ronco. Eu nunca achei que estaria sentado em um banco rindo roncado com Brian Morris.

— Falando sério, por que você é tão bom? — pergunta ele.

— Um dos meus amigos é um superatleta. — Estou pensando no sr. Halsey. — A gente pode considerar que eu treinei com ele.

Gostei de dizer isso.

— E minha mãe era nadadora, então pode ser que competir esteja nos meus genes.

Olho para a pista de corrida e vejo que Zoey Samuels está ficando para trás. Fico de olho nela, mas pergunto a Brian:

— E você? Por que é tão bom?

— Irmãos mais velhos — diz ele. — Estou sempre correndo atrás deles ou fugindo deles.

Dou outra risada roncada. Alguns segundos depois, Brian pergunta:

— Por que você foi chamado no corredor hoje?

— Ah, aquilo. — A lembrança volta com tudo. — Eu não posso... Não vão me deixar... — Eu hesito. Brian vai descobrir de qualquer maneira. — Não vão me deixar apresentar o projeto de vinda para o Condado de Butler com o resto da turma.

— O quê? — Brian se senta mais ereto e se vira para mim. — Por quê?

— Tem muitas coisas particulares — digo.

Na pista, Zoey diminuiu o ritmo para uma caminhada. Está com a mão na bochecha. É o dente ruim.

— Que droga — comenta Brian.

— É... — Eu me levanto. — Sra. Snyder! Sra. Snyder! — Eu aponto para Zoey na hora em que ela cai de joelhos. — Corredora com problema!

— Ah, minha nossa! — diz a sra. Snyder. — Corra até lá, Perry. Ajude Zoey a voltar — diz ela.

Eu me levanto e saio correndo. Fico surpreso quando Brian Morris vai atrás.

capítulo sessenta e dois

UM LUGAR FORA DE LINCOLN

Na manhã de quinta-feira, eu me visto e arrumo a cama de colchonete. Paro um minuto e observo minha linha do tempo na parede do armário. Hoje era o dia em que eu ia compartilhar as histórias de Blue River. O plano mudou por causa de Thomas VanLeer.

A caminho da cozinha, eu paro no corredor. Ouço uma conversa baixinha.

— Por que você não pergunta a ele, Tom? — A voz da mãe de Zoey está aguda. E parece com raiva.

— Bom, estou tentando dar a ele o benefício da dúvida. Mesmo eu sabendo que só pode ter sido Perry. Quer dizer, pense nas influências. Estou arrasado. Eu realmente achei que morar aqui com a gente estava fazendo bem a ele.

— Tom, ele não é criminoso!

— Não é o que estou dizendo... — A voz de VanLeer some. Mas eu o escuto de novo. — Eu só gostaria de vê-lo me procurar para falar no assunto.

— Não fique esperando. Você não sabe se ele pegou — fala ela com firmeza.

— Robyn, o que uma equipe de limpeza ia querer com um prêmio emoldurado?

— O que Perry ia querer? — Ela joga a mesma pergunta de volta para ele.

Eu fico parado no corredor, me sentindo um lixo.

— Bu!

Dou um pulo e bato com o cotovelo na parede. Zoey pede desculpas pelo susto.

— De que eles estão falando?

— Nada! — digo. — Não sei!

— Não precisa arrancar minha cabeça.

— Tudo bem. Me desculpe.

Eu mudo o assunto para a única coisa em que consigo pensar.

— Ei, agora que você teve aumento de prazo, quando vai começar seu projeto de Vinda para o Condado de Butler?

— Ah. Isso. — Ela dá de ombros. — Você não sabe. Talvez eu já tenha começado.

Ela passa por mim e se anuncia na cozinha. Eu vou atrás, e todos dão bom-dia. Finjo que não vejo os olhares do sr. VanLeer, dizendo *Garotinho ladrão*.

— Ei, Zoey. Pronta para a segunda parte do canal? — pergunta VanLeer.

Ele esfrega as mãos e abre um grande sorriso.

Zoey revira os olhos.

— Eu não ganhei ingressos para um show nem nada, Tom. Só quero acabar logo com isso. Não consigo nem correr sem que comece a latejar. — Ela olha para mim. — Foi horrível. E agora vou ter que correr outro dia.

— E você, Perry? O que você tem para hoje? — quer saber VanLeer.

— Não muita coisa — respondo lentamente. Não acredito que ele perguntou. — Você sabe... Eu tinha um projeto para apresentar hoje. Mas não tenho mais.

Isso, sim, é horrível.

Mas o dia traz uma surpresa. No final da manhã, estou fazendo uma coisa que nunca fiz antes. Estou saindo cedo da escola, antes do almoço, antes de nossa turma apresentar os projetos de Vinda para o Condado de Butler. Vou com Zoey até a cirurgiã-dentista.

A mãe de Zoey teve essa ideia. Ela sempre sabe o que está acontecendo. Na secretaria, assina minha permissão de saída junto com a de Zoey.

— Assim, você vai passar a tarde fora — diz ela. — Depois, tem só mais um dia, e o fim de semana chega.

Ela gira dois dedos no ar, mostrando que o tempo vai se prolongar. As outras crianças vão esquecer que não apresentei meu projeto.

Pela janela do carro VanLeer, vejo os campos das fazendas. As primeiras geadas do ano deixaram a grama pálida. Quilômetros passam. É engraçado, em vez de estar na escola falando sobre minha casa, estou olhando para trás e me perguntando a quantos quilômetros estou de Surprise. A quantos quilômetros estou de Blue River e da mamãe?

O sr. Krensky disse que o passado não importava, mas não posso impedir que as perguntas ocupem minha mente. Quem mamãe estava protegendo com aquela confissão? Perguntei a ela quem era o motorista. Ela não quis contar. Eu me perguntei se era o pai dela. Mas ele estava curvado de dor. Como podia ter entrado atrás do volante? Além do mais, estava no banco de trás depois da batida... e, se a mãe dela estava com ele... e se os dois estão mortos agora, quem sobrou para proteger?

Eu balanço a cabeça. Fico perseguindo os pensamentos, mas acabo sem resposta. É como se houvesse um motorista invisível.

Deve se passar uma hora até que começo a ver prédios em vez de campos e plantações. As estradas estão cheias de carros e caminhões. Se é movimentado assim fora da capital, como é dentro? Quando saímos do carro na porta do consultório da dentista, reparo que há menos silêncio. Aviões passam voando baixo, há certa vibração no chão. As calçadas cintilam sob o sol do final de outubro.

Lá dentro, ficamos sentados com Zoey até a recepcionista a convidar a entrar. A mãe dá um abraço nela. Eu levanto o punho, e ela bate o dela no meu.

— Boa sorte — digo.

— Vai acabar antes mesmo de você perceber.

A mãe está tentando animá-la. Zoey dá um sorriso amarelo e desaparece no corredor. A mãe dela olha para mim e diz:

— Ela vai demorar pelo menos uma hora. Vamos fazer uma caça ao tesouro?

Nós andamos pela rua movimentada. A mãe de Zoey gosta daqui. Ela olha todas as vitrines. Tira fotos de azulejos pintados, tapetes, obras de arte e de uma mesinha nova feita de pedaços velhos de madeira. Pego a câmera na mochila e tiro uma foto também, para mostrar para Big Ed e o pessoal da carpintaria.

Quando chegamos a uma ACM, eu tiro fotos da placa com as letras enormes.

— É para minha mãe — digo.

Sei que ela cresceu perto de Lincoln. Dou um sorrisinho quando penso que pode ter sido em um lugar assim.

— Sua mãe era uma boa nadadora, não era? — pergunta a mãe de Zoey.

— Era — respondo. — Era mesmo. Ganhou bolsa de estudos. Mas aí sofreu o acidente.

— Caramba, tudo por causa de um segundo — diz ela.

Sua voz está triste e arrastada. Ela coloca o braço ao redor dos meus ombros, e entramos na rua seguinte para dar a volta no quarteirão. Não queremos ficar longe de Zoey.

A mãe dela tira mais fotos. Eu faço o mesmo. Ela diz:

— Me desculpe, Perry. Não deve parecer uma caça ao tesouro para você. Mas eu adoro estar em lugares movimentados. Eu sempre morei perto de cidades. Sinto falta disso e gosto de aproveitar sempre que posso.

— Por que você foi embora? — indago.

— Ah, porque Tom arrumou o emprego no Condado de Butler. — Ela sorri. — Ele queria muito esse emprego.

Penso no sr. VanLeer e no escritório dele. E no prêmio. E no que fiz com ele. Pela centésima vez, tenho que engolir a culpa. Eu lembro a mim mesmo que ele não ajudou *e* que não olhou dentro da caixa. A calçada reflete pontinhos de luz. Eu ando ao lado da mãe de Zoey.

Quando Zoey sai do consultório, está com um sorriso torto. A primeira coisa que diz é:

— Mãe, estou com tanta fome.

— Isso é um bom sinal! Vamos parar e procurar uma coisa macia para você comer no caminho de casa — diz a mãe. — Acho que estamos todos com fome.

A recepcionista diz:

— Se vocês forem voltar para o condado de Butler pela 79, procurem o Toni's Corner. Vinte minutos depois do aeroporto. Tem os melhores hambúrgueres orgânicos do condado, e servem um creme de baunilha que vai ser perfeito para o dente dolorido da srta. Zoey.

Zoey Samuels está feliz de o tratamento ter acabado. O remédio está tirando a dor. Ela está falando sem parar. Em minutos, estamos novamente em estradas retas e vazias. Encontramos o tal Toni's Corner. Zoey sai do carro voando. Lá, a garçonete nos leva a uma mesa livre. Quando nossa comida chega, Zoey se vê em um desafio.

— Meus lábios esquerdos estão inúteis — diz ela.

Ela os belisca com os dedos como se os estivesse levantando e puxando para o lado.

— Seus lábios esquerdos, mas não os direitos? — A mãe dela ri.

Dou mordidas grandes no hambúrguer orgânico. Zoey come o creme de baunilha e me diz:

— Perry, tira uma foto minha tentando comer! Vamos mostrar para o Tom.

Eu tiro a foto, e rimos enquanto ela vira a colher debaixo do lábio inútil.

Termino primeiro porque comi o hambúrguer no desespero. Estamos almoçando tarde. Peço licença e vou ao banheiro masculino. Os restaurantes escondem os banheiros do campo de visão. Reparei isso desde que vim morar do lado de fora. Antes, eu não tinha ido a restaurantes muitas vezes. Pergunto à garçonete, que saiu da cozinha com o segundo pote de creme de baunilha de Zoey. Ela me diz para dobrar uma esquina depois da caixa registradora.

O banheiro masculino fica ao lado do feminino. Enquanto estou prestando atenção para entrar na porta certa, reparo em uma coisa na parede entre as duas. É uma fotografia grande e colorida de um sinal de trânsito comum. Vejo a palavra *vitória* escrita embaixo. Tem artigos de jornal emoldurados ao redor.

Fico curioso, mas vou logo para o banheiro, para a mãe de Zoey não ficar preocupada comigo. Quando saio, preciso só dar uma paradinha e olhar aquela parede da vitória de novo. Vejo um prêmio que diz *Toni's Corner ganha prêmio de melhor hambúrguer do condado de Lancaster*. Vejo que eles patrocinam um time de softball de meninas, todas de camisetas azuis. Mas, embaixo do sinal de trânsito que diz *vitória*, vejo artigos de jornal e algumas fotos de acidentes de carro. Leio as manchetes. Uma diz: Terceiro acidente em três meses. Outra diz: Clientes escaparam por pouco – Toni's Corner atingido em acidente. Tem uma foto de um reboque ao lado de um carro metade dentro e metade fora da construção... esta construção! Tem uma foto granulada de outro carro que se dobrou ao redor de um poste, e mais um artigo mostrando a grande reinauguração do Toni's depois da reforma. Ao fundo tem um prédio branco com um caminhão vermelho enferrujado estacionado no alto do telhado.

Tenho aquela sensação, como no jogo de memória, de encontrar imagens correspondentes.

Eu chego mais perto para fugir do brilho no vidro. Estico a mão para uma das molduras, pego e seguro.

Sou Perry Cook; eu tiro coisas de paredes.

capítulo sessenta e três

CRUZAMENTO FAMOSO

O cheiro de café me envolve.
— Hã... posso ajudar?
Olho para a garçonete que parou do meu lado. Ela tem cabelo prateado, como a sra. DiCoco. Está segurando um bule fervente.
— Gostou da nossa parede da história local?
Ela parece satisfeita.
Eu mostro a moldura para ela e pergunto:
— O-onde é isso?
— É aqui, querido. Bem ali fora. — Ela indica a rua.
— Mas... onde eu estou?
Meus lábios parecem gelados, e estou confuso.
— Esse é o cruzamento?
— É. Bem ali fora — repete a garçonete. O tom dela é doce, mas ela está me olhando como se eu não fosse muito esperto. — Você não deve ser daqui.
Ela aponta para fora da vitrine e diz:
— É o cruzamento *famoso e perigoso*. Ou era. O cruzamento da Nebraska 79 e da 55, mais conhecida como West Raymond Road. Está diferente de quando essas fotos foram tiradas.
— Famoso...
Eu dou um passo para trás e olho pela janela da frente da lanchonete. Vejo as ruas, o local onde se cruzam. A NE-79 e a West Raymond Road, eu conheço isso! É a foto do arquivo da minha mãe, o caminhão vermelho em cima do prédio. É aqui o lugar! Umas cem vacas orgânicas pulam na minha barriga.
A garçonete indica a foto na moldura que estou segurando.

— Está vendo como era descentralizado? Meio inclinado para lá? Era um perigo só. Quando chegava a noite? Fazia tempo ruim? Já era! Não consigo nem dizer quantas vezes ligamos para a emergência ao longo dos anos. Foram anos de abaixo-assinados, mas o estado finalmente endireitou o cruzamento. E o mais importante, colocaram o sinal de trânsito. Está vendo?

Ela aponta para cima, e por acaso vejo a luz mudando de verde para amarelo e para vermelho.

— Já vai fazer seis anos *sem* acidentes — diz ela.

— Seis anos...

Eu fecho a boca aberta. Viro-me para olhar os artigos na parede.

— Você sabe qual?

— Qual o quê, querido?

— Ah, desculpe. Nada — digo.

A garçonete se afasta com o bule de café. Sinto como se houvesse uma neblina ao meu redor. Coloco a moldura no lugar para que não escorregue dos meus dedos. Passo os olhos pelos artigos em busca do nome Cook. Não encontro. Mesmo assim, eu sei o que sei, e sei com toda a certeza.

— Ah! Perry! Aqui está você.

A mãe de Zoey está feliz em me ver. A bolsa está aberta e pendurada no braço. Ela pega a carteira para pagar a conta.

— D-desculpe — digo, e falo com sinceridade.

Minha ida rápida ao banheiro foi longa.

Zoey empurra minha mochila para mim. Eu a seguro contra o peito. E fico pensando se minhas pernas vão me sustentar.

A mãe de Zoey termina no caixa. Ela está fechando a bolsa, amarrando o cinto do casaco, se preparando para ir embora.

— Ei — chamo as duas. — V-vocês não vão acreditar onde estamos.

— Toni alguma coisa — diz Zoey.

Ela coloca a mão na bochecha e faz uma careta.

— Sim, mas... foi aqui que o acidente aconteceu. O da minha mãe. Aconteceu aqui — conto. E aponto lá para fora.

Zoey faz um ruído de surpresa. A mãe dela diz:

— O quê? Ah, não! Não pode ser.

Ela vê a parede e começa a ler, e Zoey também. As bocas das duas estão abertas, como a minha.

— Mãe, olha. Era uma esquina perigosa.

— Estou vendo... Mas, Perry, o que faz você dizer que aconteceu aqui?

— Aconteceu nos arredores de Lincoln — digo. — E tem os números das estradas... eu vi...

Eu paro. Eu não pretendia contar isso. Respiro fundo. Se eu tiver que admitir que remexi na caixa com o caso da mamãe no escritório do marido dela, eu vou admitir. Se tiver que contar para ela que mudei o prêmio dele de lugar, eu vou contar. Estar aqui é tão importante que não ligo muito para mais nada.

A mãe de Zoey não parece reparar. Ela se aproxima das molduras. Lê. Eu a ouço dizer:

— Humm... Bom... — Parece que ela não tem muita certeza.

— Bom, pelo menos fotografa, Perry! — Zoey Samuels puxa minha mochila. — Pega a câmera. Você tem que mostrar para a sua mãe. Ela não foi a única motorista a cometer um erro aqui. O cruzamento era ruim, e agora mudaram. Você não quer que ela saiba?

Com dedos trêmulos, eu tiro uma foto da parede e tento fazer alguns closes de artigos de jornal. A mãe de Zoey ainda não tem certeza. Ela está lendo e pensando. Os olhos se apertam um pouco. Mas eu tenho certeza. Percebo que tenho provas na minha câmera, as fotos do arquivo da mamãe. Mas não vou dizer se não precisar.

— Querido. — A garçonete de cabelo prateado volta e toca no meu cotovelo. Ela olha para a mãe de Zoey. — Você parece... vocês *todos* parecem tão interessados. Se quiserem conversar com alguém que se lembra de todas as histórias dessa esquina velha, vão falar com Bosco, no posto de gasolina. — Ela aponta para o outro lado da rua, para a construção que parece uma caixa com o caminhão vermelho estacionado no teto. — Ele dirige o reboque. Faz isso há anos.

capítulo sessenta e quatro

REBOQUE DO BOSCO

A mãe de Zoey aceita ir.
— Nós precisamos mesmo de gasolina — diz ela, com um suspiro. — E, se tiver um Bosco lá, ou um sr. Bosco, Perry pode... não sei... testar a memória dele, eu acho.

— Sim! Sim! Ai... — Zoey coloca a mão no rosto e diz: — Acho que aquela tal de novocaína está passando. Ai... mãe... acho que comi creme demais.

— Então você precisa ficar sentadinha descansando — declara a mãe dela com firmeza. — O remédio receitado vai estar na farmácia nos esperando. Vamos buscar antes de irmos para casa.

Ela para o carro ao lado da bomba.

— Perry, você tem que me contar se ele disser alguma coisa importante — diz Zoey, e me dá um tapinha no braço enquanto tiro o cinto.

A mãe de Zoey e eu saímos juntos.

— Perry — diz ela, inclinando a cabeça para mim de um jeito meio triste. — Você sabe que isso pode não resultar em muita coisa, não é?

Eu faço que sim. Sei o que ela quer dizer.

— Não quero que você fique decepcionado.

— Eu vou ficar bem — garanto. — E vou ser rápido.

— O tanque está vazio — diz a sra. Samuels, pegando a mangueira na bomba. — Mas temos que levar Zoey para casa. — Ela assente e sorri. Eu me afasto.

Lá dentro, sinto cheiro de óleo e borracha, e talvez de cocô de gato. Eu chamo:

— Olá?

— Sim, senhor!

Um homem de barba castanha densa e boné sai de uma salinha em uma cadeira de rodinhas. Vejo que ele deu um empurrão em alguma coisa, talvez na mesa de metal lotada lá dentro. Parece que ele fez um ninho de papéis. Atrás dele, as paredes do escritório estão cobertas de calotas e chaves com etiquetas nos chaveiros, placas enferrujadas e aros de fios.

— Você é o sr. Bosco? — pergunto.

— Você me encontrou — responde ele. — O que posso fazer por você?

Ele olha para a bomba, provavelmente achando que tem alguma coisa errada.

— Bom, nós estamos enchendo o tanque — digo. — Mas tenho uma pergunta. Uma garçonete do Toni's Corner disse que você talvez se lembre de um acidente que aconteceu nesse cruzamento. Foi muito tempo atrás.

— Hum... pode ser... vamos ver — diz ele. — Me conte o que sabe.

— Foi doze anos atrás.

— Doze. Foi mais ou menos na época que comecei a tomar conta daqui no lugar no meu pai.

— Foi em agosto. À noite. Estava chovendo granizo — conto, e vejo as sobrancelhas dele subirem.

— Acontece — diz ele. — Carro? Caminhão? Grande? Pequeno?

— Carro. — Eu penso bem. — Três pessoas dentro. Duas mais velhas e uma que seria jovem...

— Ah...

Ele respira fundo e aperta os olhos, como se estivesse vendo o passado.

— Tinha uma garota...

Eu faço que sim, mas me pergunto se ele está palpitando ou bancando o adivinho comigo.

— Humm...

Bosco se levanta da cadeira e abre uma gaveta bamba em um arquivo antigo. Uma gata grande e gorda leva um susto no alto do armário e se levanta, e acaba me dando um susto também. Ela se equilibra enquanto Bosco procura e o móvel oscila.

— Não devo ter mais o registro do reboque... mas...

Eu me inclino para a esquerda e para a direita a fim de ver atrás dele. Ele está mexendo em um monte de sacos plásticos foscos com fecho no alto. Parecem guardar lixo, pedaços de papéis enrolados e amassados, não sei o que mais. Ele murmura alguma coisa. Acho que diz: "... o saco do relógio..." Enfia a mão bem no fundo, a gaveta engole o braço dele, e ele puxa vários sacos. Coloca-os na mesa e remexe neles.

— Acho que é... este — diz ele, e bate no saco com o dedo.

Estou pensando que não estava exatamente procurando por sacos de lixo e que a mãe de Zoey não vai querer que eu leve um para o carro VanLeer limpinho. Não posso nem pegar um só para ser educado. Talvez a mãe de Zoey estivesse certa; talvez seja mesmo decepcionante.

— Eu me lembro deles por motivos diferentes — conta o sr. Bosco. — Deste, por causa da garota. Ela estava enrolada em um cobertor quando parei o reboque lá.

Ele ganhou minha atenção. Mamãe disse que a polícia deu um cobertor a ela.

— Ela estava sozinha, com granizo até os tornozelos e olhando para longe, quase como se estivesse esperando que alguma coisa saísse dos campos na beira da estrada. — Ele balança a mão no ar. — Achei que podia ter perdido um cachorro, que pulou do carro e fugiu depois da batida. Mas a garota não estava chamando nenhum animal. — Ele baixa a cabeça. Depois, olha para mim de novo. — Eu me lembro de ter lido depois...

— Uma pessoa morreu — digo por ele.

— É. Difícil — comenta ele, coçando a barba. — Espero que não tenha sido alguém próximo de você. Você é muito novo — diz, como se tivesse acabado de reparar.

— Eu nem tinha nascido — falo.

A gata pula do arquivo e anda pela bagunça na mesa. Salta no chão e sai do aposento. Ouço um miado em algum lugar perto da porta.

— Sr. Bosco... Não entendi os sacos de lixo — digo.

Não consigo parar de olhar o que ele escolheu para mim.

— Ah, não é lixo — retruco ele. — Bom, isso é discutível, imagino.

Ele estica a mão e abre o saco para mim com um estalo. Olha dentro e sacode o conteúdo. Vira tudo na mesa. Vejo notas fiscais e embalagens de chiclete, um protetor labial e algumas moedas. Mas uma coisa pesada também desliza para fora. Ouço o barulho dela batendo na madeira.

— Meu trabalho é limpar a cena depois que a polícia termina — explica ele. — Coisas grandes. Coisas pequenas. Eu guardo tudo para o caso de a polícia pedir. Mas quase nunca pede.

— É mesmo?

— Se não houver investigação, não houver processo e nenhum trâmite legal, eles não perdem tempo. E eu tenho que ligar para os donos dos carros virem buscar, e ligo mesmo. Mas já vi vários carros acidentados irem para o ferro-velho. Carros velhos e lindos que alguém já amou. — Ele dá um sorriso leve. — Eu limpo tudo antes de levarem, mas, como eu falei, quase ninguém vem buscar o que você chamou de lixo.

O gato solta um ruído impaciente. Bosco diz:

— De qualquer modo, garoto, tenho noventa e oito por cento de certeza de que isso aqui foi o que recolhi da noite sobre a qual você está perguntando. É seu se quiser.

— Você pode me dar?

— Eu devia jogar fora depois de quatro anos — diz ele. — Mas, como você pode ver, não sou muito de me livrar das coisas.

Ele sai do escritório para cuidar do gato.

Eu devia ir logo. O tanque do carro deve estar cheio e Zoey está sentindo dor. Mexo na pilha em cima da mesa com o dedo. Pego uma coisa, uma tira. É laranja e está dobrada. Eu puxo e encontro a coisa pesada que deslizou da bolsa. É um relógio de pulso com mostrador que parece um painel, mas está rachado... e eu o quero. Mas não parece pertencer a mim. Uma foto! Preciso da minha câmera! Mas minha mochila está no carro.

— Claro. Ele está lá dentro — ouço Bosco dizer.

E escuto a mãe de Zoey:

— Ei, Perry! Está pronto?

— Estou!

Eu fecho a mão sobre o relógio e o guardo na manga do casaco.

capítulo sessenta e cinco

CRONOMETRISTA

À mesa de jantar VanLeer, Zoey já está se sentindo melhor. Ela tomou o remédio. Come aveia e conta tudo do nosso passeio.

— ... e meu dente foi a parte mais boba, Tom. Teve uma coisa triste, mas incrível — diz Zoey. — Nós estávamos *no* cruzamento onde a mãe de Perry sofreu o acidente, e no fim das contas...

— O quê? Aonde vocês foram?

— Nós fomos na cirurgiã-dentista. — A mãe de Zoey destaca as palavras. — Nós *achamos* que almoçamos no cruzamento onde aconteceu. Parece que talvez seja o lugar.

"Uau", penso. Ela ainda não tem certeza mesmo depois que contei no carro: "Bosco se lembra." Foi isso que eu disse e olhei para ela com olhos brilhantes do banco de trás. Por outro lado, ela nunca viu as fotos do arquivo da mamãe, como eu vi. Não sabe sobre o relógio. Vou guardar isso só para mim, estou doido para ver melhor. Até o momento, não ousei. Nem tirei o casaco de lã. Estou sentado à mesa VanLeer com o relógio ainda guardado na manga. Eu tento não olhar para o pulso.

— Perry falou com o motorista do reboque — diz Zoey.

— Ele não foi testemunha do acidente — conto. — Mas depois viu uma garota enrolada em um cobertor olhando para o nada. Foi assim que minha mãe contou a história para mim.

O sr. VanLeer parece incomodado. Olha para a esposa e balança a cabeça. Ela está em silêncio. Eu empurro a comida com o garfo. Não estou com tanta fome depois do nosso almoço tardio.

Zoey diz:

— Você não pode ficar com raiva da mamãe, Tom. Ninguém pode planejar uma coincidência.

Ah, como adoro isso. Zoey Samuels está certa.

Após o jantar, os adultos VanLeer dispensam nossa ajuda na arrumação. Eles nos pedem para irmos para os nossos quartos, por favor. No caminho pelo corredor, Zoey sussurra para mim:

— Aposto que vão para a rua.

Isso quer dizer que os adultos vão discutir. Por minha causa. Pelo menos vão estar ocupados.

No armário, eu me ajoelho ao lado da mala da diretora e acendo o abajur de leitura. Tiro o relógio da manga e o viro nos dedos. Tem uma rachadura branca no vidro que torna difícil ver o mostrador. Vejo três círculos lá embaixo. Devem ser para funções diferentes. O fecho do relógio está quebrado. A tira laranja ainda está com a cor forte depois de todos esses anos. Na parte de dentro, alguém escreveu com caneta preta.

Para Flip, meu eterno cronometrista. Com amor, J. C.

Meu coração para de bater. J. C. *só pode ser* Jessica Cook. Quem é Flip? E que mensagem é essa de cronometrista? De todas as vozes no mundo, ouço o sr. Krensky me dizendo que mamãe só podia estar protegendo alguém.

Eu sussurro no armário.

— Quem é Flip?

capítulo sessenta e seis

JESSICA

Jessica Cook olha para o salão de baixo do Salão Leste Superior. Halsey Barrows está com uma bolsa pendurada no corpo. Está com roupas de rua, não de cambraia. Mais alguns minutos e ele seria liberado, iria embora. Ela teve que se distanciar dele nos dois últimos dias; não havia outra forma de aguentar a separação iminente. Talvez ele sentisse o mesmo; vinha se deslocando ao redor dela e não por perto. Mesmo agora, ela fica distante do corrimão para o caso de ele olhar e partir ainda mais o coração dela.

Jessica vê a pequena reunião: Big Ed como a pessoa de apoio dele, um supervisor e o temporário. Muitas vezes, Perry se juntava a essas pequenas despedidas. Isso o deixaria arrasado. Halsey era um dos especiais. Ela vê o táxi parar do lado de fora. Vê Halsey entregar a Big Ed dois... *envelopes*... Ela tem quase certeza.

No final do horário de trabalho, Big Ed coloca os dois nas mãos dela. Um está endereçado para Jessie e um para Perry. A fila do jantar está se formando e o salão está agitado demais para a atividade delicada que é a abertura de uma carta. Assim, ela sobe a escada, se arrisca e tenta a porta do velho quarto de Perry no Salão Leste Superior. Para sua surpresa, está destrancada. Lá dentro, senta-se no colchão sem lençóis e enfia delicadamente o polegar na aba triangular do envelope endereçado a ela. Tira o papel dobrado e, quando abre, várias cédulas caem no colo. Ela se sente corar quando as reúne na palma da mão e fecha os dedos. E lê:

> *Jessie, tentei e tentei escrever algo que dissesse todas as coisas que quero que você saiba. Não consegui. Me desculpe. Mas você é rápida,*

e tem uma compreensão do mundo como ninguém que eu conheço — e não é irônico, considerando os longos anos que você passou aqui dentro? (Espero que você esteja sorrindo.) A questão é que acho que você sabe o que tenho em meu coração desajeitado com as palavras. Estou deixando meu dinheiro de saída para você e para o garoto. Não preciso dele. Tenho um serviço honesto, bem longe daqui, mas paga bem.

Com amor, Halsey

Jessica cai de lado na cama. Puxa os joelhos e se encolhe em posição fetal. Chora convulsivamente. Quando consegue, leva o rosto ardido de choro para o jantar, onde Eggy-Mon oferece uma porção para ela. Ele fala baixinho:

— Guardei um pãozinho de casca crocante e miolo macio, junto com uma tigela de sopa de ervilha, a melhor da minha família. Os pássaros voam para lá, os pássaros voam para cá. Quando um pássaro voa para longe, nós o vemos se afastar...

Ele contorna a bancada, pega a bandeja de Jessica e a leva até a mesa onde Gina, Callie DiCoco e Sashonna Lewis estão. Do bolso do avental, Eggy-Mon tira um guardanapo cheio de biscoitos de aveia com passas, recebidos com gritinhos de aprovação. Quando as mulheres partem os biscoitos, um cheiro de canela se espalha pelo ar, e Jessica se apoia nos ombros quentes das amigas.

capítulo sessenta e sete

O ENVELOPE

Na sexta, na escola, fujo de algumas perguntas sobre não ter ido no dia dos projetos de Vinda para o Condado de Butler. É bem provável que Brian Morris tenha contado para as outras pessoas. Eu não me importo. Tenho uma coisa maior em mente, um trabalho para os voluntários da biblioteca.

Antes de entrarmos no Livromóvel Azul da Buck, Zoey me ajuda a colocar mensagens dentro de revistas... de novo. Vou precisar que os residentes fiquem de seis no sábado como nunca fizeram antes. Vou esperar até lá para perguntar a mamãe sobre o relógio. Na tarde de sexta nunca dá tempo e, para isso, temos que estar sozinhos.

— Por que você precisa que eles fiquem de seis no sábado? — pergunta Zoey.

Penso no relógio com a tira laranja. Eu o guardei no bolso interno da mala da diretora, no armário VanLeer.

Conto uma parte da verdade para Zoey.

— Preciso falar com a minha mãe sobre a coincidência do almoço em frente ao cruzamento famoso e perigoso — digo. — Seu padrasto não gostou do que aconteceu. Então...

— Ah! Certo! E você tem a foto para mostrar para ela!

Zoey está pensando na Parede da História no Toni's Corner. Eu estou pensando nas fotos que tirei do relógio, porque parece mais importante.

— Você precisa tirar Tom do caminho. E, se eu vir sua mãe hoje, não vou falar nada — diz ela.

Zoey Samuels é a melhor amiga do mundo.

Em Blue River, a sra. Buckmueller se acomoda na cadeira. Zoey e eu esvaziamos os cestos. Enquanto empilhamos as revistas, estou tão concentrado nos bilhetes que quase caio quando sinto uma batidinha no ombro.

— Mamãe! Você veio cedo hoje.

— Eu pedi permissão — explica ela. — Queria mais do que só uns minutinhos com você.

Ela me dá um sorriso cansado, e me pergunto o que está acontecendo. Quando ela pede licença e vamos para um canto do salão, tenho certeza de que vai me dar uma má notícia.

Ela me dá um envelope. Pego com indicador e polegar. Está quente porque estava no bolso dela.

— De Halsey — sussurra ela, e na mesma hora eu sei que ele foi embora. *Libertado*.

— Devo abrir aqui? — Minha voz soa baixa.

— Você que sabe — responde ela.

Eu abro o envelope.

Querido Perry,

Blue River vai me liberar hoje. Estou feliz. Mas isso significa que não vou me despedir de você e que vamos ter que deixar aquele jogo para outro dia. Eu queria contar minha história para você, então aqui está.

Eu sou jogador profissional. Não é brincadeira.

Eu já tive uma vida boa pra caramba, mas fiz besteira. Não sinto orgulho. Mas é minha história. Foi assim que acabei em Blue River, tentando descobrir como me reerguer. Estou a caminho de um retorno. Estou suspenso, não posso jogar nos Estados Unidos por mais um tempo. Então, vou treinar com um time da Alemanha. Espero ver você de novo um dia. Na verdade, estou contando com isso.

Até lá, continue ouvindo sua mãe. Ela sabe de tudo. Obrigado por estar presente, Perry. Obrigado por me puxar para cima.

Com amor fraternal,
Halsey

— Bom, nós sabíamos que ele ia sair — digo. Minha garganta está meio áspera. — Que bom para o sr. Halsey.

Eu pisco, mas não vou chorar, porque aconteceu uma coisa boa, a mesma que queremos para mamãe.

— Nós vamos ver ele de novo.

— Espero que sim — diz mamãe.

— Eu sei que vamos — garanto. — Ele me prometeu um jogo.

capítulo sessenta e oito

TODA A VERDADE

Na manhã de sábado, meus residentes me ajudam. Big Ed vai distrair VanLeer.

— Aí está nosso promotor público! — diz ele. — Que tal tomar uma xícara de café comigo? Acho que você vai gostar. Claro que vai.

VanLeer está olhando para mim por cima do ombro. O sr. Rojas se aproxima do outro lado de VanLeer, dizendo:

— Café! É! É! Este é um homem... este é um homem que ama café. Precisa de café!

E, assim, VanLeer é espremido entre Big Ed e o sr. Rojas, e não vai sair dali. Eles o levam para uma mesa onde alguns residentes estão servindo doces para os visitantes de sábado.

Eu vou até a mamãe. Nós pulamos o abraço e o giro. Ela pergunta:

— Perry, o que houve? Você botou todo mundo para ficar de seis.

Ela aponta para o salão com o queixo.

— É por causa da saída de Halsey?

— Não. Mãe, nós precisamos ficar sozinhos em Blue River hoje. Bem longe de VanLeer.

Ela está confusa, mas me acompanha. Nós damos uma volta no salão e encontramos o Super-Joe. Eu nunca precisei pedir um favor tão grande.

— Por favor. Você pode nos deixar subir? — imploro.

Ele revira os olhos, como se eu estivesse pedindo uma viagem à lua. O Super-Joe é assim às vezes.

— Você é o diretor temporário. Pode decidir.

— Tá, tá. — Os lábios dele mal se movem. — Vão por ali.

Os olhos dele observam o salão enquanto seguimos para o pé da escada. Do outro lado, a srta. Sashonna está falando para o sr. VanLeer:

— Você vai gostar desse biscoito. Ah, é um ótimo biscoito! — Ela segura o biscoito de aveia com passas com uma pinça. Empurra na direção dele. Ele já está com uma xícara bem cheia de café na outra mão.

— Esse biscoito é seu — diz Big Ed. — Pegue o biscoito.

Ele aponta. Mas VanLeer não vai pegar. Está tentando se virar. Sashonna arregala os olhos. Se estica e dá um tapa na mão de VanLeer.

— BISCOITO! — repete ela.

Ele puxa a mão. O café derrama. Tem pessoas atrás dele. Ele pega o biscoito. Acho que está com medo de tirar os olhos da srta. Sashonna e ela dar outro tapa nele.

Recuamos até a corda da escada. O Super-Joe a abre.

— Esperem... — Ele olha a mesa de lanches. VanLeer está ocupado. — Vão!

Juntos, mamãe e eu subimos a escada dois degraus de cada vez.

— Seu quarto! Seu quarto! — diz mamãe.

As mãos dela guiam meus ombros. Entramos no quarto no alto da escada, ao lado do Salão Leste Superior. É a primeira vez que entro no meu antigo quarto desde que saí de Blue River.

Mamãe respira fundo.

— Perry, por favor. Você tem que me contar o que é tão importante.

— Eu tenho que mostrar uma coisa para você.

Eu pego a câmera. Encontro a foto que tirei do mostrador quebrado do relógio. Entrego a câmera. Ela olha, mas balança a cabeça para mim, como se não entendesse. Eu pego a câmera e avanço para uma imagem próxima do que está escrito na tira laranja. E mostro para ela.

A respiração da mamãe entra nos pulmões com o som de um grito de um animal. A voz volta em um sussurro.

— Perry! Onde você conseguiu isso? Meu Deus, me conte, onde?

Ela olha para a foto de novo. Está tremendo e nervosa, e não sei o que dizer.

— Mãe, foi coincidência — digo para ela. — Eu conheci o motorista do reboque. Ele recolhe as coisas depois de acidentes. Ninguém nunca vai buscar...

— Não é possível! — diz ela.

Seus olhos se enchem de lágrimas, e ela se senta com força na cadeira. Leva o rosto às mãos. Eu olho para a foto de novo, para as palavras escritas com caneta preta.

— J. C. é de Jessica Cook, não é, mãe? Quem é Flip?

Os ombros dela estão tremendo. É choro de verdade, e mamãe não faz isso.

— Perry, por que você fez isso?

Eu luto para me segurar, mas também começo a chorar. Ela se inclina para a frente, me abraça com força e aperta minhas mãos. Aperta com força.

— Não foi isso que eu quis dizer. Não, não. Não fique triste — implora ela. — Está tudo bem, tudo bem. Vou contar tudo. Agora. Sem anotações, sem vídeo.

Ela seca o rosto na manga da camisa de cambraia.

— Uma vez, eu amei um rapaz — começa ela. E funga. — Você não deve estar surpreso de ouvir isso porque, afinal, aqui está você.

Ela dá um sorrisinho.

— Eu sei a parte biológica — digo, dando de ombros. — Todo mundo tem um pai.

— É. Eu o chamava de Flip. As iniciais dele eram FLP, e ele fazia o melhor *flip* e dava a melhor impulsão na parede da piscina em comparação com qualquer nadador do estado. Eu dei esse relógio para ele. Nós costumávamos cronometrar um ao outro durante os treinos. Nós fazíamos tudo juntos... e ele estava comigo naquela noite.

"Estávamos tentando falar com meus pais. Nós dois conseguimos bolsas na mesma faculdade. Decidimos morar juntos fora do campus, em uma república mista, com outros nadadores. Nós queríamos a aprovação dos meus pais, e, claro, eles não queriam dar. Pelo contrário. Estavam com raiva e bebendo, e disseram coisas horríveis para aquele garoto que eu amava. Eu briguei com eles. Flip agiu melhor. Ele tentou ser razoável. Me defendeu."

"Mas nada mudou. Nós desistimos."

O rosto de mamãe se contorce. A voz fica aguda.

— Falei para meus pais que era um adeus. Flip e eu nos levantamos para irmos embora, e foi nessa hora que meu pai se curvou com dores no peito. Nós queríamos chamar uma ambulância, e eu queria tanto que tivéssemos feito isso! Mas minha mãe se recusou. Ela pegou os remédios de coração dele. Mas as dores continuaram. Como contei, eu estava com as chaves na mão naquela noite. Como acabaram na mão de Flip, não lembro. Minha mãe e eu lutamos para colocar meu pai no carro, deve ter sido nessa hora. E Flip se sentou ao volante.

241

Um sopro passa pelos meus lábios. Agora, eu entendo. Mamãe olha para mim e assente.

— De muitas, muitas formas, Perry, eu sou culpada pelo que aconteceu. Eu insisti para que ele fosse rápido, e minha mãe também, gritando no banco de trás. E ele acelerou, mesmo quando estávamos no meio da chuva de granizo. Quando chegamos naquele cruzamento, ele desacelerou para entrar à esquerda. Teria parado completamente, como deveria. O granizo caía com força; minha adrenalina estava altíssima. Olhei para a direita e vi uma camada prateada de granizo com luzes ao longe. Achei que tínhamos tempo e mandei que ele fosse. Eu o *fiz* ir em frente. Ele confiou em mim, e eu nos coloquei bem no caminho de um caminhão que se aproximava.

Mamãe balança a cabeça.

— Então o que você me contou é verdade — digo. — Você cometeu um erro no cruzamento.

— Sim, cometi. Acho que Flip salvou minha vida ao acelerar e ir em frente em vez de virar à esquerda. Foi uma decisão tomada em uma fração de segundo. Levamos uma pancada forte na parte de trás em vez de bem no meio. Nós giramos e paramos quando batemos em um poste.

Eu me encolho todo. Olho para mamãe. Ela poderia ter morrido...

— Tudo parou — continua ela, pronunciando as palavras devagar.
— Foi um momento paralisado. Eu levantei a cabeça, virei para ver se Flip estava bem. Ele olhou para mim. Nós dois estávamos bem! Eu me estiquei para abraçá-lo, e foi nessa hora que senti o bafo dele. Percebi que ele tinha bebido.

— Espere. Ele bebeu com seus pais? — pergunto.

— Não, não. Bebeu antes de nos sentarmos para conversar com eles. Ele sabia que seria um momento tenso e horrível. Estava com medo, e achou que uma bebida o deixaria mais tranquilo.

— Ele também cometeu um erro — constato.

— Cometeu. Eu vi meus pais inconscientes no banco de trás... Foi apavorante. Perguntei a Flip o quanto ele bebeu, e isso tudo aconteceu em uma fração de segundos. Ele estava com medo de ter sido muito. A polícia saberia.

Mamãe suspira e aperta os joelhos.

— Eu não podia deixar que ele fosse preso. Era *minha* culpa. Então, eu o mandei fugir. Ele não queria me deixar. Mas eu me lembrei da faculdade, falei que ele perderia a bolsa. A vida dele seria arruinada. Eu o convenci de que ficaria bem, pois estava sóbria. Foi só um acidente ruim. Eu o fiz ir embora. Mais tarde, falei para a polícia que estava dirigindo. Sabia que teria problemas, mas achei que tudo daria certo.

"O resto é do jeito que eu contei, Perry. Depois de algumas horas, eu soube que meu pai estava morto. Minha mãe me deu gelo. Eu sabia que ela nunca me perdoaria, e eu não me perdoaria também. Foram as horas mais solitárias que já vivi."

— Mas Flip não voltou?

— Ah, voltou. Tentou. Mais de uma vez. Falou em se entregar. Mas eu não aceitei. Eu o afastei porque…

O rosto dela murcha, e ela mal consegue voltar a falar.

— Quanto mais as coisas davam errado para mim, mais eu queria que ele fosse livre. A morte do meu pai era culpa minha. Isso me assombrava. Mas a ideia de Flip pagar por isso… seria insuportável. Eu cortei todas as formas de comunicação. Finalmente, ele colocou todo o dinheiro que tinha na minha conta do armazém. Eu sei porque o depósito foi da quantidade exata que tínhamos ganhado trabalhando como salva-vidas no verão.

Ela dá um sorrisinho.

— Era tudo o que ele tinha para me dar, e tudo o que eu aceitaria dele. E você precisa saber, Perry, que ele nunca soube sobre você. Vários meses se passaram até eu descobrir que você ia chegar. Você era meu sinal, meu motivo para seguir em frente. Achei que, se chegasse um momento em que eu não pudesse ter você comigo, falar com ele seria o plano. Mas nossa diretora Daugherty fez as coisas funcionarem para nós.

Mamãe coloca as mãos ao redor da minha cabeça.

— Por muito tempo.

Eu me espremo na cadeira ao lado dela. É uma cadeira de uma pessoa, mas nós cabemos.

— Sinto muito, mãe. Você perdeu tanta coisa — digo. — Eu achei que sabia. Mas não sabia.

— Claro que não sabia. Eu não contei.

— Mas agora entendo por que você não me contou — falo. — Desculpe, mãe.

— Não peça desculpas — diz ela. — Sabe, eu sempre tive medo de que minha mãe se apresentasse e dissesse que Flip estava dirigindo. Mas ela não fez isso. Um advogado mandou uma mensagem alguns anos depois de você nascer falando que minha mãe tinha morrido. Isso doeu. Mas doeu mais porque ela me abandonou muito antes disso.

Mamãe apoia a bochecha na minha cabeça.

Ficamos sentados em silêncio, como se uma bolha tivesse surgido ao nosso redor. Se alguém entrasse, mesmo VanLeer, acho que nossa calma seria indestrutível.

— Mãe... e se o relógio for a única coisa capaz de tirar você daqui agora?

Mamãe se mexe. E diz:

— Perry, guardar segredos é difícil. Eu sei. Sou especialista. Mas acredito que nada de bom aconteceria se contássemos para alguém. Não vou fazer você prometer, seria errado. Mas espero, de coração, que você não tente usar o que descobriu. Fico assustada em saber que esse relógio está por aí.

— Mas eu prometo.

Seguro a câmera onde nós dois possamos ver. Apago uma foto, depois a outra. Eu me pergunto se devia dizer que o relógio não está por aí, que está em segurança no bolso da mala da diretora, no armário Van-Leer. Mamãe me aperta como se estivesse se sentindo melhor por ter visto as fotos desaparecerem.

— Mãe — digo —, tem mais uma coisa. Você vai querer saber disto.

Eu mostro mais duas fotos: o cruzamento, antes e depois.

— Ah... olha só. — Ela respira. — Consertaram. — A voz dela sai rouca e espremida. — Um sinal de trânsito... graças a Deus.

— Era um lugar muito perigoso, mãe. Não foi culpa sua.

— Obrigada, Perry.

Ela leva os lábios até minha cabeça e sussurra junto ao meu cabelo.

— Sabe, ele também salvou você naquela noite — diz ela. — Um ser pequenino e desconhecido. Seu pai salvou você.

— É, salvou — concordo.

Ficamos sentados juntos mais um pouco, na paz do meu antigo quarto acima do salão. Quando descemos a escada, passamos pelos visitantes até a mesa de lanche. Mamãe pega um café. Não estou com fome. Mas a srta. Sashonna guardou o último biscoito de aveia para mim, e sei que não posso recusar.

Nós nos sentamos a uma das mesas compridas, onde o sr. e a sra. Rojas e Cici e Mira estão conversando. Eles estão com giz de cera e fotocópias de fotos da família. A sra. Rojas gosta de levar fotos. Vejo a foto do sr. Rojas com as filhas, a que tirei no Baile dos Pais e Filhas, quantas semanas atrás? Eu ainda estava em Blue River. Tudo era diferente.

— *Hola*, Perry! *Hola*, srta. Jessica! *Dame cinco!*

As garotas levantam as mãos. Mamãe e eu damos high fives.

O sr. VanLeer se senta ao meu lado. Ficamos todos em silêncio. Mas Mira Rojas é pequena. Ela o observa com olhos grandes. Sorri e levanta a mão para ele. VanLeer também sorri e troca um high five com ela.

— Estamos fazendo arte — conta ela.

— Estou vendo — diz ele. — Bom trabalho.

Mira oferece um giz de cera para ele, e ele aceita.

Estou mordiscando o biscoito. Mamãe está bebendo o café lentamente. Ainda está triste e fungando. A sra. Rojas dá um lenço de papel para ela. Vemos as artistas colocarem bordas nas fotos. Penso que é um consolo ter um ratinho na casa, e melhor ainda ter dois.

Mas logo VanLeer parece agitado. Ele diz:

— Hora de ir embora, Perry.

Mamãe se inclina e diz:

— Sabe de uma coisa? Ele vai comer o biscoito. — E ela diz para mim: — Perry, leve o tempo que precisar.

— Tudo bem. Tudo bem.

VanLeer se encosta na cadeira.

Cici sobe no colo do pai. Desenha uma caixa ao redor da foto do Baile dos Pais e Filhas. Acrescenta telhado e chaminé. Escreve *lar* no alto. O sr. Rojas pega um giz de cera roxo e acrescenta mais texto na parte de baixo. Ele lê para nós.

— *El deseo de mi alma.*

— O que quer dizer? — pergunta mamãe.

Sinto VanLeer se inclinando para ouvir a resposta.

— O desejo da minha alma — traduz a sra. Rojas. — É uma expressão.

— Ah, que lindo! — diz mamãe, e encosta o punho no coração.

Dou uma mordidinha no biscoito. Vou fazê-lo durar.

capítulo sessenta e nove

JESSICA

Depois que Perry vai embora, Jessica encontra uma cadeira vazia no salão e se encolhe nela. Fica olhando os visitantes irem embora aos poucos. Sentia tanta falta dele. De novo. Mas hoje há certo tipo de calor dentro dela, uma coisa parecida com paz, contentamento, ou, desta vez, alívio. Quando pediu para escrever as histórias de Blue River, Perry defendeu a ideia de que era mais fácil contar a verdade do que contorná-la. Ele estava certo. Jessica sente que seu segredo antigo e terrível saiu de dentro dela. Um sentimento bem melhor ocupa esse espaço.

Naquela manhã, ela não tinha como adivinhar que acabaria revelando a história toda para o filho, aquele menino incrível. Mas ele a forçou a isso. Ah, ele era um cavador de informações corajoso. Agora que sabia, parecia entender. Talvez ela devesse creditar a vida estranha em Blue River por prepará-lo. "Perry", pensa ela, "é um estudante excelente da natureza humana." De que outra forma teria feito a única coisa que ela desejou todos esses anos, que alguém a abraçasse e dissesse "não foi sua culpa"? Ela pega um jorro de lágrimas quentes com o punho e as segura perto do peito. Como queria fazer um lar lá fora para Perry.

Por insistência de Jaime Rojas, Jessica pede novamente informações sobre a audiência de condicional.

— Eles não podem adiar tanto — disse ele com determinação. — Eles têm trinta dias para botar novamente no calendário depois de um adiamento. Estão demorando muito com você. Eles têm que ao menos conceder a audiência. Depois disso, você só pode ter esperanças. E tenho muitas esperanças por você, Jessica. Isso tem que funcionar a seu favor.

— Mas tem VanLeer — lembrou ela.

O nome dele soa como um martelo acertando uma estaca, e não pela primeira vez.

— Hoje, não — diz para si mesma quando se levanta da cadeira no salão.

Decide não deixar pensamentos sobre Thomas VanLeer abrirem buracos em sua alma nesse dia incrível e arrasador. Sobe a escada, parando por um segundo para olhar a porta do velho quarto de Perry. Depois, segue flutuando por todo o caminho até o corredor do Bloco C e então até seu quarto.

capítulo setenta

UMA PERGUNTA DE VANLEER

A primeira semana de novembro passa tranquilamente. Os dias mais frios me lembram de que mamãe devia ter saído semanas atrás. As coisas estão paradas. Não sei como fazê-las andarem. Eu cumpro minha promessa; guardo o segredo de mamãe.

Na noite de domingo, entro no quarto da cor de chocolate que uso na casa VanLeer com Zoey logo atrás. Quando vejo o sr. VanLeer lá dentro, paro tão rápido que Zoey esbarra nas minhas costas.

— Umf!

VanLeer se vira depressa. Ele está com a mala da diretora, a minha mala, aberta na cama onde nunca dormi. Minha pilha de poucas camisas está espalhada na cama.

— Tom?

Zoey se aproxima para olhar.

— O que você está fazendo? Opa! Está arrumando as coisas de Perry? Desarrumando?

— Eu... hã... não.

Ele cruza os braços.

Eu sei o que ele está fazendo. Está procurando uma coisa, e estou morrendo de medo de que tenha encontrado outra. Penso na mamãe. Minha respiração fica curta.

— Está tudo bem aqui — diz VanLeer.

Ele estica as duas mãos na frente do corpo, mas não tem nada nelas. Que bom.

— Mas por que você está mexendo nas coisas de Perry? — pergunta Zoey.

VanLeer solta um suspiro pelo nariz.

— Zoey, você pode nos deixar sozinhos um minuto? Talvez mais do que isso, na verdade. Perry e eu precisamos conversar.

— Por que não posso ficar?

— Zoey — diz ele com severidade.

— Tudo bem, tudo bem. Você que sabe.

Ela arregala os olhos para mim quando está saindo.

Vou até a cama. Recoloco a pilha de camisas na mala. Passo a mão discretamente pelo bolso interno. Sinto o relógio. Fecho os olhos e suspiro de alívio.

O sr. VanLeer fecha a porta depois que Zoey sai. Tem duas cadeiras pequenas e duras no quarto. Ele as levanta e posiciona uma de frente para a outra. Faz sinal para eu sentar, e eu faço isso. Ele se senta na minha frente.

Ele se inclina para a frente com os cotovelos apoiados nos joelhos virados para fora e as mãos unidas. O rosto está perto do meu. Qualquer um ia querer se afastar. Eu me mantenho firme. Vejo-o como o vi quando ele estava na televisão, no *Contando no Condado de Butler* com Desiree Riggs. Vejo os pontinhos pequenininhos na pele dele, onde os pelos crescem. Observo o lábio superior. Está brilhando.

— Perry — diz ele, e sinto o sopro do hálito dele nessa letra *P*. Acerta bem o meio dos meus olhos. — Você sabe por que estou aqui? Sabe o que estou procurando?

Ele não espera a minha resposta.

— Uma coisa sumiu do meu escritório, um prêmio que estava na parede.

Ele puxa o queixo com a mão.

— Acho que você sabe qual.

— O prêmio Spark — digo.

Ele assente. E aperta os olhos.

— Perry... você pegou? Não tem problema se pegou. Dá para consertar isso. E-eu quero que você entenda...

— Eu não peguei — digo para ele.

Não vou ficar ouvindo enquanto ele diz o quanto me entende, que eu cresci com influências ruins em Blue River. Não vou deixar que ele fale mal das pessoas de quem gosto. Eu olho nos olhos dele. Vejo a parte branca e os vasinhos que parecem fiapinhos vermelhos.

— Eu o mudei de lugar — conto.

— V-você o mudou de lugar?

— Sim.

Eu engulo em seco e meus ouvidos estalam.

— Eu precisava saber de uma coisa. Era o único jeito de saber.

Ele inclina a cabeça para mim.

— Não estou entendendo. Como roubar ou mudar uma coisa de lugar dá informações? O que você acha que descobriu?

— Que não posso contar com você.

— O quê? Perry...

— Você disse que ia olhar o caso da minha mãe.

— Sim! Perry! O arquivo está na minha sala agora mesmo.

Ele levanta as palmas das mãos.

— Eu sei que está. Mas sua palavra não vale nada.

Não gosto de dizer isso para ele.

— Você disse que ia olhar. Mas três semanas se passaram e você não tocou na caixa.

— O quê? É claro que eu... fiz... isso...

O sr. VanLeer recua o queixo com tanta força que a cadeira geme. Ele abre a boca, mas nenhuma palavra sai.

— Se você tivesse olhado o arquivo da minha mãe, na caixa no seu escritório, teria encontrado o prêmio — digo. Vejo uma das sobrancelhas dele subir um pouco. — Foi lá que eu coloquei. Três semanas atrás.

Ele solta um ruído, uma baforada ou um engasgo. Cobre a boca com a mão. Em seguida, levanta da cadeira e segue para a porta.

— Sei que você é muito ocupado — falo. — Mas o tempo é importante para mim. Eu não podia mais esperar por você. Quero estar com a minha mãe. Então, eu tinha que tentar fazer alguma coisa para ajudar.

Eu me levanto e começo a redobrar minhas roupas.

— Olhe a caixa que diz COOK — digo para o sr. Thomas VanLeer. — Tenho certeza de que seu prêmio Spark ainda está lá. Pode pendurar de volta na parede.

Encho a mala e a coloco de volta no armário. Quando me viro, VanLeer já foi.

capítulo setenta e um

UMA HORA E UMA DATA

Acontece no final de uma terça-feira em Blue River. Estou arrumando os cestos de livros com Zoey e a sra. Buckmueller e pensando que, se mamãe não aparecer nos próximos dois minutos, não vou vê-la. Ela está tão atrasada. Todos os residentes estão entrando no salão, até os que deviam estar na reunião dela. Eles apertam as mãos, mostram alegria, e o cheiro doce de serragem nos cerca.

— Perry! Espere!

Mamãe acena da sacada no Salão Leste Superior. Desce a escada tão rápido que os pés mal tocam no chão.

— Oi! Oi!

Mamãe me abraça e abraça Zoey. Toca nas mãos da sra. B e implora:

— Posso falar com Perry só dois minutos? Por favor! É importante!

— Claro. Perry é *seu*!

Mamãe corre até um local ao lado da janela. Nós nos sentamos em cadeiras com uma mesinha entre nós. Ela estica a mão e segura as minhas.

— A data chegou — diz ela. — Minha audiência da condicional está marcada.

— O qu...

— Pois é. Foi tão repentino! — exclama ela. — Bom, repentino depois de toda essa espera. — Ela ri e puxa minhas mãos. — Não sei por quê, mas tudo aconteceu!

— Nossa, mãe! É a melhor notícia do mundo! Quando?

— É nesta quinta, de manhã.

— Quinta depois de amanhã? Nesta quinta?

— Isso mesmo! Eu mal podia esperar para contar para você.

251

Ela respira fundo, e percebo que está escondendo a preocupação atrás do sorriso.

— Estou esperançosa, Perry. Mas acho que temos que estar preparados. Podemos não receber a notícia que queremos. Porque aquele cretino, desculpe, promotor público VanLeer sabe construir argumentos para conseguir o que quer. Ele acha errado terem me deixado criar você aqui. E quer deixar isso bem claro.

— Ele quer que alguém pague — murmuro. Eu lembro o que o sr. Krensky disse. — Mas ele não é o único que fala no comitê de condicional, certo? A diretora Daugherty vai estar lá?

— E você, Perry.

— Eu? Eu vou poder ir?

— É aberta ao público! Qualquer um pode ir.

— Mas e se VanLeer disser não? E se não quiser me levar?

— Eu cuidei disso — diz ela. — Acabei de falar no telefone com Robyn. Ela prometeu para mim que vai levar você.

— A palavra dela vale — falo. — Mãe, você está tremendo. — Eu aperto as mãos dela.

— Não consigo evitar — comenta ela. — Você sabe que não tem muita coisa que me assusta, Perry. Mas o desconhecido me assusta.

— Desconhecido?

— Como o que VanLeer vai dizer. E estou morrendo de medo só de pensar nas coisas em que não pensei!

Ela solta uma gargalhada baixa. E sussurra:

— Tipo... como, depois desses anos, um relógio antigo de natação ainda está por aí...

Eu balanço a cabeça dizendo que não e dou um sorrisinho para mamãe. Solto as mãos dela e enfio a mão na manga. Tiro o relógio de baixo do punho de elástico do casaco.

Mamãe pisca quando vê.

— Ah... Perry...

Eu coloco o relógio na mão dela. Ela fecha os dedos ao redor dele.

— Desculpe por não ter contado. Eu estava tentando guardá-lo em segurança. Mas você pode cuidar melhor dele — digo.

— Eu amo você, Perry Cook.

— Eu também amo você.

capítulo setenta e dois

MELHORAR!

Na tarde de quarta, paro na porta da sala de vídeo da biblioteca. Andei planejando. Agora, tenho que reunir coragem.

— Por favor — peço, e Brian Morris olha para mim sem entender.

— É, por favor — diz Zoey.

Ela está logo atrás de mim, meu apoio em todas as coisas difíceis.

— Eu preciso fazer um vídeo — explico. — Tenho algumas… fotos de fotos velhas para usar. E palavras.

Sacudo um pedaço de folha de caderno que tenho na mão.

— Preciso extrair algumas imagens de vídeo, como você fez. E gostaria de fazer aquela coisa de narrar por cima.

— Qual é o projeto? — pergunta Brian.

— A história da minha mãe. Na verdade, é a minha história. As duas coisas.

— Mas o que você vai fazer com isso?

É uma pergunta justa. Todo mundo sabe que o projeto de Vinda para o Condado de Butler acabou. Posso muito bem dizer a verdade.

— Vou usar para tirar ela da cadeia.

Os olhos de Brian se arregalam.

— É verdade — diz Zoey.

— Tudo bem!

Brian Morris se empolga tanto que cai por cima dos móveis para ajeitar as coisas.

— Não tem nada como o poder do vídeo.

Ele fala oficialmente, como se fosse filmar o programa da Desiree Riggs.

— Brian, tem mais uma coisa — falo. — Tem que ficar pronto hoje.

— Hoje, tipo *hoje*? Tudinho?

— É. Ela tem uma audiência pública amanhã.

— Tuuuudo bem... — diz Brian. — Então é melhor a gente começar.

Colocamos três cadeiras na frente do computador. Segundos depois, minha câmera está conectada. Zoey e eu abrimos uma foto do meu quarto no Salão Leste Superior. Pelo menos isso sabemos como fazer.

— Quero começar aqui — declaro.

Brian age com disposição.

— Certo... foto embaçada... aqui. Vamos melhorar.

Ele me mostra onde clicar. Eu clico. A foto fica mais definida.

— Você tem um roteiro?

— Tem — responde Zoey.

Ela se vira para Brian e diz:

— Vai ficar ótimo.

Brian liga um microfone, puxa o fio fino e o entrega para Perry.

— Clique para gravar quando estiver pronto. Conte até três antes de começar a falar.

Eu faço o que ele diz. Levo os lábios para perto do microfone pequenininho e anuncio:

— Bom dia. Aqui é o Perry no nascer do sol.

capítulo setenta e três

AUDIÊNCIA DA CONDICIONAL

A sala grande de reuniões está ficando cheia. O comitê de condicional é formado por dois homens e duas mulheres. Eles não fazem parte de Blue River, são pessoas da comunidade que servem no comitê. Eles assumem seus lugares à longa mesa na frente. A candidata à condicional, mamãe, vai se sentar em frente a eles. As pessoas do público vão se sentar em fileiras de cadeiras atrás da mamãe. É onde eu estou. Estou com Zoey, a mãe dela e o sr. VanLeer. Coloquei meu nome em uma lista; sou uma pessoa do público e desejo falar.

Todo mundo está vendo os supervisores acrescentarem cadeiras. Achei que seriam só umas poucas pessoas. Minha cabeça está gelada e cheia de ar. Sinto como se estivesse me inclinando no espaço, da mesma forma que me senti no dia em que Thomas VanLeer foi me tirar de Blue River. Eu vomitei naquele dia. Digo para mim mesmo que isso não pode acontecer aqui.

Estou tentando não puxar minha gola engomada. A mãe de Zoey comprou para mim uma camisa de botão e uma gravata para hoje. Esta manhã, no corredor da casa VanLeer, ela ajeitou a minha gravata e depois a de VanLeer. Não houve muita conversa.

Estou de olho para ver mamãe entrar pela porta lateral. O laptop da biblioteca está debaixo da minha cadeira. Zoey Samuels está ao meu lado com o pequeno projetor. Nós dois estamos torcendo para lembrarmos como tudo funciona. A mãe de Zoey está ao lado dela, e o sr. VanLeer está ao meu lado. Ele está segurando uma pilha de papéis nas mãos. De tempos em tempos, inclina o pescoço para ver quem chegou. Depois, estica os braços para a frente. Ouço os cotovelos dele estalarem a cada vez.

Mamãe finalmente chega. Está bem-vestida para a ocasião. Nada de cambraia azul. O cabelo está preso em um coque feito pela srta. Gina e os lábios estão pintados de rosa. Big Ed está ao lado dela. Ela para e me abraça. Cumprimenta Zoey e a mãe. Não fala com o sr. VanLeer, que está no final da fileira. Eu não a culpo. Quem sabe o que ele vai dizer, VanLeer com suas mãos cheias de papéis.

Ele se inclina sobre mim e diz para todo mundo por perto ouvir:

— Sei que essas audiências são abertas ao público, mas eu não esperava um circo.

Ele sorri, como se estivéssemos todos juntos nessa.

Big Ed diz:

— Circo, é? Pode vir pegar seus amendoins.

Mamãe sussurra para mim:

— Como você está? Tudo bem?

— Tudo. E você?

— Estou tentando ficar bem.

Ela sorri. As mãos estão apertadas com nervosismo. Ela as separa para me dar mais um abraço. Em seguida, vai até a cadeira, e só vejo suas costas. Ouço Big Ed sussurrando, lembrando-a de respirar.

Super-Joe faz um anúncio.

— Tivemos um ligeiro atraso. O gargalo de hoje foi inesperado, pessoal.

Levanto o rosto e olho nos vídeos de segurança. Ele está certo. Está agitado. Eu aperto os olhos. Tem uma pessoa familiar, uma pessoa chique. Mas quem conhecemos que é tão chique?

— Vamos começar assim que todo mundo entrar — diz o Super-Joe.

— Perry — sussurra Zoey, e aponta para a porta.

Eu olho e vejo a sra. Buckmueller e o sr. Olsen entrando junto com dois outros bibliotecários. Fico pensando quem ficou para cuidar dos empréstimos de livros. Atrás deles, vejo a srta. Maya com duas amigas professoras e a srta. Jenrik do refeitório. E a diretora Daugherty!

— Ela veio! — anuncio, cutucando Zoey. — A diretora veio.

Quero ir cumprimentá-la, mas o Super-Joe insiste para que todos, até a diretora, encontrem logo uma cadeira.

— Olha só! — exclama Zoey. Os olhos dela estão arregalados. — É Desiree Riggs, da TV!

É ela a pessoa chique!

— Ah, caramba!

O sr. VanLeer também a viu. Ele baixa a cabeça e murmura:

— Ah... aquela mulher.

Alguns residentes têm permissão de participar e outros que provavelmente não têm permissão ocuparam o corredor para olhar e ouvir tudo pelo vidro. A srta. Sashonna se inclina, treme e se derrete toda quando Desiree passa. Olha para nós e faz gestos amplos. Aponta para Desiree. Depois, cobre o dedo e derrete mais um pouco.

Tudo fica em silêncio. A presidente do comitê de condicional fala. Diz por que estamos aqui. Faz algumas perguntas à mamãe sobre o tempo que ela passou em Blue River. Mas eles já sabem o que está acontecendo. Já leram o relatório e sabem sobre a grande descoberta de Thomas VanLeer: eu.

— Muito bem — diz a presidente. — Vamos começar.

Thomas VanLeer é o primeiro da lista. Ele se levanta da cadeira e limpa a garganta para falar.

capítulo setenta e quatro

THOMAS VANLEER FALA

— Sou Thomas VanLeer.
Ele sorri amplamente para toda a sala.
— Sou o promotor público do Condado de Butler. Como promotor, meu relacionamento com a prisão é revisar todos os casos dos candidatos à condicional antes de ele ou ela ser libertado. Minha preocupação é o público, a minha comunidade. Hoje, estou preocupado com uma criança, uma que acho que foi encarcerada junto com a mãe condenada.

— Humf!

Eu ouço a diretora Daugherty resmungar logo atrás de mim. Ela nunca diz coisas como "humf".

VanLeer a ignora.

— Vou falar disso mais tarde — diz ele.

Ele anda com os papéis nas mãos e faz viradas rápidas para olhar pela sala.

— Sou a favor da reforma das prisões pelos nossos tribunais. Particularmente, gostaria de ver criminosos não violentos terem penas reduzidas. Eu acredito em segundas chances. Nem todos os promotores públicos dizem isso.

Ele balança um dedo no ar.

— Minha primeira abordagem ao caso de Jessica Cook foi da posição de ter a esperança de fazer a recomendação de que a longa sentença dela fosse alterada. Cheguei no Condado de Butler tarde demais para vê-la muito menor, e, sim, as rodas da justiça podem girar devagar. Mesmo assim, eu estava correndo atrás disso.

Eu queria que ele olhasse para mim, mas isso não acontece.

— Mas então... — Ele se inclina para a frente e volta para o lugar. — Fiz a descoberta casual de que a sra. Cook teve permissão de criar o filho desde o nascimento aqui em Blue River.

Ele contorce o rosto.

Mamãe fica imóvel. Big Ed dá um tapinha na mão dela.

— Claro, creches em prisões são permitidas por lei no Nebraska, para bebês de até dois anos. Eu sou a favor.

Ele assente para toda a sala.

— Mas Blue River não tem um programa de creche. E essa criança foi mantida aqui até bem depois dos dois anos. Isso nunca aconteceu antes! Quem tem permissão de fazer isso? — Ele fala bem alto. Vira a mão para mamãe e oferece a resposta. — Jessica Cook.

Big Ed solta um rosnado. Estou suando embaixo da gravata, preocupado porque VanLeer sabe como dizer as coisas.

— Pensem! — diz VanLeer. — Nenhum outro condenado preso além dela teve o mesmo direito. Ela recebeu um *privilégio extraordinário*. — Ele força as palavras. — Assim, a pergunta tem que ser feita: ela realmente cumpriu sua sentença, como ordenada pelo estado do Nebraska?

— Você é o único perguntando — diz a diretora Daugherty baixinho.

VanLeer lança um olhar para ela.

— E a pergunta principal? E uma criança sendo criada em uma prisão? Quem escolheria isso para uma criança? Outro crime foi cometido? No mínimo, houve deboche do sistema penal.

— Se houve, é culpa minha! — fala a diretora mais alto.

— Por favor, controle seus rompantes — diz a presidente para a diretora.

VanLeer balança a cabeça.

— Nós somos uma comunidade. Vamos fingir que não nos incomodamos com o fato de uma jovem pessoa ser confinada a uma instituição penal, um lugar feito de blocos de celas, apartamentos e corredores longos e horríveis?

Mas não foi assim!, estou morrendo de vontade de dizer. Ninguém vai dizer?

— Ele frequentou a escola, ainda bem. Mas são só seis horas por dia. Blue River não tem sala de brinquedos — diz ele. — Quais eram as atividades dele? Qual era a diversão?

259

VanLeer olha para os papéis na mão.

— Ele abastecia prateleiras no armazém? Brincava de cozinheiro para multidões? Imaginem uma criança de dois anos brincando na lavanderia da prisão...

— Ah, Perry... Ele adorava isso! — interrompe Big Ed com uma risada. — Ele se sentava na velha máquina de lavar durante a centrifugação como se estivesse em um pônei. Irrá!

Ele balança a cabeça. Eu quase dou uma risada. Alguém no fundo da sala ri, bem alto. Outras pessoas dão risadinhas. A diretora sorri e assente, como se estivesse se lembrando de uma coisa boa. Mamãe se esconde atrás da mão.

A presidente do comitê de condicional bate a caneta na mesa.

— Podemos fazer a gentileza de controlar as histórias? Todos vocês.

Ela olha para Big Ed e para a diretora. Leva um dedo aos lábios.

VanLeer limpa a garganta.

— Minha maior preocupação são as companhias que ele teve. Esse menino viveu com criminosos todos os dias.

Eu prendo a respiração e me pergunto se ele vai ousar dizer que eu peguei o prêmio dele, que sou um ladrão.

— Ele cresceu em uma prisão! Parece certo para vocês? Para mim, parece um crime. E, por onze longos anos, a candidata à condicional... — Ele inclina a cabeça na direção da mamãe — ... foi cúmplice.

— *Cúmplice?* — A voz da diretora ferve. — Se você acha que cuidar dele e criá-lo a torna cúmplice, tudo bem. Ela é! Perry é bondade e luz. Você devia saber.

Ela olha para VanLeer.

— Ele está debaixo do seu teto há oito semanas, enquanto você enrolava para cuidar do caso da mãe dele!

— Silêncio, por favor!

O rosto da presidente está ficando rosado.

VanLeer para na hora. Está olhando para mim. Eu olho para ele. Um segundo lento e horrível se passa. Ele parece lutar para engolir a saliva, que finalmente desce com dificuldade pelo pomo de Adão. Está com a mesma cara de quando eu falei onde encontrar o prêmio dele, quando falei que a palavra dele não valia nada. Ele fecha bem os olhos e os abre de novo.

— Isso foi altamente incomum. Admito que nem sabia direito como abordar.

Ele gagueja, e os papéis balançam na mão.

— Em suma, é o seguinte: se eu não sentir de verdade que a sentença foi cumprida direito, não tenho escolha além de pressionar o comitê de condicional a *não* conceder a libertação.

Ele baixa as mãos. Os papéis batem na lateral do corpo.

— Esse é o caso de Jessica Cook.

Ele não volta para a cadeira. Recua até a parede mais perto. Fica encostado lá. Ficou amarelo ou verde ou de alguma outra cor ruim. Não é um bom dia para Thomas VanLeer.

capítulo setenta e cinco

PERRY COOK FALA

A presidente do comitê de condicional chama meu nome.

— Perry T. Cook — diz ela —, é sua vez de falar.

Minha cabeça está leve e estranha. Minhas pernas parecem de borracha. Todo mundo está me olhando. Eu vou fazer isso. Vim tirar minha mãe daqui. Eu me levanto.

— Sou Perry Cook — digo para o comitê de condicional. — Nasci em Blue River. Aqui sempre foi minha casa.

Eu conto sobre as histórias de Blue River que escrevi para o projeto de Vinda para o Condado de Butler.

— Alguns dos residentes aqui são como familiares para mim. Para o projeto, fiz muitas perguntas. Ouvi vários motivos diferentes para as pessoas cometerem crimes... ou confessarem crimes. Às vezes, eu me pergunto se elas deviam ter sido mesmo presas. Qualquer um pode cometer um erro.

Eu engulo com dificuldade. Preciso falar a próxima parte direito.

— Sei a história da minha mãe agora. É sobre uma pessoa jovem dirigindo, uma chuva de granizo, um cruzamento famoso e perigoso e um grande erro. E também, uma confissão... e uma morte.

Eu falo as últimas palavras baixinho.

— Essa é uma lista de coisas verdadeiras. E, depois que todas essas coisas aconteceram, minha mãe ficou sozinha e com medo e não tinha ninguém para lutar por ela.

Eu olho cada um dos integrantes do comitê e digo:

— Mas agora, ela tem a mim.

A sala toda suspira. Acho que as pessoas podem estar do nosso lado.

— O problema é que eu também sou a coisa que impede a libertação dela. Por isso, quero que vocês vejam que estou bem. Se puderem me dar alguns minutos e um canto da mesa, eu posso mostrar.

Fico surpreso com a rapidez com que abrem espaço para mim. Zoey conhece nosso plano. Ela me entrega o laptop e corre até o pequeno projetor. Abrimos tudo. E entramos em pânico.

As duas máquinas estão em silêncio. Nós tentamos conectar de ovo.

— É a bateria? — sussurro.

— E-eu não sei — diz Zoey. O lábio dela treme.

Os adultos estão começando a se agitar porque precisamos de ajuda. O sr. Olsen começa a se levantar no fundo da sala. Mas ouvimos outra voz.

— Com licença! Estou chegando. Com licença.

Lá vem Brian Morris! Eu nem sabia que ele estava aqui. Ele vai até a frente para nos ajudar. Puxa um fio do projetor. Aperta um botão de ligar, mexe com os cabos. Vira um interruptor e estamos funcionando: um raio forte de luz brilha em cima de um Thomas VanLeer de olhos apertados. Todo mundo espera Brian ir até lá e guiar o verde e pálido VanLeer vários passos para a direita de onde ele está.

— Precisamos de mais espaço da parede — explica Brian. — Tudo bem por você? Tudo?

Ele o leva um pouco mais para o lado. Depois, volta e ajusta o projetor para que o vídeo apareça maior. Nós ajeitamos o foco e apertamos o play.

— Bom dia — diz minha voz no vídeo. Em seguida, aparece a foto melhorada do meu quarto antigo. — Aqui é o Perry no nascer do sol. Este é meu quarto ensolarado no Salão Leste Superior — explica o Perry do vídeo —, e ele foi construído para mim por nosso melhor amigo do lado de dentro. O nome dele é Edwin Sommers. Eu o chamo de Big Ed...

Nós me vemos crescer. Tem uma foto do meu primeiro aniversário, de marionetes de meias na lavanderia, depois de seis pessoas de camisas de cambraia azul reunidas em um salão pequeno para ver a srta. Gina cortar meu cabelo. Tenho uma mochila nova para o primeiro dia de aula. Eu corro na frente do sr. Halsey e do sr. Rojas na pista de Blue River. Percebo uma coisa pela primeira vez: eu não olho muito para a câmera. Olho para as pessoas ao meu redor.

Quando o vídeo termina, eu tenho mais coisas a dizer.

— Vocês podem achar que o local parece errado. Que Blue River talvez pareça um lugar sem graça ou nada receptivo para o crescimento de uma criança. Mas, para mim, sempre foi um lar.

Nessa hora, eu engasgo. Tudo depende de hoje. E se o vídeo não bastar? E se não libertarem mamãe? Eu olho para ela.

Ela está com as mãos unidas em oração, tapando a boca e o nariz. Pisca os olhos cheios de lágrimas. Ao lado dela, Big Ed sorri e me encoraja a continuar.

— Por favor, não entreguem uma carta negativa para minha mãe hoje. Ela cumpriu uma sentença longa pela confissão dela. É a coisa mais verdadeira que posso dizer. Agora ela quer fazer um lar para nós do lado de fora. Não neguem a condicional dela só porque eu cresci em Blue River. Eu estou bem. Sempre estive bem.

capítulo setenta e seis

A DIRETORA DAUGHERTY FALA

— Vocês me ouviram falando fora de hora hoje — admite a diretora. — Peço desculpas pelos meus rompantes, embora tenha sido sincera em cada uma das coisas que falei. Todas as preocupações do promotor público VanLeer são *culpa minha*!

Ela aponta para si mesma.

— Blue River é uma instituição penal de segurança mínima, e, para mim, segurança mínima sempre quis dizer potencial máximo. Nossos residentes cometeram erros, mas vieram para cá para se reerguer e fazer boas escolhas.

"Mas isso não quer dizer que Jessica Cook pôde escolher que o filho morasse aqui com ela. Não, essa escolha foi *minha*. Eu era a responsável por Perry e era a diretora da sra. Cook. A decisão de vocês hoje não pode ser sobre isso. Vocês só podem perguntar: a sra. Cook cumpriu a sentença dela? Vocês têm documentos que provam que sim. Ela trabalhou arduamente aqui. Aproveitou toda a programação. Conquistou um diploma e trabalhou na posição essencial, aqui, de assistente social. Caso não tenham percebido, ela criou um filho honrado, um garoto que, com sua presença alegre, animou os corações e almas dos nossos residentes dia após dia. A inocência eleva todo mundo."

A diretora aponta o dedo para o céu.

— Nós somos melhores pela presença de Perry. Ele não estava trancafiado. Fiz questão disso. Ele tinha que seguir regras, mas a maioria dos lares também tem as suas. As paredes talvez não tivessem cores bonitas, mas vocês viram que ele recebeu o amor de muita gente em sua jovem vida.

Ela aponta para a parede da sala de reunião onde o vídeo foi exibido.

— Algumas aqui dentro, algumas lá fora. Um círculo amplo de pessoas cuidou do bem-estar dele. Mais do que tudo, ele teve a mãe, Jessica Cook. Perry sempre foi a maior prioridade dela.

A diretora olha para Thomas VanLeer.

— Que os céus me livrem de uma comunidade que tenha receio de recebê-la, e que os céus me livrem de um mundo que ache que precisa ser protegido de pessoas como Jessica Cook. Ela é exemplar.

capítulo setenta e sete

O COMITÊ DE CONDICIONAL FALA

Eu ouvi os residentes de Blue River dizerem que as audiências de condicional são momentos de sim ou não. Aprovado ou negado na hora. Mas hoje o comitê de condicional sai da sala para conversar em particular. Nós todos ficamos agitados e curiosos. Enquanto esperamos, olho as costas e os ombros da mamãe subirem e descerem com respirações profundas e esperançosas. Será que eles sabem o quanto essa decisão significa para nós?

Voltem! Logo! Fico repetindo na minha cabeça. Como se eu tivesse feito acontecer, os dois homens e as duas mulheres voltam. A presidente fala.

— Quando nos sentamos para fazer audiências como esta, procuramos ter a certeza de que cada candidato cumpriu sua pena. Ouvimos as preocupações do público. O que costumamos descobrir é que ficamos tocados de alguma maneira. Hoje é um dia estranho e esta audiência é incomum. Mas isso é adequado, porque trata-se se um caso incomum, e, sr. VanLeer, temos que lhe dar crédito por tê-lo trazido à nossa atenção.

Há um silêncio enquanto meu coração afunda e enquanto mamãe olha para as mãos. O sr. VanLeer absorve o momento. O peito dele sobe. Ele baixa a cabeça, satisfeito.

— Como comitê, nós lemos os casos antes das audiências. Formamos uma impressão forte nesse momento. O propósito da audiência é ouvir qualquer ponto que possa nos tocar e nos afastar dessa primeira impressão. Estou falando de uma preocupação que pode ser declarada pela vítima de um crime ou de um sentimento de perigo para o público. *Tocar* é uma palavra interessante, especialmente hoje. *Estamos* tocados pelas muitas palavras que ouvimos aqui.

Ela olha para mim, mas não me elogia. Parece respeitosa e mantém o olhar em mim por vários segundos. Em seguida, empertiga-se na cadeira e se vira para olhar VanLeer novamente.

— Você, sr. VanLeer, nos informou hoje, mas não nos tocou, não a ponto de nos afastar da base. Você vai ser lembrado por ter mexido nesse ponto sensível, talvez.

A presidente inspira.

— Somos unânimes em nossa decisão…

Eu fecho os olhos. Acho que não tem uma única alma na sala respirando agora. Meu joelho treme e não consigo parar.

A presidente diz:

— Sra. Cook, lamentamos muito…

Meus olhos se abrem. Meu joelho fica paralisado.

— … pelas muitas semanas de atraso. Este comitê deseja o melhor a você e seu filho. Sua condicional foi concedida.

A comemoração é estrondosa. Muitas vozes se unem. Eu dou um salto e saio correndo. Pulo no colo da mamãe. Não tem espaço para ela me girar livremente, então giramos bem abraçados, juntos. Por várias voltas, o mundo é formado só de nós dois. O rosto da mamãe está afundado perto do meu ouvido. Ela diz:

— Você foi incrível, Perry! Incrível!

capítulo setenta e oito

ALGO PARA COMEMORAR

Tem choro e comemoração. Nossa família de Blue River se reúne atrás do vidro. Amigos do lado de fora se misturam com amigos do lado de dentro. O Super-Joe tenta manter as pessoas em ordem, mas as regras estão suspensas, ao menos por um tempo.

A srta. Sashonna envolve a srta. Gina e a sra. DiCoco em um longo abraço. Elas puxam Zoey e a mãe para perto, e todas desabam umas nas outras. O sr. Rojas dança salsa, e a srta. Maya balança os ombros e as tranças.

A sra. Buckmueller se aproxima, chorando.

— Meu Deus! Extraordinário!

Ela me envolve em um abraço gigante. Vejo Big Ed com os braços ao redor de mamãe. Eles choram juntos, e ele dá tapinhas nas costas dela. A mãe de Zoey estica os braços para mim. Eu a abraço e agradeço três vezes. Ela tem sido meu apoio em muitos momentos difíceis. Na confusão, ouço Brian Morris dizendo para quem quiser ouvir:

— É o poder do vídeo. Estou dizendo...

A diretora Daugherty está afastada, observando a comemoração. Está com um sorriso pacífico no rosto. Dou um passo na direção dela, mas Desiree Riggs aparece para apertar a minha mão. A srta. Sashonna finge que vai desmaiar, e Desiree diz:

— Eu gosto de uma boa história. — A voz dela está cremosa. — Gostei mais ainda do final desta.

Desiree chega perto da mamãe.

— Sra. Cook, se você quiser me contar sua história, será muito bem-vinda no meu prog...

— Não, não, não. Com todo o respeito, não. Muito obrigada. Vou para casa viver uma vida tranquila...

Mamãe abana o rosto com a mão. Isso me lembra de que posso afrouxar a gravata. Mas acabo apertando o nó e Big Ed vem me salvar. Enquanto está me soltando, reparo em Thomas VanLeer sozinho encostado na parede mais distante. Ele está menos verde agora que tudo acabou. Demoro um segundo para ver, mas ele faz um sinal firme de positivo. Pretendo assentir com a cabeça, mas não sei se chego a fazer isso. Eu me viro para mamãe e nossos amigos.

— Não acredito — diz mamãe. — Nem sei onde vamos dormir esta noite, Perry!

Ela solta uma gargalhada.

— Ah. É verdade — digo. É um pensamento incrível.

— Vocês podem ficar comigo! — diz a srta. Maya. — O sofá-cama para você, Jessica, e um colchonete para Perry.

Mamãe e a srta. Maya se juntam e começam a fazer planos.

Mas a diretora ainda está afastada, ainda sorrindo. Ela inclina a cabeça e começa a digitar números no celular.

— Caramba, Perry — diz Zoey. — Não vai ter mais colchonete de acampamento no armário. Você vai embora.

Ela pisca, mas também sorri.

— Jessica!

A diretora dá um passo à frente. Mantém um dedo erguido no ar e o celular perto do peito.

— Uma festa do pijama na casa de Maya parece ótimo, mas tem outra opção.

Ela aponta o celular.

— Tem uma senhora aqui na linha, a dona de um apartamento de primeiro andar na Button Lane. Ela quer se encontrar com você lá. Você pode assinar o contrato de aluguel em uma hora, se quiser.

— Button Lane! É sério? — Mamãe junta as mãos. — Rá! Eu tinha me esquecido de sonhar esse sonho. E aí, Perry, o que você acha?

— Vamos! — digo. — Vamos... para casa!

— Isso aí, Jessica!

A srta. Sashonna está berrando. Ela pula para cima e para baixo e puxa a pequena srta. Gina junto.

— Jessica arrumou uma casinha!

Elas riem e choram e secam as lágrimas. A srta. Maya toca no ombro da mamãe.

— Isso é maravilhoso, Jessica. Eu mesma os levaria até lá, mas vamos chamar um táxi para vocês. Você e Perry deviam ir para sua nova casa sozinhos. É um dia tão especial.

— É, mas nos deixem ajudar, por favor — diz a mãe de Zoey. — Vamos levar as coisas de Perry à tarde. De que mais você vai precisar?

— Acho que vamos precisar de um pouco de tudo.

Mamãe solta uma gargalhada.

— Nós temos isso — diz Zoey.

— Temos mesmo. — A mãe de Zoey pisca para mim. — E um dia de folga na escola amanhã para ajudar.

— Isso mesmo. Dia dos Veteranos! — diz Zoey. — E Tom também vai ter folga. Depois do desfile, vamos de carro até Button Lane...

Zoey Samuels tem uma missão. A mãe dela começa a empurrá-la na direção do sr. VanLeer.

— Até mais tarde, Perry! Até logo!

Mamãe inclina a cabeça para trás e diz:

— Não acredito. Não tenho mais preocupações! — Ela me aconchega embaixo do braço e me aperta. — Perry, vou fazer a mala!

capítulo setenta e nove

LIBERTADA

Acontece no mesmo dia da audiência. Se o comitê de condicional fica satisfeito, o candidato à condicional passa a ser uma pessoa livre. É o que acontece com a mamãe.

Ela arruma as coisas em vinte minutos. Todos os pertences cabem em cinco sacolas de mercado. O Super-Joe nos ajuda a carregá-las até o salão silencioso. Os outros residentes voltaram ao trabalho depois da manhã incomum em Blue River, exceto Big Ed. Ele é a pessoa de apoio até o final.

— Eu te amo tanto! — diz ela para ele. — *Nós* te amamos tanto. Vemos você em breve. De verdade. Não vai demorar.

— Eu sabia.

Ele abre um sorriso largo e dá uma piscadela. Isso me dá a dica. Tem alguma coisa rolando.

— O que está acontecendo? — pergunto, porque tudo mudou e eu sou um Perry Cook que faz perguntas a partir de agora.

— Uma coisa boa, meu Filho Matinal.

Big Ed acena, e eu fico engasgado.

Sei que vamos visitá-lo. Mas é difícil deixá-lo aqui. Mamãe sabe.

— Venha, Perry. Conto a novidade lá fora.

Penduramos as bolsas dela nos ombros. Ela dá uma volta completa pelo salão. E diz para o Super-Joe:

— Vamos me libertar.

Nós passamos pelas grandes portas de vidro. Lá fora, a diretora está esperando ao lado do táxi. Ela se vira para o Super-Joe e diz:

— Está tudo preparado?

— O que está preparado? — quero saber.

— Nós vamos voltar! — diz mamãe com uma gargalhada. — Essa é a novidade.

— O quê?

O Super-Joe explica:

— Nós não temos outro assistente social para substituir a sua mãe. E nem queremos. Ela é a mais nova contratada de Blue River. O mesmo trabalho. Pagamento bem melhor — diz ele. — Vai ser uma experiência totalmente diferente de Blue River.

— Mãe! Que notícia maravilhosa! Então você tem um bom emprego e nós vamos mesmo voltar para ver Big Ed e os outros?

— Muitas vezes. — Mamãe abre um sorriso. — É um bom plano para nós, para este momento.

O Super-Joe dá um sorriso e a chama de "colega". Em seguida, diz:

— Mas nada de botar os móveis em círculo. Isso me deixa louco...

Mamãe diz:

— Ah, tá. Quero ver você me impedir.

A diretora ri do que eles dizem. Inclina a cabeça para trás, e o som sai alto e livre. Eu nunca a ouvi assim antes.

— Diretora Daugherty, e você? — pergunto.

— Bom, acabou para mim — diz ela. — Estou aposentada. É hora de Blue River seguir em frente sem mim. Estou em paz com tudo isso. O lugar está em boas mãos. Diga oi para o diretor Joe Banks — anuncia ela, com um tapinha no ombro dele.

— Eu sabia!

Dou um high five com Super-Joe.

— Falando nisso, é melhor eu voltar lá para dentro — diz ele. — Jessica, ajeite suas coisas na casa nova e nos vemos na semana que vem, certo?

Mamãe faz que sim. Vemos as portas grandes de vidro se fecharem atrás dele.

Nós ficamos do lado de fora com a diretora Daugherty. Mamãe coloca as sacolas no chão. Passa os braços ao redor da diretora e a abraça com força. A diretora retribui o abraço.

— Como é engraçado pensar que sou eu quem está deixando Blue River para trás — fala a diretora.

Ela aperta os ombros da mamãe com as mãos e olha nos olhos dela.

— Você vai voltar para o trabalho, ao menos por um tempo. Estou tão orgulhosa.

— Obrigada por me puxar para cima.

Mamãe mal consegue sussurrar as palavras.

— E por sempre fazer o melhor por Perry.

— Conhecer você e Perry foi um dos maiores prazeres da minha vida, Jessica Cook. Você é da família. Eu ainda vou estar na cidade e espero que você e Perry considerem passar o jantar de Ação de Graças com Maya e comigo.

— Ah, sim! Ação de Graças! — exclamo.

— Mas, agora — diz a diretora —, vocês dois têm outro lugar para ir.

Nós a deixamos no grande círculo central do Instituto Penal Misto Blue River. Entramos no táxi e seguimos para casa.

capítulo oitenta

JESSICA

Jessica Cook não se importa de não dormir na primeira noite na casa nova.

"Não se preocupe com isso", pensa. Saboreie.

É tão bom ficar deitada no chão da sala em dois colchonetes emprestados e segurar a mão do filho nas tábuas do piso de madeira marrom. No fim das contas, ela só quer ouvi-lo respirar.

Quer lembrar a sensação das duas chaves da casa na palma da mão, uma para você e uma para o menino. Esta noite, o aquecedor está programado do jeito que você quer. Comeu um ensopado delicioso no jantar, em canecas dadas por outras pessoas, tudo entregue por Robyn Samuels, que prometeu voltar no dia seguinte com alguns artigos essenciais. O resto pode vir depois.

Não se preocupe se não dormir. Na verdade, se dormir, pode perder o momento em que o sol vai nascer de manhã pelas janelas longas dos quartinhos apertados. Fique acordada e saiba que vai preparar um ovo perfeito para o seu filho lindo, um ovo frito incrível com pão integral, quando ele abrir os olhos na nova casa.

capítulo oitenta e um

BUTTON LANE

Zoey Samuels e eu estamos sentados em uma tábua inclinada apoiada em dois blocos de concreto, nos fundos da casa em Button Lane. O sol está brilhando, mas o frio é típico de novembro, como deveria. Puxamos o capuz e enfiamos as mãos nos bolsos. Estamos fazendo uma pausa no dia de mudança.

Carregamos caixas e sacolas. A mãe de Zoey levou lençóis, abajures e minhas últimas roupas, recém-saídas da secadora. Também levou Thomas VanLeer.

Ele não entra, não vai nem até a porta. Fica lá fora na rua e entrega as coisas que tira do carro.

A mãe de Zoey é a campeã das arrumações de móveis. Mamãe, a carregadora de Blue River, não fica muito atrás. Não são tantas coisas, mas elas ficam mudando de ideia sobre onde cada coisa deve ficar. Elas riem juntas, e o som enche o apartamento.

— Como é seu quarto novo? — pergunta Zoey. Ela balança a tábua. — Você dormiu à noite?

— Bom, mamãe e eu colocamos os colchonetes na sala. Só para ficarmos juntos — digo.

Não conto que ficamos de mãos dadas a noite toda, embora Zoey Samuels nunca fosse rir de mim.

— Acho que a gente não queria dormir. Esperamos tanto tempo para a mamãe sair. Agora, não queremos perder nem um minuto.

Eu pisco para o sol e sei que vamos ter que abrir mão disso em algum momento.

— É uma casa nova — diz Zoey. — Vocês vão se acostumar.

— Estou feliz de ficarmos no Condado de Butler — comento.

— Ah, é!

— Por enquanto — acrescento.

Sinto lá no fundo que mamãe vai querer ir para longe daqui um dia.

— Ei, Zoey, posso perguntar uma coisa?

Ela me olha com curiosidade.

— O que você vai fazer no seu projeto de Vinda para o Condado de Butler? E não diga "ah, *isso*".

— Eu escrevi uma parte — diz ela, então enfia as mãos bem no fundo dos bolsos. — A parte sobre você.

— Eu?

— É. Eu escrevi como era infeliz quando cheguei aqui. Você sabe. Zoey-Zangada. — Ela ri. — Mas aí, você veio falar comigo. Me contou aquela história, a da neve e por que Surprise se chama Surprise. Eu escrevi isso tudo. Mas aí empaquei.

Ela gira o calcanhar no chão.

— Por sua causa.

— Por que eu? — pergunto, e aperto os olhos para ela.

— Assim que recebemos o trabalho, você soube o que queria escrever. *E* tinha as histórias mais interessantes de todas, da sua família de Blue River.

— Humm. Acho que é.

— Mas minha família é pequena. Nós viemos para cá por causa de Tom. — Zoey suspira. — Eu não tenho como contar minha história e deixar ele de fora.

Ela para e pensa.

— Mas ele foi e estragou tudo para você, Perry... e acho que se arrependeu. Mas foi difícil, porque... Bom... acho que eu *realmente* amo o Tom.

Nós dois rimos, porque é engraçado.

— Fico com raiva dele por estragar as coisas. Mas ele tenta. E tentar é melhor do que *não* tentar, né?

Eu penso na pergunta.

— É meio difícil para mim responder isso.

— Ele cometeu um erro grande com você — diz ela. — Mas o trabalho dele... tem muitas partes difíceis. — Zoey franze o nariz. — Acho que promotores públicos não são muito populares.

— Humm.

Eu dou de ombros e abro um sorrisinho.

— Meu supersegredo é que... sinto orgulho de Tom por ele se dedicar tanto ao trabalho. Muito mesmo.

— Então essa é sua história — digo. — Escreva da mesma forma que me contou. E, Zoey? Preciso dizer uma coisa... e não fique com raiva.

Ela me olha daquele jeito curioso de novo.

— A cidade de Surprise, em Nebraska, não tem esse nome por causa de toda a neve.

— Não... por causa das coisas que a gente encontra embaixo dela, não é? Tudo o que se perdeu durante o inverno?

Ela tem certeza de que entendeu certo.

Eu balanço a cabeça.

— Isso é só uma história que Big Ed conta.

— O quê? Perry! — Ela abre bem a boca. — Você mentiu? Eu acreditei em você!

Ela ri e me dá um encontrão com o ombro. Eu tento esconder um sorriso.

— Então como foi que Surprise ganhou esse nome? A verdade, Perry Cook.

Zoey Samuels se senta e olha para mim.

— Muito tempo atrás, um homem veio e construiu um moinho de grãos no Big Blue River. Quando descobriu a força que a água tinha na nascente do rio, ficou *surpreso*. Assim, decidiu botar o nome do moinho de...

— *Surprise?* — diz Zoey. As sobrancelhas dela se arqueiam.

— É.

— Ah!

Ela murcha os ombros. Pensa por um segundo.

— Gosto mais da história de Big Ed.

— Eu também — digo.

— Obrigada, Perry.

— Obrigada por o quê?

— Você me contou a história que seria melhor para mim naquele dia. É isso que amigos fazem.

De repente, uma coisa me atinge como uma ventania em uma plantação de milho. *Mamãe está livre.* Eu preciso estar com ela. Eu me levanto. A tábua balança. Zoey levanta o rosto.

— Vou voltar lá para dentro. Pode ser que estejam precisando de mais ajuda.

— Você que pensa — cantarola Zoey. — Mas elas ainda devem estar arrumando... e mudando.

Ela levanta o rosto para o sol e fecha os olhos.

— Descanse por cinco minutos... ou dez — digo. — Vi pó de chocolate quente nas compras que a srta. Maya deixou aqui ontem. Vou preparar para a gente.

— Ah, agora a coisa está ficando boa — comenta Zoey.

Que legal. Zoey Samuels está na minha casa.

capítulo oitenta e dois

DAR COMIDA PARA O CACHORRO

Do pátio lateral, vejo mamãe sair pela porta até o degrau. Ela se agacha para pegar outra caixa. Passou a manhã toda fazendo isso.

Enquanto isso, VanLeer ainda está na rua, encostado no carro.

À noite, perguntei a mamãe se ela se importaria de ele vir com Zoey e a mãe dela hoje. Ela apertou minha mão e disse:

— Não. Para que vou me preocupar com problemas velhos, Perry? Vai ser meu primeiro dia inteiro de liberdade. Ninguém pode estragar isso.

De repente, VanLeer começa a se mexer. Vai até o degrau de entrada, onde mamãe está. Ouço um pedido de desculpas saindo dos lábios dele.

— Desculpe — diz ele. — Eu... eu acho que fiz besteira. Das grandes. Não levei em consideração toda a história. Mas está mais claro para mim agora. Eu não ajudei... não da maneira certa.

Silêncio. Mamãe fica olhando para ele. E concorda.

— Você está certo. Não ajudou.

— Eu a-achei que estava fazendo a coisa certa, sinceramente. Achei que Perry precisasse de um lar...

VanLeer está fazendo aquela coisa de falar e falar. Ele tem que preencher os espaços vazios.

— Eu estava tentando oferecer...

— Não!

Mamãe levanta as duas mãos para fazê-lo parar.

— Nós não vamos fazer isso. Não assim, como você está querendo. O perdão tem dois lados e precisa de tempo. — Vejo-a respirar fundo. — Nas poucas horas em que estive livre... eu me lembrei de uma coisa sobre viver aqui fora. Tem a ver com *você*. Quer ouvir?

— Q-quero. — VanLeer parece interessado.

— Mesmo quando discordamos dos nossos vizinhos, isso não quer dizer que não vamos dar comida para o cachorro deles quando viajam de férias — diz mamãe.

— Certo.

Os olhos de VanLeer estão piscando, como se ele não estivesse entendendo. Também não sei se entendi.

— Eu não gostei do que você fez com a gente — diz mamãe claramente. — Você deu uma rasteira na minha vida, e, *muito pior*, botou meu filho em condições de muito estresse. Acho que foi doentio e egoísta.

Ela olha para o pátio, para a rua e para as árvores nuas de novembro.

— Isso é difícil de perdoar. Mas você é meu vizinho. Portanto, eu daria comida para seu cachorro por você. Entendeu?

— S-sim! Entendi.

— Tudo bem.

Mamãe se vira para entrar, mas se vira novamente a fim de olhar para Thomas VanLeer.

— Você pode ajudar mesmo assim.

— Com qualquer coisa.

— Duas coisas.

Ela mostra dois dedos para ele. Parece que está fazendo o sinal da paz, ou um *V* de vitória.

— Primeiro, se você estiver mesmo interessado em corrigir sentenças longas demais para criminosos não violentos, olhe o caso de Edwin Sommers. É o sujeito que Perry chama de Big Ed — explica ela.

VanLeer parece um boneco com cabeça de mola, assentindo sem parar.

— Você disse duas coisas — diz ele.

— É.

Mamãe aponta para o tampo redondo de mesa encostado na lateral da casa.

— Aquilo tem que entrar — diz ela. — Pode ser que Perry ajude você.

Ela levanta o rosto e me chama:

— Perry!

Eu venho correndo do pátio lateral e pego um lado do tampo da mesa. VanLeer pega o outro. (Vai ser ele quem vai andar de costas.)

— Quando eu disser "já" — declaro. — Um, dois, três e já!

Nós levantamos.

capítulo oitenta e três

DO LADO DE FORA E DO LADO DE DENTRO

O ônibus escolar para na frente do Instituto Penal Misto Blue River, na pequenina Surprise, Nebraska. Um garoto desce pelos degraus e vai até a porta. É ninguém menos que Perry T. Cook. Ele abre a mão acima do botão de campainha quadrado. O interfone ganha vida.

— Quem é? — pergunta uma voz.

Perry encara a câmera de segurança e junta os olhos azuis enormes. Inclina a cabeça para trás e oferece uma imagem das narinas enquanto diz:

— NARIZ de quem?

A voz diz:

— Eca...

Perry ri enquanto o supervisor abre para ele.

Ele sempre olha para a escada primeiro quando entra no salão de Blue River. Atualmente, a porta do seu antigo quarto no Salão Leste Superior fica aberta na maior parte do tempo. Ele corre, sobe dois degraus de cada vez e só segura o corrimão vermelho em três lugares na subida. Enfia a cabeça no quarto. Tem um círculo de cadeiras onde a cama ficava e uma mesa no lugar do armário que guardava suas roupas.

A mãe se vira de braços abertos, para um abraço e uma rodopiada desajeitada na cadeira de escritório, Perry sentado no apoio de braço, inclinando a cadeira. Os dois riem quando os pés dele batem nas gavetas.

— Vá ver o que Eggy-Mon preparou de lanche — diz ela, dando-lhe um beijo na cabeça antes de soltá-lo.

No refeitório, Big Ed e um pequeno grupo estão arrumando as mesas para o jantar.

— Perry, meu rapaz! Como estão as coisas lá fora hoje? — quer saber Big Ed.

— Ótimas — responde ele. Perry sempre leva uma história.

Os dois conversam por um minuto. Mas Big Ed tem trabalho a fazer, o supervisor o lembra disso. O garoto abre a mochila e começa o dever de casa enquanto a mãe termina o trabalho do dia. Blue River recebeu seis residentes mulheres este mês. Quatro outras estão se preparando para serem libertadas. Jessica Cook anda ocupada plantando com firmeza a bela noção de esperança em cada uma delas.

Ela arruma a mesa e bate o ponto. Dá adeus para o diretor Joe Banks.

Enquanto isso, os residentes saem da carpintaria e da estufa para se reunirem no salão antes do sinal do jantar. Alguém sempre vai ver o único garoto no local a essa hora e dizer:

— Rato na casa! Ei, é Perry Cook! Todos de pé!

E todo mundo se levanta, porque é bom dar um aperto de mão ou um high five em alguém no final do dia de trabalho. É assim que se fazem as coisas em Blue River.

Às terças e sextas, o Livromóvel Azul da Buck leva Perry e Jessica para casa quando volta para Rising City. Em outras noites, eles são tratados com gentileza: um amigo da cidade que para no acostamento e os chama para entrar em um carro quentinho ou na cabine aconchegante de uma picape ou em um utilitário de família. Alguém sempre aparece.

Mas esses dois não sentem preocupação nenhuma quando andam pela estrada, onde os campos amplos e planos se abrem dos dois lados. Se precisassem andar os onze quilômetros, eles andariam. O tempo pertence a eles no fim do dia. Estão indo para casa, para a casa em Button Lane, onde as cadeiras azuis formam um círculo em torno de uma mesa de segunda mão.

Em pouco tempo, a neve vai chegar e formar um cobertor perfeito em todos os telhados da pequenina Surprise, Nebraska.

NOTA DA AUTORA

Para mim, uma história sempre começa com um personagem em uma situação. Eu reúno muitos fatos. E começo a fazer a pergunta: *e se?*

Quero deixar algumas coisas claras.

Existe mesmo uma cidadezinha chamada Surprise, na beira do Big Blue River, no leste do Nebraska.

É verdade que algumas instituições penais, inclusive uma em York, Nebraska, têm creches para bebês cujas mães estão presas. Há programas de cuidados parentais oferecidos para criminosos não violentos. As crianças podem fazer visitas prolongadas e passar a noite em habitações especiais no local. Instituições penais mistas são incomuns, mas elas existem.

Para essa história, eu perguntei: *e se* um garoto nascesse em uma creche de prisão? *E se* ele passasse a primeira infância lá e acabasse ficando? Qual seria sua noção de lar? Quem seria sua família?

O Instituto Penal Misto Blue River é fictício. Os residentes e suas histórias também. No entanto, foram inspirados em histórias de detentos reais.

Uma das coisas mais sofridas para quem está preso é a dificuldade para continuar ligado à família enquanto está cumprindo pena. Ao mesmo tempo, o amor da família é uma defesa poderosa contra a reincidência.

Uma em cada vinte e oito crianças em idade escolar nos Estados Unidos tem mãe ou pai na prisão. Muitas sentem medo, tristeza, vergonha e culpa. Muitas moram longe demais dos institutos penais onde os pais estão e não podem visitá-los com frequência.

Perry T. Cook, a mãe dele e todos os personagens que você conheceu aqui só são reais nestas páginas. Isso não quer dizer que não vão encontrar lugar no seu coração; espero que encontrem.

Leslie Connor

AGRADECIMENTOS

família (fɐ.mˈi.ljɐ)
uma pessoa ou pessoas com parentesco com outra e que deve ser tratada com lealdade ou intimidade especial: *Eu não podia dar as costas para ele, pois ele era da família.*

Com agradecimentos a todas as minhas famílias: a que me criou, a que eu criei, a que se senta à mesa para escrever comigo, a que anda comigo na floresta, a que me publica com muito carinho.

Este livro foi impresso pela Vozes, para a HarperCollins Brasil.
A fonte usada no miolo é Warnock Pro, corpo 11/14,8.
O papel do miolo é avena 80g/m²,
e o da capa é cartão 250g/m².